Sylter Herbstregen

Stürmische Zeiten

Andrea Froh

ISBN: 9798558871111

Umschlaggestaltung: Konstantin

Umschlagmotiv: Bilder von Klarinette71,
huoadg5888 auf Pixabay

Ganz herzlich danke ich Sylvia Hüneke, die das Korrektorat übernommen hat.

Hinweise und Anregungen an: andrea.froh@gmx.de

www.andreafroh.de

INHALT

Liebe Leserinnen und liebe Leser,

«Sylter Herbstregen – Stürmische Zeiten» ist die Fortsetzung vom «Sylter Glücksregen - Die beste Entscheidung meines Lebens».

Sollten Sie den 1. Teil noch nicht gelesen haben, empfehle ich Ihnen, es zu tun. Für alle, die das Buch bereits kennen, stelle ich die wichtigsten Personen und die bisherige Handlung kurz vor, damit Sie leichter ins Geschehen finden.

PERSONEN UND HANDLUNG

Viola Johannsen: wird von ihrem Freund Leon verlassen. Dieses Ereignis veranlasst sie dazu, ihr gesamtes Leben, mit dem sie unzufrieden war, zu ändern. Die junge Frau will sich nicht nur beruflich umorientieren, sondern auch abspecken, damit sie sich besser fühlt und attraktiver wird, denn ihr großer Traum ist es, vor ihrem dreißigsten Lebensjahr zu heiraten. Da Violas Eltern ein Ferienhaus auf Sylt besitzen, beschließt sie, ihren Job als Buchhändlerin an den Nagel zu hängen und selbst Bücher zu schreiben. Selbst hat sie Hunderte von Büchern verschlungen und ist deshalb davon überzeugt, ebenfalls gute Bücher verfassen zu können. Auf Sylt findet die Wagemutige jedoch zunächst nicht die nötige Ruhe, um zu schreiben. Als in das Nachbarhaus der erfolgreiche, sehr ansehnliche Schauspieler Pierre Gaston einzieht, verliebt Viola sich in ihn, rechnet sich jedoch keinerlei Chancen aus. Dennoch genießt sie die Stunden mit Pierre, der in ihr zunächst nur eine gute Zuhörerin und nette Nachbarin sieht und ihr Dinge anvertraut, die ihn bedrücken und von denen sonst keiner etwas weiß. Erst nach einiger Zeit erkennt Pierre, dass die Frau, die er liebt, gleich nebenan wohnt und all das hat, was seinen bisherigen Affären fehlte. Nach nur wenigen Monaten hat die junge Autorin einen Bestseller verfasst und auch noch kräftig abgespeckt. Vanessa und Pierre heiraten auf Sylt und verwöhnen ihre Gäste mit Fischbrötchen. Sie bekommen einen Sohn, den sie Liam nennen und erwarten voller Freude ein weiteres Kind.

Pierre Gaston: ist ein gefragter und gutaussehender Schauspieler, der sich ein Haus auf Sylt kauft, das direkt neben Violas Ferienhäuschen steht. Er bringt laufend hübsche Frauen mit auf die Insel. Pierre schüttet seiner netten Nachbarin, die immer einen Tee und zuckerfreien Kuchen für ihn hat, sein Herz aus und gesteht ihr, dass er sich in seinem Beruf nicht mehr wohlfühlt. Zudem erzählt er Viola von seiner traurigen Kindheit, seiner Mutter, die ebenfalls eine berühmte Schauspielerin gewesen ist, die dem Alkohol verfiel, mit Männern liiert war, die sie nur ausnutzten, und sich schließlich in ihrer Wohnung in Nizza das Leben nahm, als Pierre 17 Jahre alt war. Pierre kam mit elf Jahren ins Internat, wo er sich nicht wohlfühlte. Er wollte zurück zu seiner Mutter und sehnte sich nach einer richtigen Familie. Unterstützt wurde er von seinem Stiefvater, der ihm einen Platz auf der Schauspielschule besorgte und ihm ein beachtliches Erbe hinterließ. Pierre hat seine traurige Kindheit, die ihn phasenweise in Depressionen stürzt, noch immer nicht verarbeitet.

Vanesssa: ist Violas jüngere Schwester, die sich vom Vater ihrer Zwillinge getrennt hat. Jan hatte seine Frau während eines beruflichen Auslandsaufenthalts betrogen. Vanessa lebt in Hamburg und hat ein gutes Verhältnis zu Viola. Nach der

Trennung kratzt die junge Mutter allen Mut und Kraft zusammen und nimmt ihr abgebrochenes Studium wieder auf, was sie erfolgreich durchzieht. An der Universität lernt sie Lukas kennen, der gerade promoviert. In Lukas findet sie einen guten Ersatzvater für ihre Jungs.

Javier und Jamie: sind Vanessas Zwillinge. Javier ist ein wilder Clown, der seinen Bruder unterdrückt, während Jamie ein ruhiges Kind ist.

Jan: ist der leibliche Vater von Javier und Jamie, der sehr erfolgreich ist und seiner Familie ein schönes Leben in einem großen Haus bietet. Jan fühlt sich von seiner Frau vernachlässigt und hat eine Affäre, die Vanessa ihm nicht verzeihen kann. Das Paar trennt sich und Jan findet in Malaysia in Bambang eine neue Liebe, die nach Deutschland zieht. Er holt seine Jungs alle zwei Wochen zu sich.

Violas Mutter: lebt in Hamburg und kümmert sich um ihren kranken Mann, der älter ist als sie. Sie nimmt selten ein Blatt vor den Mund und träumt davon, mit ihrem Mann in den Süden zu ziehen, doch die Krankheit ihres Mannes lässt das nicht zu. Sie ist sportlich sehr aktiv, hat ihre Träume und immer einen guten Rat für ihre Töchter parat.

Leon: ist Violas Ex-Freund, den sie beinahe geheiratet hätte. Leon bereut es, Viola verlassen zu haben und will sie zurückerobern, doch sie erkennt, dass Leon nicht zu ihr passt, dass sie neben ihm nicht glücklich werden kann und gibt ihm keine zweite Chance.

Ilse: war Violas liebste Nachbarin, die auf Sylt ein Haus besaß und wie eine warmherzige Oma für Viola gewesen ist. Die alte Dame hat Viola das Malen beigebracht und sie stets mit Kuchen verwöhnt. Die demente Ilse ist überraschend gestorben und hat ihrem Neffen, den sie nicht kennenlernen durfte, ihr Haus vererbt.

Felix: ist Ilses Neffe, der ihr Haus auf Sylt erbt. Er hat seine Tante nicht kennengelernt, da sein Vater jeglichen Kontakt zu seiner Schwester abgebrochen hat, worunter Ilse sehr litt. Felix lebt in Österreich in den Bergen und besitzt eine Hütte und eine Schreinerei. Er ist groß und kräftig und ein wahrer Naturbursche, der Viola beeindruckt, doch Felix Herz schlägt nur für Leonie, einer jungen Frau, die in seinem Ort wohnt und der er seine Liebe verheimlicht. Felix beschließt, das Haus auf Sylt zu behalten und kommt ab und zu auf die Insel.

Mareike: ist Violas ehemalige Kollegin aus der Buchhandlung und nebenbei ihre Sekretärin.

Käthe: besitzt eine Bäckerei und ist schon über achtzig. Viola hat schon als Kind bei Käthe ihre geliebten Hanseaten gekauft.

Maren: führt einen Friseursalon auf Sylt und macht Viola die Haare schön. Bei Maren erfährt man immer den neuesten Klatsch.

Frau Petersen: eine ältere Dame aus Violas Ort, die sehr aufmerksam die Nachbarschaft kontrolliert. Von ihr erfährt man alle Neuigkeiten.

Jenny: Pierres Hund, der auf dem Titelbild im Strandkorb sitzt.

Auch aus Steinen, die einem in den Weg gelegt werden,
kann man Schönes bauen.

Johann Wolfgang Von Goethe

UNRUHE IM HAUS

Es war ein ungewöhnlich warmer Tag im September, der vielleicht auf den Klimawandel zurückzuführen war, für den ich eigentlich auch auf die Straße hätte gehen müssen, aber wie es so ist, findet man meistens eine Ausrede, um sich zu drücken und das Weltgeschehen schulterzuckend hinzunehmen, als könnte man es sowieso nicht ändern.

Die milde Temperatur brachte einige hartgesottene Touristen und Einheimische dazu, bei 18 Grad Wassertemperatur ein letztes Bad in der Nordsee zu genießen. Die Insel war noch immer voll und ich freute mich auf die kommenden Monate, in denen die Menschenströme am Strand abnahmen und die Schlangen an den Supermarktkassen kürzer wurden.

Durchdrungen von einem Gefühl der vollkommenen Zufriedenheit befand ich mich auf dem Weg zum Bahnhof, um meine Schwester Vanessa und ihre Zwillinge abzuholen. Ich hatte die alleinerziehende Mutter eingeladen, damit sie sich von ihrem strapaziösen Alltag, in dem sie Job, Haushalt und Kinder unter einen Hut bringen musste, ein wenig erholen konnte.

Eine blasse Frau mit Augenringen, hängenden Schultern und zwei aufgedrehten Jungs, die laut schrien als wären sie Affen in einem zu kleinen Gehege, kamen mir auf dem Bahnsteig inmitten einer großem Herde Erholungssuchender entgegen.

Während der Autofahrt schlief Vanessa neben mir ein und die Äffchen stritten sich so laut, dass ich ein Piepen in den Ohren bekam.

«Wir sind da!», rief ich laut in den Flur unseres Hauses hinein und wischte mir erschöpft über die feuchte Stirn, da ich auf kühle Luft und erfrischenden Regen eingestellt war und nicht auf einen Sommertag im Herbst, den wir im kühlen, verregneten Sommer vermisst hatten.

Meine Neffen Javier und Jamie rannten wie zwei kleine Büffel durchs Wohnzimmer, direkt in den Garten, in dem Pierre ein kleines Pool aufgebaut hatte, damit unser Sohn Liam, der uns seit elf Monaten mit seiner Anwesenheit beglückte, sich seine Füßchen erfrischen konnte.

«Jungs! Nicht so wild!», versuchte meine Schwester ihre Kinder zu zügeln und verzog ihr Gesicht. Wie so oft war sie sichtlich gereizt. Die Zugfahrt mit den Jungs hatte sie offensichtlich einige Nerven gekostet, zumal sie von Hamburg bis Itzehoe im Zug keinen Sitzplatz abbekommen hatten. An einem schönen Tag wie diesem strömten zahlreiche Tagestouristen auf die Insel. Offenbar kannten sie keine anderen Ziele.

Ich griff nach Vanessas schwerem Koffer, um ihn ins Obergeschoss zu schleppen.

«Bist du verrückt! Du bist schwanger und sollst nicht schwer heben.» Meine kleine Schwester schlug mir zaghaft auf die

Finger und schleppte den Koffer stöhnend die Treppen hinauf, während ich in die Küche ging und ein Glas Wasser hinunterstürzte, da ich mich wie eine vertrocknete Pflanze fühlte. Erschöpft ließ ich mich auf einen Stuhl plumpsen und legte meine Hände auf den Bauch.

Pierre trug Liam gerade auf seinen Schultern und war ein Pferd, das etwas merkwürdig wieherte. Unser Sohn juchzte fröhlich und streckte die Händchen nach mir aus.

«Der kleine Mann hat schon wieder eine gut gefüllte Windel», informierte mich Pierre und überreichte mir das Kind, das sich müde die Augen rieb.

«Zeit für ein Mittagschläfchen, mein Kleiner. Hast du schön im Pool geplantscht?», fragte ich meinen Sohn, der sein Gesicht an meine Schulter drückte und gähnte.

«Vanessa!», rief mein Mann erfreut, als meine Schwester zu uns in die Küche trat, in der es stark nach Knoblauch roch. Pierre hatte Gemüse mariniert und offensichtlich eine ganze Knolle Knoblauch verarbeitet. Der intensive Geruch löste Übelkeit bei mir aus, die mich täglich mehrmals heimsuchte.

Vanessa hatte sich rasch umgezogen und trug ein leichtes, weißes Sommerkleid und eine Hochsteckfrisur, die raffiniert wirkte, obwohl sie ganz simpel war. Meine jüngere Schwester sah trotz ihrer Abgespanntheit wunderschön aus und ich bemerkte, dass Pierre ihr einen bewundernden Blick sendete, der mich etwas eifersüchtig werden ließ. Jedoch war ich mir sicher, dass Vanessa mir niemals meinen Mann stehlen würde, zumal sie in ihren Doktor Lukas verliebt war.

«Pierre! Du siehst erholt aus», piepste Vanessa mit ihrer

lieblichen Stimme und drückte meinem Gatten Küsschen auf die Wangen, aus denen kurze Härchen herauswuchsen. Während die beiden sich unterhielten, verschwand ich mit Liam im Kinderzimmer und hätte mich am liebsten zu meinem Sohn gelegt, denn die Hitze machte mir zu schaffen.

Nachdem ich eine von sechs Spieluhren aufgezogen und den Raum verdunkelt hatte, weinte Liam und wollte nicht schlafen. Ich streichelte sein heißes Köpfchen und redete ruhig auf ihn ein. Nach zehn Minuten schlossen sich seine Äuglein und ich verließ auf Zehenspitzen das zartblau gestrichene Zimmer. Nächste Woche sollte der Maler kommen und das zweite Kinderzimmer rosa streichen. Meine Freude über unser zweites Kind war grenzenlos, obwohl Liam noch so klein und zuweilen sehr anstrengend sein konnte.

Als ich in den Garten trat, schlug mir eine schwüle, feuchte Luft entgegen, die mir das Atmen schwermachte. Die Jungs schrien laut und bespritzten sich mit Wasser, während Pierre und Vanessa im Schatten saßen und an einem kühlen Getränk nippten. Mein Mann schaute mich besorgt an.

«Geht es dir nicht gut? Willst du dich ins Bett legen?», schlug er mir vor, doch ich winkte sofort ab und ließ mich seufzend auf einem Liegestuhl nieder.

«Es geht mir gut. Es ist nur die Hitze. Vielleicht sollten wir alle eine Runde schwimmen gehen?»

«Gute Idee! Soll ich Mama Bescheid sagen, dass wir da sind?», erkundigte sich Vanessa und schaute auf das Haus nebenan, unser altes Ferienhaus, in dem Mutter seit zwei Jahren wohnte.

«Sie wollte nach ihrem Mittagschläfchen kommen. Ich packe

schon mal unsere Badesachen zusammen. Bleibst du hier, Pierre?» Ich drückte ihm das Babyphone in die Hand und stand wieder auf, obwohl meine Glieder sich schwer anfühlten.

«Ja, sicher. Ich bereite schon mal den Grill vor.»

Als ich in den Umstandsbadeanzug schlüpfte, der noch zu groß war, hörte ich Mutters Stimme im Garten. Sie lachte ausgelassen und begrüßte überschwänglich ihre Enkelkinder. Ich trat auf den Balkon und schaute gerührt auf meine Lieben. Was für ein Glück ich hatte, was für eine tolle Familie ich hatte, dachte ich und musste an meinen verstorbenen Vater denken, der sich sehr gefreut hätte, mich endlich unter der Haube zu sehen.

Schnatternd wie eine Entenfamilie nahmen wir den kurzen Weg zum Strand. Javier war ein geborener Clown, denn er lief mit Flossen und einer Taucherbrille über den warmen Asphalt und sang ein Lied, das er im Kindergarten gelernt hatte.

Die Jungs rannten schnurstracks in die kühle See, während wir Damen mit verschränkten Armen zurückhaltend am Ufer stehenblieben und die Wassertemperatur vorsichtig mit den Fußspitzen prüften. Seit Liams Geburt war ich empfindlicher geworden und fror viel schneller, sodass ich nur noch selten im Meer badete.

«Sorry, aber das ist mir zu kalt. Ich setze mich an den Strand, während ich euch beim Baden zusehe.»

«Ich glaube, dass ich auch nicht baden werde …», sagte Mutter und verließ das knietiefe Wasser.

«Wenn ihr nicht geht, dann gehe ich auch nicht», meinte Vanessa und schaute sich einen toten Krebs an, der an ihre Füße geschwemmt worden war. Wir breiteten unsere Badetücher auf dem feinen Sand aus und ließen die Jungs nicht aus den Augen.

«Und wie geht es dir, Mama?», erkundigte sich Vanessa und blinzelte mir zu.

«Sehr gut, danke. Ich fühle mich außerordentlich wohl. Mit eurem Vater wollte ich immer auf die Balearen auswandern, aber Sylt ist so wunderschön, auch wenn das Wetter gewöhnungsbedürftig ist.»

Vanessa sprang auf einmal auf und rannte voller Panik ins Wasser, da Jamie schrie. Kurz bevor sie ihr heulendes Kind erreichte, rutschte sie aus und fiel in das kühle Meer. Mit schlechter Laune kehrte sie zurück und schlang sich ein Handtuch um den nassen Körper. «Habt ihr euch gut amüsiert?»

«Nein, Mama hatte mir gerade einen Witz erzählt. Was war denn los?»

«Ich bin ausgerutscht.»

«Nein, ich meine, warum hat Jamie geweint?»

«Weil sein Bruder ihn mal wieder geärgert hat, was er ständig tut und was mir gewaltig auf den Keks geht. Javier hat Jamie eine halbe Qualle auf den Kopf gelegt.»

Mutter und ich grinsten und versteckten unsere Münder hinter den Händen, um die gereizte Mutter nicht zu provozieren.

Werde ich auch so schnell die Nerven verlieren, wenn unsere beiden Kinder sich streiten? Ich stellte mir unser Mädchen vor, das hoffentlich Pierre ähnlichsehen würde, und war voller Vorfreude auf unsere wunderschöne Zeit zu viert.

Als wir vom Strand zurückkamen, stand Pierre am Grill, der mächtig qualmte. Er trug das Babyphone in seiner Brusttasche und strahlte uns an. Wie schön er war! Was für ein toller Vater er war, dachte ich verträumt und streichelte Jenny, die von der Hitze etwas betäubt war und tüchtig hechelte.

«Habt ihr Hunger, Jungs?» erkundigte sich mein Mann bei den Brüdern, die noch zerstritten waren. Sie nickten nur, als wenn sie zu schwach zum Reden wären. Mutter half mir in der Küche und Vanessa verzog sich ins Badezimmer und gönnte sich eine Dusche, während Pierre ihre Söhne beschäftigte.

«Vanessa sieht ziemlich abgekämpft aus», meinte Mutter und schnitt eine Zitrone auf der Granitarbeitsplatte in Viertel. «Mama, kannst du bitte ein Brett nehmen, da der Granit …»

«Ja, entschuldige …», sagte sie etwas genervt und rollte mit den Augen. «Meine Kunststoffplatte ist nicht so empfindlich. Granit ist nur teuer …»

«Vanessa ist überlastet. Der Job, die Kinder, der Haushalt …», fuhr ich ihr in den Satz, da ich keine Lust hatte, mich mit ihr über unsere Küchenausstattung zu streiten, die für ihren Geschmack viel zu viel Schnick Schnack besaß.

«Sie muss doch nicht unbedingt arbeiten. Lukas verdient doch genug. Zudem bekommt sie Unterhalt für die Kinder.» Mutter legte die Zitrone auf einen Teller und polierte die Stelle, auf der die Zitrone gelegen hatte.

«Ich kann es noch immer nicht fassen, dass du mit Pierre Gaston verheiratet bist. Meine pummelige, schüchterne Viola, von der ich dachte, dass sie keinen guten Fang machen wird, und nun hast du dir so einen dicken Fisch geangelt. Ich bin so stolz auf dich! Hätte Papa das doch nur miterlebt. Er mochte den Gaston als Schauspieler zwar nicht, aber dennoch hätte er sich gefreut.»

«Mama, kannst du bitte die Tomaten schneiden.»

Vanessa erschien leichtfüßig und sah frisch aus wie eine Rose im Morgentau. Sie duftete intensiv nach meiner Duschlotion. Ich bewunderte sie um ihr makelloses Aussehen und ihre forsche, selbstbewusste Art. Selbst jetzt, als erfolgreiche Schriftstellerin, die viel Geld verdiente, als Frau eines berühmten Ex-Schauspielers und Mutter eines wundervollen Jungen, hegte ich noch immer Selbstzweifel und wurde von einer steten Angst belagert, dass mein glückliches Leben von heute auf morgen zerstört werden könnte.

Seit dem Tag an dem Pierre mich das erste Mal geküsst hatte, steckte in mir die Sorge, ihn zu verlieren, denn der berühmte Pierre Gaston stand noch immer im Focus der Öffentlichkeit und wurde überall erkannt und angesprochen; auch von hübschen Frauen, die ignorierten, dass er verheiratet war.

Da Pierre vor unserer Ehe noch keine längere Beziehung geführt hatte, machte ich mir Gedanken, dass er es auch mit mir nicht länger aushielt. Mit dieser Sorge im Hinterkopf tat ich alles, damit er sich bei mir wohlfühlte. Ich gab ihm alle Freiheiten, die er brauchte, hörte ihm geduldig zu, wenn er mal wieder über seine unglückliche Kindheit sprach, und ließ ihn in Ruhe, wenn er voller Eifer an einem Drehbuch oder für seine Organisation arbeitete.

Außer der Sorge, dass ich Pierre verlieren könnte, plagten mich Ängste, dass mein nächster Roman meine Leser enttäuschen könnte oder mir das Schreiben keinen Spaß mehr bereiteten würde. Mein Leben hatte sich innerhalb kurzer Zeit so rasant verändert, dass ich es manchmal nicht fassen konnte, dass ich es war, die dieses unglaublich schöne, reiche Leben führen durfte. Ich war so dankbar, aber wusste nicht, wem ich danken sollte, wer für mein Glück verantwortlich war. War ich es selbst? War ich es, die vor drei Jahren beschlossen hatte, meinen langweiligen, schlecht bezahlten Beruf an den Nagel zu hängen, meine Ernährung komplett zu ändern, nach Sylt zu ziehen und es zu wagen, ein Buch zu schreiben? Der Spruch «Jeder ist seines Glückes Schmied» passte zu meinem mutigen Handeln, auf das ich auch mächtig stolz war. Den Spruch «Es ist niemals zu spät zu starten und es ist niemals zu spät, um glücklich zu sein», hatte ich, kurz nachdem Leon mich verlassen hatte, in einem Buch entdeckt, das mich fasziniert hatte. Dieser einzige Satz und ein paar andere Umstände hatten mir den Anstoß dazu gegeben, mein Leben von Grund auf zu ändern. Im Nachhinein war ich selbst verwundert über meinen unglaublichen Mut, meine Entschlossenheit und das Risiko, das ich eingegangen war. Ich hatte keine Ahnung gehabt, ob ich überhaupt Talent zum Schreiben besaß; wusste nicht, ob ich von meinem neuen Beruf leben konnte. Doch es war tatsächlich die richtige Entscheidung gewesen. Ich hatte meine Berufung gefunden, die mir Spaß und mich letztendlich auch glücklich machte. Doch mein neu gewonnenes Glück wurde von permanenten Ängsten getrübt, denn ich wusste, dass auch ich das Glück nicht pachten konnte. Mit Pierre redete ich nicht über diese Ängste, da ich wusste, dass er noch immer mit der Vergangenheit haderte und nicht ganz unbeschwert sein konnte. Seine traurige Kindheit ließ ihn einfach nicht los und er war nie richtig über den Tod seiner Mutter hinweggekommen.

Es tat mir in der Seele weh, meinen Mann leiden zu sehen und ich stand einige Male kurz davor, ihn zu einem Therapeuten zu schicken.

Ab und zu hegte ich sogar Zweifel, ob ich meinen Mann glücklich machte, ob er mich wirklich leidenschaftlich liebte, denn ich war keine Schönheit wie seine vorherigen Partnerinnen und konnte mit meinen Auftritten nicht so glänzen wie Vanessa, die eine natürliche Aura besaß, um die ich sie beneidete; die man hat oder nicht hat. Vermutlich war ich die erste Frau ins Pierres Leben gewesen, für die er sich nicht verstellte, der er sein Herz ausschüttete und auch seine schwache Seite zeigen konnte.

Als ich noch eine schlecht bezahlte Buchhändlerin gewesen war, hatte ich davon geträumt, eine erfolgreiche Autorin zu sein; dachte, dass ich vor Glück platzen würde, wenn die Leser meine Bücher kauften und liebten. Mein Traum, der früher so unerreichbar erschien, hatte sich erfüllt, aber das Glücksgefühl fühlte sich anders an als erwartet. Nach dem großen Erfolg meines ersten Buches verpuffte mein Glücksempfinden schnell. Der unglaubliche Erfolg wurde schnell zur Gewohnheit, erdrückte mich sogar zuweilen. Phasenweise hatte ich daran gedacht, die Feder für immer ruhen zu lassen.

Nach Liams Geburt fiel ich in eine leichte Depression, obwohl ich mich wahnsinnig auf unseren Sohn gefreut hatte. Ich versuchte, meinen schlechten Gemütszustand vor Pierre zu verbergen, da er selbst litt und sich ebenfalls gefühlsmäßig vor mir zusammenriss. Wir verheimlichten uns unsere wahren Gefühle, um uns gegenseitig zu schonen.

Einige Wochen nach Liams Geburt schrieb ich ein weiteres Buch, obwohl es mir keinen Spaß mehr bereitete. Doch meine Leser lechzten nach einem neuen Werk und ich stand unter Druck.

Nachdem Pierre seine Schauspielerei an den Nagel gehängt hatte, fiel er in ein Loch, aus dem ich ihn herausholte, indem ich ihn motivierte, zukünftig Drehbücher zu schreiben. Als er erfuhr, dass er Vater werden würde, blühte er sichtlich auf und bereitete sich auf die Ankunft seines ersten Kindes vor als wäre es sein einziges Lebensprojekt.

«Kann ich euch helfen?», erkundigte sich meine Schwester und schüttelte ihr langes, feuchtes Haar, das nach Zitrusfrüchten duftete.

«Lass dich heute mal verwöhnen und relaxe auf der Liege», schlug ich ihr vor und schnitt mir in den Daumen, da ich nach Mutter geschielt hatte, die die Tomatenkerne in den Ausguss schüttete.

«Ich bin total müde. Weckt mich bitte, falls ich einschlafen sollte.» Vanessa gähnte, stibitzte sich eine Möhre und biss laut krachend hinein.

«Liam ist wach!», rief Pierre und rannte wie ein Feuerwehrmann ins obere Stockwerk, da er es nicht ertragen konnte, wenn unser Kind länger als fünf Minuten weinte.

«Pierre ist einfach unglaublich! Euer Vater hatte euch solange schreien lassen, bis ihr keine Luft mehr bekommen habt.» Mutter schrubbte mit einem groben Topfreiniger kräftig unser neues Holzbrett sauber, sodass die Oberfläche aufraute. Ich schluckte, aber schwieg, da ich mich nicht streiten wollte. Mutter glaubte, durch ihre langjährige Tätigkeit im Haushalt eine Oberweisheit zu besitzen, die sie an uns weitergeben wollte.

«Was ist eigentlich mit deiner Bekanntschaft?», versuchte ich etwas über Mutters Freund herauszubekommen, über den sie kein Wort verlor.

Ich steckte meinen blutenden Finger in den Mund und schmeckte Eisen, was mir eine leichte Übelkeit bereitete.

Mutter errötete und schüttelte den Kopf. «Dem Salat fehlt noch etwas …» Sie tat so, als wenn sie meine Frage nicht gehört hätte.

Warum zierte sie sich, über ihre Bekanntschaft zu reden? Vater war bereits seit über zwei Jahren tot und niemand hätte es ihr übelgenommen, wenn sie sich einen neuen Partner suchte.

«Wo sind eure Pflaster?»

«Es geht ohne, Mama. Was ist denn nun mit deinem Bekannten? Willst du ihn uns nicht mal vorstellen?», bohrte ich weiter.

Mutter wich meinem forschenden Blick aus und durchmischte den bunten Salat so kräftig, dass das Dressing aus der Schüssel spritzte.

Pierre kam mit unserem Sohn in die Küche. «Liam hat Hunger. Was hat die Mama denn Feines für unseren Goldjungen?»

Liam rieb sich die Augen und streckte seine Ärmchen nach mir aus.

«Ich kann ihn nehmen, dann kannst du seinen Brei kochen», schlug Mutter mir vor und nahm Pierre das Kind ab, das noch verschlafen und ganz ruhig war.

«Ich muss mich um den Grill kümmern. Wann kommt Lukas?»

«Der müsste auch gleich kommen. Pierre, du weißt, dass Lukas es nicht mag, wenn die Jungs fernsehen. Kannst du bitte die Flimmerkiste ausmachen und dich um die beiden kümmern.

Vanessa braucht etwas Ruhe.»

«Klar, mache ich!»

Während Mutter Liam fütterte, deckte ich den Tisch und beobachtete meinen Mann, der auch als Fußballer eine gute Figur machte.

«Mama! Du darfst Liam nicht den Löffel ...» Es war zu spät! Der Kleine hatte sich den vollen Löffel, der mit einem Pastinaken-Kartoffelgemisch belegt war, in die Haare geschmiert und lachte fröhlich.

«Liam! Was machst du denn?» Meine Mutter wrang den Küchenlappen aus und wischte ihrem Enkel damit über die blonden Haare, die sich im Nacken zu Locken kringelten. «Doch nicht mit dem Lappen!», rief ich entsetzt.

Das war zu viel für mich. Mein Magen rebellierte und ich rannte den langen Weg bis zum Gäste-WC, drückte meine Hand vor den Mund und stolperte über Liams Hasen «Karotti», dem der Besitzer ein Ohr abgebissen hatte. Als ich die WC-Tür aufriss und mich erleichtern wollte, hockte Javier auf dem Klo und drückte kräftig, sodass er ein rotes Gesichtchen bekam und stöhnte. Der Junge schaute mich entsetzt an und hielt mindestens acht Blätter Klopapier in seinen Händen, sodass ich Sorge hatte, dass unsere Toilette verstopfen könnte.

In meiner Verzweiflung riss ich die Haustür auf und wollte mich im Vorgarten erleichtern, aber da standen zwei Frauen in Mutters Alter, die Blumensträuße und Pralinen in ihren Händen hielten. Hatte Mutter Freundinnen zum Grillen eingeladen? Oder waren das entfernte Tanten von Pierre? In einem hohen Bogen spuckte ich das Frühstück, das an diesem Morgen recht üppig ausgefallen war, den Damen vor die Füße, sodass ihre glänzenden Lederpumps ein paar Spritzer von dem übelriechenden Brei abbekamen. Ich hatte einen scheußlichen Geschmack im Mund, einem Gemisch aus Matjes und Schokocreme mit einem Hauch Zitrone.

Die Besucherinnen sahen mich an, als hätte ich ihnen etwas Schlimmes angetan, und standen mit offenen Mündern sekundenlang dar, ohne einen Ton herauszubekommen.

«Guten Tag. Was kann ich für Sie tun?» Ich ignorierte den stinkenden Haufen auf dem Fußabtreter, den ich gerade erst vor ein paar Tagen gekauft hatte.

«Entschuldigen Sie. Wir wollten für Herrn Gaston etwas abgeben.» Sie streckten mir die Blumen und Pralinen entgegen und kamen mir vor wie Sektenmitglieder, bei denen ich immer schnell vorsichtig und leicht aggressiv wurde.

Ich bewahrte meine Freundlichkeit und versuchte zu lächeln, obwohl da dieser Geschmack im Mund war.

«Das ist sehr lieb von Ihnen. Ich werde es weitergeben. Von wem darf ich Herrn Gaston denn grüßen?»

«Von Helga und Hanne. Wir machen gerade eine Woche Ferien auf Sylt und kommen eigentlich aus Duisburg und …»

«Ja, schön! Dann wünsche ich Ihnen noch einen netten Aufenthalt …», versuchte ich das Fan-Gespann abzuwimmeln und nahm die Klinke in die Hand, um die Tür langsam zu schließen.

«Wir wollen ja nicht aufdringlich sein, aber … ist Herr Gaston da? Wir hätten so gerne ein Autogramm oder vielleicht sogar ein

Foto mit ihm.»

Das ging nun eindeutig zu weit! Mein Mund verlor sein freundliches Lächeln und ich war kurz davor, die Geschenke in das stinkende Häufchen zu werfen.

«Es tut mir sehr leid, Herr Gaston ist gar nicht im Hause, aber ich kann Ihnen Autogramme geben.»

Da ich den Damen nicht traute, schloss ich die Tür und wischte mir mit dem Handrücken über die feuchten Lippen. Ich verspürte das dringende Bedürfnis, meinen übersäuerten Mundraum zu spülen, jedoch wollte ich die zweiköpfige Fangemeinde nicht allzu lange warten lassen; nicht, dass sie noch auf die Idee kamen, ums Haus herum in den Garten zu laufen, wo Pierre die Grillzange schwang.

Mein Neffe hockte noch immer mit hochrotem Kopf auf dem Klo und drückte. Vermutlich hatte er Verstopfung, da er zu viel Schokolade gegessen hatte. So eilte ich in die Küche, um mir ein Glas Wasser zu holen.

«Kindchen, Liam hat so wenig gegessen. Nur den halben Teller ...», stellte meine Mutter besorgt fest. Der Rest des Essens klebte ja auch im Lätzchen und auf dem Tischset.

«Er wird schon nicht verhungern. Sieh dir mal seine dicken Beinchen an. Ich bin gleich wieder da ...»

Wo waren die Autogramme? Ich wühlte zwei Kommoden durch, rannte in Pierres Büro, in dem ich ältere Autogramme fand, auf denen Pierre Mitte zwanzig war. Egal! Im Galopp ging es zurück zur Haustür, vorbei am Gäste-WC, an dem die Tür weit offenstand. Es roch nach Kuhdung, einem Geruch, den ich mit meiner Dauerübelkeit nicht vertragen konnte.

Als ich die Tür aufriss, waren die Damen fort. Atemlos hielt ich nach den Besucherinnen im Vorgarten Ausschau. Ich vernahm leise Stimmen und sah, dass Pierre mit den Frauen an der Garage stand und sich nett unterhielt.

Wütend rollte ich die ruinierte Fußmatte auf und entsorgte sie in der Mülltonne. Ein Taxi stoppte vor unserem Haus. Lukas stieg aus und drückte mich an seinen kräftigen Körper. Er sah abgespannt aus und war genauso verschwitzt wie ich.

«Mensch, ist das eine Hitze. Ungewöhnlich im September. Der Klimawandel macht sich bemerkbar», stellte er fest und warf einen Blick zu dem Dreiergespann, das sich angeregt unterhielt.

«Habt ihr noch mehr Besuch?», wollte Lukas wissen und zog seinen kleinen Trolley über die unebenen Pflastersteine.

«Nein, das sind nur zwei Fans.»

«Von dir oder von Pierre?», fragte er grinsend.

«Meine Fans wissen zum Glück nicht, wo ich wohne. Komm ins Haus! Vanessa ruht auf der Liege und die Jungs warten schon sehnsüchtig auf dich.»

«Habt ihr keinen Fußabtreter?»

Nachdem Lukas sich erfrischt hatte, setzte er sich erschöpft in den Schatten. Pierre drückte ihm ein Bier in die Hand und stand lässig am Grill, wendete alle paar Minuten Gemüsespieße und vegane Würstchen, die bereits eine schwarze Kruste trugen. Die Männer verstanden sich gut und redeten viel über die aktuelle politische Lage und suchten nach Lösungen, um die Welt ein

Stück besser zu machen. Aber sie sprachen nicht nur über ernste Dinge, sondern auch über Fußball, Technik und vor allem über ihre Kinder. Lukas war für die Zwillinge ein zweiter Vater geworden, daher nannten sie ihn auch «Papa Zween», was aus dem Althochdeutschen stammt. «Papa Uno» war Jan, ihr leiblicher Vater, den sie nur noch alle drei Wochen sahen, da er viel geschäftlich unterwegs war.

«Stellt euch mal vor, wie es wäre, wenn uns eine Pandemie heimsucht und das ganze Leben von heute auf morgen plötzlich stillsteht. Die Kinder könnten nicht mehr zur Schule, du kannst keine Filme drehen und man kann nicht mehr in Restaurants oder auf Reisen gehen», warf Lukas gedanklich in die Runde, da wir uns gerade über Krankheiten unterhalten hatten.

«Das will ich mir gar nicht vorstellen und so etwas wird es doch in unserer modernen Gesellschaft niemals geben», tat ich Lukas Befürchtung leichthin ab und strich über mein kleines Bäuchlein, in dem hoffentlich alles in Ordnung war.

«Nun verteile doch mal die schwarzen Würstchen, in denen schön viel Arcylamid steckt», befahl ich Pierre, der mit der Zange nach den Kappen der Jungs griff und dabei seinen Spaß hatte.

«Ich hätte euch auch Fleisch gegrillt, aber Viola hätte dann vor Schmerzen geweint», witzelte mein Mann und legte die Würstchen, die nicht gerade verlockend aussahen, auf die Teller, auf die Mutter Paprika gestreut hatte. Sie stand mehr auf Blümchenteller und wollte dem schlichten, weißen Geschirr etwas Pepp verleihen.

«Nehmt bitte Messer und Gabel, Kinder!», ermahnte Vanessa ihre Jungs, die sich gierig über den verkohlten Fleischersatz hermachten.

«Bei Papa und Bambang schmecken die Würstchen aber anders. Diese sind nicht lecker», maulte Javier und steckte die Wurst Jenny zu.

«Stopp! Jenny darf die nicht haben.» Ich sprang auf und lief dem Hund hinterher, der bereits genüsslich kaute. Ich konnte es nicht mehr verhindern, dass das Würstchen im Hundemagen verschwand.

«Wird Jenny jetzt sterben?», fragte Jamie besorgt und zog ein erschrockenes Gesicht.

«Nein, dass nicht, aber sie bekommt Bauchschmerzen und Durchfall. Gebt ihr bitte nichts mehr vom Tisch. Jenny bekommt ihr Futter ausschließlich in der Küche», erklärte Pierre den Kindern in einem ruhigen Ton, während ich ziemlich genervt war und mich am liebsten ins kühle Schlafzimmer verkrochen hätte.

«Viola hat vorhin auch vor die Tür gekotzt», berichtete Javier und pulte genüsslich in der Nase.

«Was? Bohrer aus dem Näschen!», sagte Vanessa mit vollem Mund und schaute mich fragend an.

«Mir war mal wieder, so wie gefühlt fünfzig Mal am Tag, übel und ich rannte auf die Gästetoilette, dort saß jedoch ein kleiner Herr und erledigte … Dann wollte ich in den Vorgarten in einen Eimer, aber da standen plötzlich diese weiblichen Fans in Mutters Alter und ich konnte nicht mehr und …»

«Was? Du hast in den Vorgarten? Oh, mein Engel, warum hast du nichts gesagt?», erkundigte sich Pierre mitfühlend und griff nach meiner Hand, die klebte, da ich versucht hatte, Jenny die Reste der Wurst aus dem Maul zu holen.

«Alles gut! Wer möchte denn von dem Salat?»

Ich musste an die weggespülten Tomatenkerne denken und an unser schönes Holzbrett, das Mutter mit dem Topfreiniger ruiniert hatte. Zudem gingen mir die Fans nicht aus dem Kopf, die uns vielleicht häufiger heimsuchten und zu Stalkerinnen werden konnten. Mir wurde das alles auf einmal zu viel, sodass ich plötzlich in Tränen ausbrach und ins Haus rannte, mich aufs Bett legte und die weiche Matratze unter meinem schwitzenden Körper genoss. Ich sehnte mich nach ein paar Minuten Ruhe und kühler Luft.

Pierre steckte seinen hübschen Kopf durch den Türspalt und sah mich besorgt an.

«Liebling! Was ist los?», fragte er leise und legte sich neben mich. Er streichelte meinen Arm und schob mir mein verschwitztes Haar aus dem Gesicht.

«Mach dir keine Sorgen. Es ist nur die Hitze und unser Mädchen, das meine Hormone ein bisschen durcheinanderbringt. Ich brauche nur eine kurze Pause und bin gleich wieder bei euch.»

«Ruhe dich aus und versuche, etwas zu schlafen. Ich werde unsere Gäste gut unterhalten.»

Er drückte mir vier Küsschen ins Gesicht und verschwand leise.

Nach über einer Stunde wachte ich auf und streckte meine Glieder. Es war ganz still im Haus. Ich ging ins Badezimmer und ließ mir kaltes Wasser über die Pulsadern laufen, kämmte mein

Haar und trug Lippenstift auf.

Wo waren sie alle? Ich ging in den Garten, aber keine Menschenseele war zu sehen. Danach rief ich im Haus nach meinem Mann, aber bekam keine Antwort. In der Küche fand ich einen Zettel. «Sind alle an den Strand gegangen. Kuss Pierre.»

Da ich großen Hunger verspürte, stopfte ich mir eine reife Banane in den Mund und prüfte nebenbei meine Nachrichten auf dem Handy. Mein neuer Roman ging mal wieder durch die Decke. Eigenartigerweise verspürte ich nicht das Glücksgefühl, das ich bei meinem ersten Erfolgsroman erlebt hatte. Meine Freude hatte sich offenbar abgenutzt, was mich etwas beunruhigte. Mein Erfolg wurde zur Normalität; ich schenkte ihm keine große Beachtung mehr. Das Schreiben war mein Job, den ich erfolgreich absolvierte, der mir nicht mehr wichtig war, da ich nun eine Familie hatte, die mein ganzes Glück war und meine volle Aufmerksamkeit erforderte.

Ich legte mir ein leichtes Tuch über meine nackten Schultern und ging an den Strand. Auf dem Weg dorthin lief mir eine Nachbarin in die Arme, die vor zwei Wochen ihren Mann verloren hatte. Sie machte nicht den Eindruck einer traurigen Witwe und trug ihren nassen, bunten Badeanzug in der rechten Hand.

«Guten Tag, Frau Hansen. Ist das nicht ein unglaublich warmer Tag?», begrüßte ich die Witwe, die nun eine schmucke Reetdach-Villa alleine bewohnte.

«Guten Tag, Frau Johannsen Es ist wie in der Karibik. Ich war gerade im Wasser. Es war herrlich erfrischend. Ich habe ihre nette Familie getroffen. Ihr Lütter ist so entzückend. Sagen Sie, es geht das Gerücht um, dass Ihre Mutter … also, ich weiß ja nicht, ob das stimmt …» Sie wrang ihren Badeanzug aus, sodass das Wasser auf meine Füße plätscherte und schob ihre riesige Sonnenbrille, die sie wie eine Libelle aussehen ließ, in die gefärbten Haare, die vor dem Tod ihres Mannes einen silbrigen Grauton gehabt hatten.

«Was ist mit meiner Mutter?», fragte ich voller Ungeduld und spürte, dass mein Herz schneller klopfte.

Frau Hansen kam einen Schritt auf mich zu und flüsterte plötzlich, als wenn sie Sorge hatte, dass wir abgehört werden könnten. «Sie soll was mit dem Stromanek haben. Der hat doch diese tolle Villa in Kampen.»

«Mit wem?», fragte ich laut und sah in der Ferne meine liebe Familie, die vom Strand kam.

«Na, mit dem Trainer von … ich habe vergessen, von welchem Verein.»

«Davon weiß ich nichts. Entschuldigen Sie Frau Hansen, ich … wünsche Ihnen noch einen schönen Tag.»

Ich schüttelte den Kopf ungläubig und wunderte mich, was bei uns im Ort wieder für Gerüchte kursierten.

«Viola! Wie geht es dir?», rief mein Mann aus der Ferne und schob den Buggy, in dem Liam eingeschlafen war.

«Viel besser. Ich habe ganz tief geschlafen. Langsam wird es ja auch kühler.»

«Ich wollte gerade zu euch gehen. Seid ihr alle im Meer gewesen?», fragte ich gut gelaunt und musste an den Trainer denken. Warum hatte Mutter uns noch nichts erzählt? Ich wollte den Namen des Mannes, der angeblich mit meiner Mutter zusammen war, später googeln, wenn ich mir den Namen solange merken konnte.

«Viola! Guck mal! Diese Muschel habe ich eben im Meer gefunden», erzählte Javier stolz und hielt mir eine Miesmuschel unter die Nase.

«Oh, die lebt aber noch. Wolltest du die Muschel essen?»

«Nein, igitt! Ich finde die Schale so hübsch.»

«Wollen wir sie wieder ins Meer setzen? Ich kann mit dir eine leere Muschel suchen, wenn du Lust hast.»

«Ja, gerne. Ich wusste nicht, dass die noch lebt. Ich will ja kein Muscheltöter sein», sagte der Kleine schuldbewusst.

«Geht schon mal vor! Ich suche nur ein paar Muscheln mit Javier.»

Während ich mit meinem Neffen an den Strand ging, erzählte ich ihm mein dürftiges Wissen über die Miesmuschel: Die Miesmuscheln oder auch Pfahlmuscheln genannt besitzen eine Art Superkleber. Damit können sie sich beinahe an allen Oberflächen festkleben. An ihrem Fuß scheidet die Muschel Fäden aus, die aus einem Proteinkleber bestehen. Ihren Namen verdankt die Miesmuschel dem mittelhochdeutschen Wort „Mies“ für Moos, weil diese Muschelart den Meeresgrund teppichartig - ähnlich wie Moos - überzieht …»

Javier fing an zu gähnen und hörte mir offensichtlich nicht mehr zu, denn er rannte zur Wasserlinie, während ich mein Wissen herauskehrte und wohl ein bisschen wie eine Lehrerin klang.

Während ich den Boden nach dekorativen Muscheln absuchte, spürte ich erneut die lästige Übelkeit, die hoffentlich nicht noch die restliche Schwangerschaft anhielt. Ich konnte mich doch nicht am Strand übergeben, an dem so viele Leute spazierten. Ich versuchte, mich krampfhaft darauf zu konzentrieren, meinen Mageninhalt dort zu lassen, wo er hingehörte und nahm voller Entsetzen wahr, dass mein Neffe bereits bis zum Hals in den Fluten stand. Voller Panik schrie ich hysterisch und brachte nur ein Krächzen heraus, das nicht besonders laut war, sodass es nicht bis zu Javiers Ohren vordrang.

Ich warf meine gesammelten Muscheln weg und versuchte, im kniehohen Wasser zu rennen. «Javier!», rief ich aufgelöst und spürte weder das kalte Wasser, noch meine Übelkeit, noch die scharfkantigen Muscheln unter meinen Füßen.

Es dauerte eine gefühlte Ewigkeit bis ich den Knirps, der schwimmen konnte, erreichte.

«Du kannst doch nicht so weit ins Meer gehen!», versuchte ich ruhig zu bleiben und hätte dem Ausreißer am liebsten den Hintern versohlt. Hoffentlich würde unser Sohn nicht so ein Draufgänger werden.

Mit tropfendem Kleid und zitternd wie eine Linde im Wind kehrten wir mit einer Handvoll Muscheln nach Hause zurück. Um ein Haar hätte die Nordsee mir meinen Neffen genommen, dachte ich voller Schrecken.

Nachdem ich mich mit einer heißen Dusche und ein paar Atemübungen etwas beruhigt hatte, wollte ich an meinem Handy nach dem Trainer googeln, mit dem meine Mutter angeblich eine Affäre hatte, jedoch kam Vanessa in mein Zimmer gestürmt und trug Tränen in ihren hübschen Augen, die sie von unserem Vater geerbt hatte.

«Hast du Zwiebeln geschnitten oder weinst du?», fragte ich verwundert und wollte mein Handy lässig aufs Bett werfen, verfehlte es jedoch um wenige Zentimeter, sodass es auf dem harten Holzboden landete.

«Ich weine!» Meine Schwester ließ sich aufs Bett plumpsen und streckte ihre Arme über dem Kopf aus.

«Was ist denn los?» Ich legte mich neben sie und musste an unsere Kindheit denken, in der wir oftmals in einem Bett geschlafen hatten, obwohl wir zwei Zimmer besessen hatten. Ich hatte mir damals schöne Geschichten ausgedacht, die Vanessa sich begeistert angehört hatte. Am liebsten hatte sie meinen Prinzessinnengeschichten gelauscht, die immer ein Happy End hatten.

«Ich habe mich eben mit Lukas gestritten. Er … er ist manchmal so verletzend und merkt es gar nicht. In letzter Zeit läuft es nicht mehr rund. Dabei hatte ich erst gedacht, dass er perfekt ist.»

Mit dem Zipfel meiner Bettdecke wischte sie sich die Tränen aus dem Gesicht und sah, trotz der verschmierten Wimperntusche, noch hübsch aus.

«Vielleicht bist du auch nur zu sensibel? Du hast zu viel um die Ohren und zu wenig Zeit für dich. Lukas meint das sicher nicht böse. Das ist seine Art. Er ist immer sehr direkt», versuchte ich sie zu trösten und streichelte über ihren Kopf.

«Manchmal denke ich, dass es ohne Mann leichter wäre. Ich muss immer so viel Rücksicht nehmen und dann sein übertriebener Ordnungssinn, der beinahe schon krankhaft ist.

Aber die Jungs mögen Lukas, obwohl er manchmal sehr streng ist und sich in meine Erziehung einmischt. Ach, ich weiß auch nicht! Ich beneide dich um dein Leben. Du hast so einen tollen Mann und bist erfolgreich …»

«Ja, da hast du recht, aber ich habe auch meine Probleme und bin manchmal unglücklich. Ich glaube, selbst wenn man alles hat, was man sich erträumt, selbst dann stellt sich keine hundertprozentige Zufriedenheit ein oder sie ist nur von kurzer Dauer. Ich habe immer davon geträumt, eine erfolgreiche Schriftstellerin zu sein; nun bin ich eine und es macht mich weder stolz noch überglücklich.»

«Wirklich? Es muss doch ein überragendes Gefühl sein, wenn man so viel Erfolg hat wie du? Aber so ist es wohl mit dem Streben nach dem großen Glück. Es ist nie von langer Dauer. Es sind immer nur kurze Momente, die wir genießen sollten», sinnierte meine Schwester und griff nach einem Buch, das auf Pierres Nachttisch lag.

«Was liest dein Mann denn da?», fragte sie voller Neugier und blätterte in dem Buch.

«Du weißt doch, dass er seine Kindheit noch nicht verarbeitet hat. Ich habe ihm das Buch gekauft, um ihm zu helfen. Er will keine Therapie machen.»

«Pierre macht immer so einen ausgeglichenen, fröhlichen Eindruck. Man vermutet nicht, dass er ein Trauma hat.»

«Das bekommt ja auch keiner mit. Er kann sich gut verstellen und ist eben ein guter Schauspieler. Vorhin habe ich Frau Hansen getroffen, die übrigens einen recht fröhlichen Eindruck machte. Vielleicht ist sie ganz froh, dass ihr Mann … Man weiß ja auch nicht genau, woran er gestorben ist. Er lag morgens tot im Bett, während seine Frau einen langen Spaziergang gemacht hatte. Vielleicht hat sie …»

Vanessa riss ihre Augen auf und drückte mein kleines Kuschelkissen an ihre Brust. «Was? Du meinst, dass sie ihren Mann ermordet hat?»

«Das kann ich mir schon vorstellen, aber es ist natürlich nur eine Vermutung, weil er doch so ein Scheusal war und seine Frau auch nicht gut behandelt hat. Weißt du noch, als wir die beiden mal am Strand getroffen haben und er sie an den Haaren gezogen und angeschrien hat?»

«Ja, das war schlimm! Du hast recht, an deiner These könnte etwas dran sein. Vielleicht sollten wir da mal ein bisschen nachforschen?»

«Nein, lieber nicht. Wer weiß, was wir da alles zu Tage bringen würden. Ich wollte dir aber etwas anderes erzählen. Frau Hansen wollte wissen, ob an dem Gerücht, dass Mutter mit einem Fußballtrainer eine Liaison hat, etwas dran ist.»

Ich zog ein ernstes Gesicht und fischte mein Handy vom Boden, um endlich den Namen des Mannes, der vielleicht das Herz meiner Mutter erobert hatte, zu googeln, aber ich hatte doch prompt den Namen vergessen!

«Mama und ein Trainer! Das passt nun überhaupt nicht zusammen. Obwohl Mama ja recht sportlich ist, aber für Fußball hat sie sich doch nie interessiert. Wir können Mama doch gleich mal fragen.»

«Aber nicht vor versammelter Mannschaft! Wir nehmen sie

nachher mal zur Seite.»

«Ja, gute Idee!»

Als die Kinder im Bett lagen und wir den milden Abend im Garten genossen, beobachtete ich Lukas und Vanessa, die keinen harmonischen Eindruck machten. Ihre Blicke wichen sich aus und wenn Lukas erzählte, hörte meine Schwester ihm nicht zu und verzog etwas angewidert ihr Gesicht. Sollte nach zwei Jahren schon wieder alles vorbeisein? Lag es an Vanessa oder hatte sie einfach nur Pech mit den Männern?

Am nächsten Morgen trafen wir uns zum gemeinsamen Frühstück in unserem Haus. Mutter brachte Brötchen mit und hatte ein Strahlen in den Augen, das verdächtig war. Zudem trug sie ein figurbetontes Kleid mit einem tiefen Dekolleté, das ziemlich sexy aussah. Seit Vaters Tod hatte sie ein paar Kilo abgenommen, da sie, genau wie Pierre und ich, überwiegend zuckerfrei lebte.

«Guten Morgen, Mama! Du siehst blendend aus», begrüßte ich sie und hatte sie lieb, auch wenn sie mir mit ihren Haushaltstipps manchmal auf die Nerven ging.

Pierre kümmerte sich um seinen Sohn, was er die meiste Zeit über mit größter Leidenschaft tat.

Offenbar hatte sich das Paar noch nicht versöhnt, denn sie ignorierten sich. Dabei waren sie doch gekommen, um sich auf der Insel zu entspannen.

Das Wetter hatte umgeschlagen. Die kurze Hitze war kühler Luft gewichen, sodass wir uns nach dem Frühstück in warme Jacken hüllten und gemeinsam einen Strandspaziergang unternahmen.

Vanessa und ich nahmen Mutter in die Mitte, um sie endlich über ihre neue Bekanntschaft auszuquetschen. Die Männer rannten mit den Jungs weit vor und liefen mit den Gummistiefeln ins Meer.

«Mama, ich habe gestern Frau Hansen getroffen. Sie hat den Tod ihres Mannes offensichtlich ganz gut verdaut. Sie erzählte mir, … dass das Gerücht rumgeht, dass du … mit einem Fußballtrainer …», stotterte ich, da es mir etwas unangenehm war, sie über ihre neue Beziehung auszufragen, über die sie offensichtlich doch noch gar nicht reden wollte.

Mutter blieb stehen. «Nun seht euch das mal an! Es ist ein Jammer, was die Leute alles ins Meer werfen.» Sie bückte sich mit durchgedrückten Knien und schaute sich die vergilbten dritten Zähne näher an, die in den Sand bissen.

«Vielleicht sind sie von einer Leiche, die noch im Meer schwimmt?», spekulierte ich und spürte, dass der Zahnersatz einen Würgereiz bei mir auslöste, den ich zu ignorieren versuchte.

«Kein Wunder, dass du Geschichtenschreiberin geworden bist», meinte Vanessa und drehte das Gebiss mit der Fußspitze um.

Wir gingen weiter und Mutter tat so, als hätte sie meine Frage vergessen.

«Mama, was ist denn nun mit dem Trainer?», ließ Vanessa nicht locker, da sie genauso neugierig war wie ich.

«Meine Güte! Kinder! Ihr seid aber auch neugierig. Ja, ich habe einen Mann kennengelernt und ja, er ist ein Fußballtrainer, aber fragt mich nicht, welche Mannschaft er trainiert. Und da ihr ja alles wissen wollt, wir waren noch nicht im Bett, aber haben uns geküsst und das war toll. Reicht das an Informationen?», erklärte sie uns gereizt und spielte mit einer Muschel Fußball.

Wir schauten Mutter perplex an und mussten prustend lachen. Diese neue Offenheit stand ihr verdammt gut. Zudem fand ich es prima, dass sie vielleicht bald wieder einen festen Partner an ihrer Seite hatte, damit sie nicht ständig an unsere Terrassentür klopfte, weil sie Langeweile hatte.

«Das finde ich ja toll, Mama. Es ist doch schön, wenn du wieder verliebt bist und jemanden hast», sagte ich verständnisvoll und hakte mich bei Mutter ein.

«Wow! Dass ist wirklich schön. Ich bin schon sehr gespannt, deinen Trainer kennenzulernen», meinte Vanessa und hakte sich ebenfalls bei Mutter ein, die mit den Augen rollte.

«Damit warten wir noch ein bisschen. Ich muss ihn ja selbst erstmal genau kennenlernen und hab noch keine Ahnung, ob das zwischen uns etwas werden kann.»

«Nun seht euch an, was Javier schon wieder angestellt hat! Und Lukas läuft vor ihm und merkt nichts!», stöhnte Vanessa und rannte zu ihrem Sohn, der so tief im Meer stand, dass seine Gummistiefel mit kühlem Nordseewasser vollgelaufen waren und er Schwierigkeiten hatte, sich mit den schweren Stiefeln fortzubewegen.

Nach vier Tagen reiste unser Besuch ab und ich war froh, denn die kleine Familie konnte einen wirklich auf Trab halten.

PIERRE IN AFRIKA

Pierre schrieb bereits seit einem Jahr an einem Drehbuch, kam aber nicht so recht voran. Ab und zu wollte er meinen Rat hören, doch ich wollte ihm nicht zu viel reinreden und hielt mich zurück.

Nachdem mein Mann sich aus der Schauspielerei zurückgezogen hatte, engagierte er sich in der Zentralafrikanischen Republik, einem der ärmsten und gefährlichsten Länder der Welt. Der Staat war stark unterentwickelt und instabil. Pierre hatte mit einem Kollegen die Organisation «Wir geben alles» ins Leben gerufen, für die er bereits eine größere Summe Geld gesammelt hatte. Dank seiner vielen Kontakte und seiner Berühmtheit fanden sich viele Spender und Unterstützer, was Pierre sehr glücklich machte. Ihm lag sein Projekt sehr am Herzen und er war bereits zweimal nach Afrika gereist und jedes Mal deprimiert und voller Traurigkeit zurückgekommen. Nach seiner Rückkehr schämte er sich dafür im Luxus zu leben und wurde sehr demütig. Ich durfte ihn auf seinen Reisen nicht begleiten, da er Angst um mein Leben hatte, während ich Angst um das seine hatte.

Pierre stand vor seiner dritten Reise in die Zentralafrikanische Republik. Ich fand es bewundernswert, dass er das geschundene Land unterstützte, aber ich machte mir Sorgen um seine labile Seite, die nur ich kannte.

Während ich Pierres Koffer packte, spielte mein Mann mit Liam auf unserem Bett.

«Ich werde euch sehr vermissen. Ich bin schon so gespannt auf die neue Krankenstation und die Schule. Ist dir wieder übel?»

«Nein, alles gut. Der Gedanke, dass du so weit weg bist, in diesem Land, das so … Ich würde dich am liebsten begleiten.»

«Ich pass auf mich auf. Du musst dir keine Sorgen machen», beruhigte er mich und küsste meine blasse Wange. Liam krabbelte derweil in den leeren Koffer, der auf dem Bett lag.

«Du willst also mit, du kleiner Racker? Wenn du größer bist, kannst du Papa begleiten und die Welt ein bisschen besser machen.»

«Vielleicht wird er ja auch ein Schriftsteller und schreibt Sylt-Krimis?» Ich hob Liam aus dem Koffer und legte ihn zwischen uns. Wir schmusten ein letztes Mal ausgiebig, bevor Pierre für zwei Wochen nach Afrika entschwand.

Pierre flog in Begleitung eines Fotografen und drei Mitgliedern seiner Organisation. Darunter befand sich auch die junge Studentin Ines, die ihr junges Leben ganz selbstlos dem Kampf gegen Armut und dem Ungleichgewicht opferte, das auf der Welt herrschte. Ines war ein dünnes, blasses Wesen, das stets einen traurigen Gesichtsausdruck trug und ihr Haar vielleicht noch nie geschnitten hatte, denn ihr langer Zopf baumelte ihr weit über den Po. Das zarte Mädchen machte einen märtyrerhaften Eindruck, als wenn sie bereit wäre, für die gute Sache zu sterben.

Ich fuhr Pierre zum Sylter Flughafen und trug neben der permanenten Übelkeit noch einen dicken Kloß im Hals. Ich versuchte, meine Tränen zurückzuhalten, aber als mein Mann vor mir stand und mein Gesicht streichelte, flossen die Tränen, die er fortküsste. Ich fühlte mich ein bisschen wie in der Abschiedsszene von «Casablanca», einen der wenigen Filme, die ich kannte. Doch bei mir und Pierre war es kein Abschied für immer, es sei denn, Pierre stieß in dem gefährlichen Land etwas zu, was nicht unwahrscheinlich war und mir große Angst machte.

«Nicht weinen, Viola. Ich bin doch nur zwei Wochen fort und dann werde ich bis zur Geburt bei euch bleiben. Mach dir bitte keine Sorgen. Ich melde mich täglich und werde dir berichten, wie es in unserem Dorf vorrangeht», versuchte er mich zu trösten.

«Ja, ist gut. Ich bin stolz auf dich.»

Das kleine Flugzeug verschwand im grauen Himmel und meine Stimmung verdüsterte sich.

Als ich vom Flughafen zurückkehrte, sah ich Frau Hansen mit

einem Mann in Richtung Strand gehen. Das ging aber schnell! Meine These, dass sie ihren Mann eigenhändig um die Ecke gebracht oder dieser Mann ihr vielleicht dabei geholfen hatte, verfestigte sich, sodass ich den Drang verspürte, diesen Kriminalfall zu lösen.

Da Mutter sich den halben Tag um Liam kümmerte, hatte ich Zeit zum Friseur zu gehen. Seitdem ich mit Pierre verheiratet war, mied ich die Öffentlichkeit so gut es ging, aber da ich meine Haare nicht selbst schneiden konnte, wagte ich mich in den Tratschladen, in dem man alle Neuigkeiten auf der Insel gratis zum Haarschnitt dazubekam, jedoch auch gleichzeitig ausgepresst wurde wie eine saftige Zitrone.

Maren erwartete mich bereits, hielt mir die Tür auf und grinste breit. Ich kam mir vor wie eine staatstragende Persönlichkeit und bekam sofort einen Grünen Tee mit einem Hauch Zitronensaft, da alle ziemlich viel über mich wussten; sogar über meine kleinen Vorlieben.

«Hallo, Viola! Gut siehst du aus. Die Schwangerschaft steht dir ausgezeichnet. Ich hoffe, meine Praktikantin hat nicht zu viel Zitrone in den Tee getan? Das ist Biotee. Hat Marie extra aus dem neuen Bioladen geholt. Ohne Pestizide und so, damit dein Baby nicht gleich schon Gift abbekommt. Ich habe gehört, dass dein Mann vor zwei Stunden in Richtung Afrika abgehoben ist.»

Maren war ja mal wieder bestens informiert. Die Buschtrommeln funktionierten einwandfrei.

«Ja, er ist zwei Wochen dort. Heute bitte keine Strähnchen. Nur schneiden.»

«Hast du Sorge, dass die Farbe deinem Kind schaden könnte?

Das Haarfärbemittel ist heutzutage nicht mehr so aggressiv, da musst du keine Angst haben.»

«Mir gefällt mein Haar so natürlich besser. Der Tee schmeckt ausgezeichnet.»

«Der kostet ja auch fünfmal mehr als der aus dem Supermarkt, aber dafür nehme ich dann drei Euro mehr für den Schnitt, wenn das OK für dich ist?»

«Ja, klar! Ich schloss die Augen als Maren mir mein Haar wusch und wollte mich entspannen, da kam diese Frage, mit der ich gerechnet hatte. «Sag mal, deine Mutter, die soll etwas mit …»

«Bitte, frag mich nicht. Du hast vermutlich mehr Informationen als ich. Meine Mutter hält ihre Beziehung noch geheim. Sie ist in der Kennenlernphase. Wenn ich Genaueres weiß, schicke ich dir eine Nachricht und vielleicht auch ein Foto. Sag mal, die Frau Hansen. Ich hab sie eben mit einem Mann gesehen. Hat die schon einen Neuen?»

«Davon weiß ich nichts, aber man munkelt, dass sie … ihren Mann beim Sterben etwas geholfen hat.»

Maren fuchtelte wild mit der Schere herum, sodass ich Angst hatte, ein Stück meines Ohres zu verlieren.

«Ach! Weiß man nicht, woran er gestorben ist?»

«Na ja, der Arzt, der den Totenschein ausgestellt hat, hatte mal ein Verhältnis mit der Hansen.»

«Oh, nicht zu kurz!» Maren schaute mich skeptisch im Spiegel an und schien mir unkonzentriert.

«Der Hansen war ja auch ein schrecklicher Mensch, der viele Feinde hatte. Den wird wohl keiner vermissen, außer dem Fiete, der ihm treu ergeben war. Und wie geht es euerm Lütten?»

«Bestens. Er ist gerade bei seiner Oma.»

«Schade, dass er nur eine Oma hat. Ich kann es nicht glauben, dass du dir den Mann, den alle Frauen begehren, geschnappt hast. Du musst mir mal bei einem Schnaps erzählen, wie du das gemacht hast. Schade, dass dein Pierre nie zu mir in den Salon kommt.»

«Wir haben uns von Anfang an gut verstanden und … dann verliebt. Ich werde versuchen, ihn zu überzeugen, dass du die beste Friseuse auf der Insel bist.»

Mit frisch geföhntem, duftendem Haar verließ ich den Salon und ging zu Käthe, die noch immer in der Bäckerei ihre eigenen Brötchen verkaufte, obwohl sie schlecht laufen konnte. Ich sollte Mutter ein Dinkel-Kartoffel-Brot mitbringen und öffnete die Ladentür, die mit der mir bereits aus Kindertagen vertrauten Klingel die Kunden ankündigte. Käthe saß vor der Kuchenauslage auf einem alten Plastikstuhl und blätterte in einem Käseblatt.

«Viola! Wie schön, dich mal wieder zu sehen. Wo ist dein Lütter und dein hübscher Mann?», fragte sie mit rauer Stimme und erhob sich schwerfällig. Ihr Dutt saß wie immer perfekt am Hinterkopf.

«Liam ist bei seiner Oma. Für die soll ich ein Brot mitbringen. Hast du noch was von dem Kartoffelbrot da?»

«Muss mal eben in die Backstube …»

Während Käthe in den Nebenraum humpelte, betrachtete ich mir fasziniert die Kuchenauswahl. Seitdem Käthes Sohn seine neue Freundin hatte, die ausgebildete Konditorin mit einigen Auszeichnungen war, sahen die Torten noch verlockender aus als zuvor.

«Eins habe ich noch gefunden!» Käthe hielt triumphierend das dickleibige Brot in die Höhe und steckte es in eine Tüte.

«Und was kann ich dir noch einpacken? Hast du dir schon unsere schönen Torten angesehen? Die Anja, die macht Torten, dass ist der Wahnsinn. Nun kaufen sie sogar auch aus Kampen bei uns ein. Die Torten gehen weg wie nix», sagte sie voller Stolz und rückte eine Torte zurecht, wobei sie mit dem Daumen in die Sahne kam, den sie ableckte.

«Das freut mich, aber wir essen ja kaum noch Kuchen, aber wenn ich mir die Himbeertorte so ansehe … dann pack mir doch mal zwei Stückchen davon ein.» Ich musste ja nun schließlich mehr essen und gegen ein bisschen Zucker ab und zu war nichts einzuwenden.

«Und was ist mit einem Hanseaten? Die haben heute eine extra dicke Lasur. Ich schenk dir einen.» Käthe griff bereits nach ihrer Zange.

«Nein, danke! Dass ist lieb, aber die sind mir zu süß. Nun hab ich ja den Kuchen.»

«Und dein Mann ist wieder nach Afrika unterwegs? Mir wäre es ja lieber gewesen, wenn er weiterhin Liebesfilme gedreht hätte. Ach, dieser Film, in dem er den jungen Mann, der im Rollstuhl sitzt und sich in die Sopranistin verliebt hat, der hat mir besonders gut gefallen. Den hab ich mir sogar zweimal angesehen. Aber Geld für die armen Leute in Afrika sammeln, ist ja auch ne feine Sache. Sag mal, jetzt muss ich aber noch nach deiner Mutter fragen. Ist die nun tatsächlich mit dem Stromanek zusammen? Mein Neffe Jan meint, das wäre ein super Trainer, der auch den Löw mal ersetzen könnte. Ich habe ja keine Ahnung vom Fußball, aber Jan kennt sich da aus. Der arme Jung ist ja nun schon seit einem Jahr arbeitslos. Hat es ja auch mit dem Rücken und hört nur noch auf einem Ohr. Der wird wohl nix mehr finden und muss in Frührente. Ein Jammer, denn überall werden doch Leute gesucht. Aber der ist ja auch ein Fauler. Hab ihm schon mehrmals einen Job in der Bäckerei angeboten, denn so langsam kann ich auch nicht mehr den ganzen Tag im Laden stehen, aber Jan meint, dass ihm schlecht werden würde, wenn er den ganzen Tag den Geruch von Backwaren in der Nase hätte. Das ist ein Witz! Findet er Güllegeruch besser? Dann soll er doch bei Horst auf dem Hof arbeiten. Die jungen Leute von heute sind echte Weicheier. Total verpäppelt. Aber dein Pierre ist ein ganz Fleißiger. Da hast du wirklich Glück gehabt, dass du dir den geschnappt hast. Obwohl, der hätte ja jede haben können. Wundert mich, dass er sich kein Model oder so genommen hat. Die Promis schmücken sich doch immer gerne mit den schönsten Frauen, auch wenn die nicht viel im Kopp haben.»

Geduldig hörte ich mir Käthes Monolog an und wippte ungeduldig mit meinem Oberkörper. Zudem war meine Blase voll und eine leichte Übelkeit machte sich schon wieder bemerkbar.

«Käthe, was bekommst du? Ich muss mal weiter.»

«Elf Euro. Aber was ist denn jetzt mit dem Stromanek?», ließ sie nicht locker.

«Elf Euro?», vergewisserte ich mich, da es mir etwas viel vorkam und wühlte in meiner Börse nach Kleingeld.

«Wir mussten die Preise erhöhen, weil die Torten ziemlich zeitaufwändig sind, außerdem kommen doch nun so viel Kampener und die habens ja. Wir müssen auch sehen, wo wir bleiben, denn die Preise fürs Mehl …»

Bevor Käthe wieder ausholen konnte, drückte ich ihr das Geld passend in die Hand und verabschiedete mich.

«Was ist denn jetzt mit dem Stromanek?», rief sie mir hinterher, aber ich tat so, als wenn ich sie nicht mehr hören würde.

Mutter saß mit Liam auf dem Boden als ich heimkehrte. Die beiden hatten aus Lego ein Haus gebaut. Ich erzählte ihr nicht, dass sie im Ort Tratschthema Nummer 1 war.

«Oh, was habt ihr denn Schönes gebaut?»

Liam streckte seine Ärmchen nach mir aus und juchzte.

Mutter schaute auf die Uhr, als wenn sie einen Termin haben würde.

«Ich geh dann mal!» Sie strich ihren neuen Rock glatt und gab Liam ein Küsschen.

«Ich habe uns Kuchen mitgebracht. Wollen wir nicht noch zusammen einen Tee trinken?», schlug ich ihr vor, da ich Gesellschaft suchte, um mich abzulenken.

«Ich bin verabredet. Du kannst doch gut zwei Stückchen Torte vertragen. Danke für das Brot.»

Ehe ich noch etwas sagen konnte, lief sie in großen Schritten durch unseren Garten, nahm den kurzen Weg zu ihrem Haus, in dem sie vielleicht gleich ihren Geliebten empfing, über den bereits alle Bescheid wussten. Da ich von Natur aus sehr neugierig war, überlegte ich, ob ich etwas spionieren sollte, aber ließ es bleiben. Lieber wollte ich mit Liam einen Strandspaziergang unternehmen.

Der starke Wind zerrte an meiner Kleidung und der feine Sand wehte mir ins Gesicht, sodass mir Körner in die Augen gerieten. Ab und zu mochte ich diesen lebendigen Wind, der einen den Kopf freipustete und das Gesicht rosig machte, aber manchmal nervte er auch.

Liam jubelte als er die bunten Drachen sah und wollte aus dem Buggy steigen. Er hatte vor einem Monat laufen gelernt und war noch sehr unsicher auf seinen Beinchen, sodass er alle paar Meter auf den Po fiel und dabei lachte. Liam hatte ein sonniges Gemüt und sah Pierre sehr ähnlich.

Während ich durch den feuchten Sand lief, musste ich an Pierres und meine erste Begegnung denken. Ich hatte Großvaters viel zu großen Friesennerz getragen und musste ausgesehen haben wie ein Seefahrer. Rückwirkend musste ich schmunzeln und schaute in den blauen Himmel, an dem die bunten Drachen lustig flatterten.

«Wollen wir auch einen Drachen steigen lassen?» Liam schaute mich mit offenem Mündchen an und lachte. Ich setzte ihn in den Buggy und eilte nach Hause. Mein alter Drachen, den mein Großvater mit mir und Vanessa gebastelt hatte, lag noch im Schuppen. Ich klingelte bei Mutter, um mir den Schlüssel für den Schuppen geben zu lassen. Da mehrere Fenster geöffnet waren, ging ich davon aus, dass sie zu Hause war, denn Mutter schloss immer alle Fenster, wenn sie das Haus verließ. Ich wartete und horchte an der Tür, während Liam mit seinem Schnuller Weitwurf spielte. Ich fischte den Schnuller aus dem Lavendelbeet, steckte ihn in meine Hosentasche und klingelte ein weiteres Mal. Hatte Mutter Besuch von diesem Trainer? Es tat sich was. Die Friesentür öffnete sich einen kleinen Spalt. Mutters Haare waren zerzaust und ich konnte durch den Türspalt sehen, dass sie ein großes Badetuch um ihren Körper geschlungen hatte.

«Viola! Ich habe gerade … gebadet. Mir war so kalt …» Ihre Wangen waren errötet und sie sah irgendwie verlegen aus.

«Entschuldige, dass ich dich aus der Wanne geholt habe, aber ich sah gerade die vielen Drachen am Strand und bekam auch Lust, einen steigen zu lassen. Mein alter Drachen von Opa muss noch im Schuppen liegen. Kannst du mir den Schlüssel bitte mal geben?»

«Oh, das tut mir leid, aber vor ein paar Monaten habe ich ausgemistet und das ganze Gerümpel von Großvater entsorgt. Ich glaube, dass ich auch die Drachen … Die waren doch auch nicht mehr heil? Du kannst ja mal nachsehen.» Mutter hielt das Badetuch fest und wirkte nervös.

«Du hättest mich ja mal fragen können. Hast du etwa auch den alten Friesennerz von Opa entsorgt?», fragte ich etwas aufgelöst, da an dem Drachen so schöne Erinnerungen hingen und ich mich darauf gefreut hatte, ihn Liam zu zeigen.

Während Mutter nach dem Schlüssel suchte, wehte die Tür ein Stück auf. Meine Augen erfassten sofort Schuhe im Flur, die nicht Mutter gehörten. Es waren Sportschuhe, die ziemlich groß waren. Oh, mein Gott! Mutter hatte mit dem Trainer im Bett gelegen! Mitten am Tag! Ich stellte mir den Mann vor, den ich nicht kannte. In meiner Vorstellung trug er ein blaues Trikot mit einer 1 auf dem Rücken, einen kleinen Bierbauch und hatte nur noch ein paar dunkle Resthaare, die er sich blond färbte. Mit so einem ging Mama ins Bett! Ich wollte es mir nicht detaillierter vorstellen. Als Mutter mir den Schlüssel überreichte, an dem noch immer der goldene Anker hing, den Großvater an einer Losbude gewonnen hatte, rutschte Mutter das Handtuch herunter, sodass sie nackt vor mir stand. Ich hatte sie lange nicht ohne Kleider gesehen und war überrascht, wie gut sie noch aussah.

«Entschuldige, dass ich dich gestört habe. Ich geh dann mal. Kommst du morgen zum Frühstück?»

«Ja, nein, ich weiß noch nicht. Ich werde mich bei dir melden.»

Der Schuppen war so gut wie leer. Mutter hatte fast alles weggeschmissen, was prinzipiell nicht schlecht war, da das meiste Gerümpel gewesen war, das niemand mehr brauchte. Als ich an die Decke schaute, sah ich meinen bunten Drachen und mein Herz freute sich. Es machte den Eindruck, als wenn er sich dort vor Mutter versteckt hatte. Große Freude durchflutete meinen Körper. «Da ist er ja! Schau mal, Liam! Das ist mein schöner, alter Drachen und den lassen wir jetzt steigen.»

Das Drachenband war verheddert und so brauchte ich lange, um es zu entwirren. Liam war mittlerweile im Buggy eingeschlafen, sodass ich in Ruhe meinen Drachen fertigmachen konnte. Kurz bevor ich das gute alte Stück startbereit hatte, wachte mein Sohn auf und schaute gebannt auf den bunten Stoff. Die Brandung tobte und große Wellen klatschten laut tosend an den Strand. Ich liebte das Meer, die Insel und die frische Nordseeluft, die mich schon als Kind glücklich gemacht hatte. Voller Freude rannte ich los und brachte den Drachen schnell auf eine beachtliche Höhe. Im Nu flitzte mein guter alter Drachen am Himmel entlang und brachte Liam zum Juchzen und auch ich freute mich wie ein kleines Kind.

Während ich so großen Spaß hatte wie früher und dabei die tiefe, sonore Stimme meines Großvaters im Ohr hatte, steuerte ein Mann auf mich zu, den ich zunächst nicht erkannte, da er eine dunkle Kappe trug, die das halbe Gesicht verdeckte.

«Leon!», rief ich überrascht und wusste nicht so recht, wie ich ihn begrüßen sollte. Wenn er mich damals nicht verlassen hätte, wären wir vielleicht verheiratet und ich würde noch immer Bestseller verkaufen, anstatt sie zu schreiben.

«Hallo!», sagte er schüchtern und reichte mir seine kühle Hand, die er zögerlich aus seiner Jackentasche holte. Die Zeit, die ich mit Leon verbracht hatte, war total verblasst.

Er warf einen Blick in den Buggy. «Dein Sohn?»

«Ja, das ist Liam. Wie geht es dir?» Mein Ex machte einen traurigen Eindruck. Er hatte damals versucht, mich zurückzugewinnen und war sicherlich noch gekrankt, vermutete ich und lächelte ihn aufmunternd an, da er mir leidtat.

«Gut. Und du bist jetzt mit diesem … Schauspieler verheiratet? Ich habe es in der Zeitung gelesen.» Leon ließ meinen Sohn nicht aus den Augen und hockte sich vor den Buggy.

«Ja, Pierre … hat die Schauspielerei aber an den Nagel gehängt. Er spielt nur ab und zu mal …»

«Hallo, Liam. Ich bin Leon.» Mein Ex berührte vorsichtig Liams Händchen, als wäre es zerbrechlich. Ich stellte mir Leon kurz als Vater vor und konnte mir ausmalen, dass er sich rührend um seine Kinder kümmern würde.

Mein Sohn schaute den Fremden interessiert, aber mit ernster Miene skeptisch an.

«Machst du hier Urlaub?», erkundigte ich mich und betrachtete mir eingehend den Mann, in den ich vor einigen Jahren sehr verliebt gewesen war.

«Ja, aber nur für drei Tage. Ich habe mir ein E-Bike angeschafft. Mein neues Hobby. Ich war damit auch schon in den Alpen.»

«Toll! Das macht bestimmt Spaß? Und was machst du … wo arbeitest du?» Ich wurde nervös, da ich vermutete, dass Leon nicht zufällig auf der Insel war und vielleicht geplant hatte, mich aufzusuchen. Wusste er aus der Presse, dass Pierre gerade in Afrika weilte und ich alleine war?

«Ich habe vor zwei Jahren umgeschult. Bin jetzt im IT-Bereich tätig und arbeite in einem kleinen Start-up. Das macht mir viel Spaß.»

«Das freut mich. Und hast du … eine Freundin?»

«Nein, ich bin Single und das ist OK. Du bist ja ziemlich erfolgreich. Ich habe zwar noch kein Buch von dir gelesen, aber was man so über dich hört und liest …»

Ich wurde verlegen, denn Leon machte mich unruhig. Ich hatte ihm gegenüber ein schlechtes Gewissen, da ich ihm keine zweite Chance gegeben hatte. Er hatte sich sehr verändert, denn er war nicht mehr pummelig und trug einen gepflegten Bart, der ihn älter aussehen ließ. Auch sein Leben hatte sich offenbar komplett gewandelt.

«Magst du vielleicht auf einen Tee zu mir kommen? Ich habe auch Kuchen.»

«Das ist nett. Tee gerne, aber keinen Kuchen. Ich bin total ab vom Zucker. Du hast mir damals den Anstoß dazu gegeben, mal auf Zucker zu verzichten und seitdem lebe ich so gut wie zuckerfrei. Ich fühle mich viel leistungsfähiger und habe ein paar Pfunde verloren.» Er legte als Beweis eine Hand auf seinen Bauch, der durch die Jacke verdeckt war.

«Wow! Ich hab schon gesehen. Du siehst wirklich gut aus. Komm! Lass uns gehen, denn dahinten scheint sich etwas zusammen zu brauen.»

Während wir uns angeregt unterhielten, begegneten wir ein paar Nachbarn, die sich nach uns die Hälse reckten. Kaum ist der Mann auf Reisen, trifft sich Frau Gaston mit Männern! Vielleicht lauerte hinterm Deich bereits ein Paparazzo und schoss mich mit meinem Ex ab? Aber damit musste ich leben.

Leon zog sich im Haus seine Schuhe aus und hängte seine Jacke an die Garderobe. Kommentarlos folgte er mir durch das geräumige Haus und nahm am Esstisch Platz.

«Ich muss mal eben kurz den jungen Mann wickeln und bin sofort wieder bei dir.»

Als ich mit Liam auf dem Arm zurückkehrte, stand Leon an der Terrassentür und schaute in den gepflegten Garten, den zwei Gärtner in Schuss hielten.

«Nett habt ihr es. Was ist mit eurem alten Haus?» Leon fuhr sich mit einer Hand über seinen Bart und schaute mich aus traurigen Augen an. Bereute er es, dass er mich damals verlassen hatte?

Dachte er, dass es der größte Fehler seines Lebens gewesen war? Seit über zwei Jahren hatte ich meinen Ex nicht gesehen und rief mir unsere letzte Begegnung in Erinnerung zurück. Leon hatte mich, ein paar Wochen nachdem er mich aus heiterem Himmel verlassen hatte, auf Sylt besucht und versucht, unsere Beziehung wiederaufzunehmen. Ich hatte jedoch erkannt, dass wir nicht zusammengepasst hatten; dass Leon mich nicht vollends glücklich gemacht hatte und unser Leben eingefahren und langweilig verlaufen war. Zu meiner Hochzeit hatte ich ihn nicht eingeladen, da ich dachte, dass es ihn verletzen würde.

«Meine Mutter ist in das Haus gezogen. Sie wollte zwar immer auf die Balearen auswandern, aber nun fühlt sie sich hier sehr wohl. Trinkst du noch gerne Schwarzen Tee?»

«Ja, aber ohne Zucker.»

Ich setzte Liam in seine Spielecke, die Pierre für ihn im Wohnzimmer eingerichtet hatte. Der Kleine konnte sich mit großer Ausdauer mit Holzbausteinen oder Autos beschäftigen.

Leon folgte mir in die Küche und schaute sich interessiert um.

«Die Hütte muss ja ein Vermögen wert sein. Aber es fehlt der Meerblick.»

Ich lächelte nur und suchte den Schwarzen Tee im Oberschrank, stellte mich auf Zehenspitzen und streckte meinen Körper, aber erreichte nicht die Tee Dose.

«Warte! Lass mich das machen», kam Leon mir zu Hilfe.

Als er sich neben mich stellte und mich dabei leicht berührte, sah ich Mutters entsetztes Gesicht hinter der Fensterscheibe. Sah ich Geister oder war das Mutter? Kurz danach hörte ich den

Schlüssel im Schloss.

«Hast du Besuch?», rief sie, als sie noch im Flur war. Mit einem überraschten Gesichtsausdruck stand sie nach wenigen Sekunden in der Küche.

«Ja, stell dir vor, ich habe Leon zufällig am Strand getroffen.» Ich fühlte mich, als hätte Mutter uns in Flagranti erwischt und errötete, obwohl ich keinen Grund dazu hatte. Genauso hatte Mutter sich wohl gefühlt, als ich sie vor ein paar Stunden aus dem Bett geklingelt hatte.

«Ach! Leon! Ich hätte dich gar nicht wiedererkannt. Dein Babyspeck ist weg. Gut siehst du aus. Machst du Urlaub auf der Insel?» Mutters direkte Art war manchmal erfrischend und manchmal erschreckend.

«Ja, ein paar Tage.» Leon hielt den Tee in der Hand und wirkte ebenfalls verlegen, da er wusste, dass meine Mutter nie große Stücke auf den «Schrauber» gehalten hatte.

«Ich wollte uns gerade einen Tee kochen. Möchtest du auch einen?», lud ich sie ein und nahm Leon die Dose aus der Hand, wobei unsere Finger sich berührten. Aber da war nichts. Keine Funken und kein Stromschlag.

«Nein, nein, ich will euch nicht stören. Ich wollte dir nur kurz sagen, dass ich … zwei Tage aufs Festland fahren werde. Du kommst doch ohne mich klar? Kannst du meine Blumen gießen und den Briefkasten leeren?»

«Ja, mache ich.» Ich schaute Mutter forschend an, aber sie erzählte mir nicht, warum sie aufs Festland wollte. Hing das mit ihrem Trainer zusammen?

«Wenn was sein sollte, melde dich! Tschüss Leon. Schön, dich mal wiedergesehen zu haben.»

Mutter machte einen fröhlichen Eindruck und sah viel jünger aus. Was so eine frische Liebe ausmacht! Sie ist besser als jedes Lifting!

Während wir am Tee nippten, sahen wir Liam zu, wie er die Bausteine geschickt stapelte und dabei brabbelte.

«Du hast echt Glück. Hast einen tollen Sohn, einen wohlhabenden Mann und ein schönes Leben …», sinnierte mein Besucher und wirkte geknickt.

Seine Worte waren mir unangenehm. Sie klangen neidvoll. Ich hatte Glück und er keins! Wo blieb da die Gerechtigkeit?

«Ich wollte mein altes Leben komplett verändern und das ist mir gelungen. Glück war wohl auch dabei, aber auch Mut und Disziplin», versuchte ich mein schönes Leben zu rechtfertigen.

«Ich habe dich sehr geliebt, Viola. Ich war ein Hornochse …», begann er, über unsere längst verblasste Beziehung zu reden.

Mein Handy regte sich, was mir sehr entgegenkam. «Entschuldige!» Ich las die neue Nachricht. Pierre hatte sich gemeldet. Er wollte mit mir skypen.

«Entschuldige, das ist mein Mann. Er ist gerade in Afrika», erklärte ich Leon und klappte den Laptop auf, um Pierre anzurufen.

Als ich meinen Liebsten auf dem Display sah, spürte ich ein Stechen im Herzen, denn ich liebte ihn so sehr und vermisste ihn jede Minute. Er war so weit fort und ich machte mir Sorgen um ihn, denn es lauerten viele Gefahren, die ich mir gar nicht genauer ausmalen durfte.

«Hallo, mein Engel. Ich bin gut angekommen. Bin jetzt im Hotel. Es ist heiß und ich musste erstmal duschen. Wie geht es unserem Racker? Trag mich mal zu ihm.» Als ich mit dem Laptop zu Liam gehen wollte, sah ich mit Entsetzen, dass Leon sich zu ihm gesellt hatte und die beiden abwechselnd Bauklötze stapelten.

«Liam ist gerade eingeschlafen», log ich, denn wie sollte ich meinem Mann die Anwesenheit meines Ex erklären, ohne in Not zu geraten? Kaum ist der Mann aus dem Haus, holt sich die Frau Ersatz!

«Mama!», rief Liam laut und deutlich, so dass es Pierre nicht entging.

«Er ist doch wach!», wunderte sich Pierre und schaute fragend in die Kamera.

«Ja, er …!» Ich klappte den Laptop einfach zu, um in keine missliche Lage zu geraten. Es war kein gutes Gefühl, meinen Mann zu belügen und den Videochat einfach zu beenden.

Ehe ich Leon sagen konnte, dass er bitte schnell von der Bildfläche verschwinden musste, damit mein Mann nicht eifersüchtig werden würde, rief Pierre erneut an. Ich raufte mir die Haare und beschloss, ihm die Wahrheit zu sagen, denn damit fährt man bekanntlich am besten.

«Pierre! Wir wurden unterbrochen. Wundere dich nicht. Ich habe Besuch. Stell dir vor, ich habe Leon eben am Strand getroffen. Er macht hier gerade Urlaub und ich habe ihn auf eine

Tasse Tee eingeladen», sagte ich mit pochendem Herzen und glühenden Wangen.

«Leon?», fragte er nach und wischte sich den Schweiß mit dem Handrücken von der Stirn.

«Ja, ich war doch mal … er war mein Freund. Du bist ihm mal ganz kurz begegnet.»

«Ach, der Schrauber? Was macht der auf Sylt?»

«Er macht Urlaub. Pierre, erzähl mal. Wie war der Flug …», versuchte ich von meinem Besuch abzulenken.

Pierre berichtete mir von seinem Fotografen, der im Flugzeug einen Zusammenbruch erlitten hatte, aber dem es mittlerweile wieder gut ging.

«Lass mich Liam mal sehen!»

«Ja, Moment!»

Leon spielte noch immer einträchtig mit meinem Sohn und man hätte denken können, dass dort Vater und Sohn ihren Spaß hatten.

Mein Ex kostete diese, für mich unangenehme Situation weidlich aus. Es war für Leon vermutlich eine Genugtuung, meinen Mann eifersüchtig zu machen. Ich richtete die Kamera auf Liam, konnte es aber nicht vermeiden, dass Pierre ein Stück von Leon sah, der absichtlich dicht an unserem Sohn heranrückte, um mit ins Bild zu rutschen.

«Liam! Hier ist Papa! Hallo! Papa ist in Afrika!»

Der Kleine patschte aufs Display und plapperte wild drauflos.

Doch nach kurzer Zeit war der Papa langweilig und der Mann, der so hohe Türme bauen konnte, war viel interessanter.

«Ich leg mich jetzt erstmal aufs Ohr und melde mich später nochmal. Ich liebe dich! Passt auf euch auf!»

Etwas gereizt klappte ich den Laptop zu und nahm Liam auf den Arm. «Er muss jetzt ins Bett. War nett, dich gesehen zu haben, Leon. Ich wünsche dir noch eine gute Zeit auf der Insel und alles Gute.» Waren das nicht genau die Worte, die ich ihm bei unserem letzten Treffen mit auf dem Weg gegeben hatte?

«Danke für den Tee.» Leon schnappte sich seine Jacke, schlüpfte in die Schuhe und warf mir einen sehnsuchtsvollen Blick zu. Machte er sich noch immer Hoffnung? Irgendwie tat er mir leid, aber Leon musste sein Glück selbst suchen und finden.

ÜBERRASCHUNGSBESUCH

Ich vermisste Pierre sehr und wollte ihn überreden, zukünftig nicht mehr ohne mich auf Reisen zu gehen. Mutter war auch noch fort, sodass ich mich einsam fühlte. Natürlich hatte ich Liam, aber es fehlte mir jemand zum Reden. Ich versuchte zu schreiben, aber konnte mich nicht konzentrieren und kochte stattdessen Apfelmus, da eine Nachbarin mir einen großen Korb mit Äpfeln vor die Tür gestellt hatte.

Zwei Wochen ohne meinen Mann kamen mir wie eine Ewigkeit vor. Als ich mit Liam eine Laterne bastelte, klingelte es an der Tür. Ich schaute in die Kamera und sah Vanessa, die nicht sehr glücklich ausschaute. Als ich die Tür öffnete, stürmten die Zwillinge in den Flur und schrien laut meinen Namen.

«Vanessa! Ist etwas passiert?», fragte ich geschockt, denn wenn meine Schwester so plötzlich auf der Insel erschien, war es meistens ein schlechtes Zeichen.

Ich hatte ein Déjà-Vu. Vanessa hatte schon einmal unangekündigt und völlig aufgelöst vor meiner Tür gestanden.

Das war vor drei Jahren gewesen, als Jan sie betrogen hatte und sie keine Minute mehr mit dem Ehebrecher unter einem Dach sein wollte. Sie hatte mein erstes, wunderschönes Date mit Pierre gestört. Heute störte sie mich jedoch nicht; ganz im Gegenteil, ich freute mich über ihre Gesellschaft.

«Es ist aus! Ich verlasse ihn!», schrie sie gereizt und warf ihren nassen Trenchcoat auf die teure chinesische Kommode, die Wasserflecken bekommen konnte. Stirnrunzelnd nahm ich den Mantel und hängte ihn auf einen Bügel, während Vanessa in der Gästetoilette verschwand. Meine Neffen waren derweil mit ihren dreckigen Händchen auf unser helles Sofa gesprungen und hauten sich die Kissen ins Gesicht. Meine erste Freude über die nette Gesellschaft war schon wieder am Versiegen.

«Jungs! Erstmal Hände waschen!», befahl ich den wilden Hummeln in einem resoluten Ton und legte die Kissen wieder ordentlich aufs Sofa zurück.

«Ich habe Hunger! Kannst du uns die Nudeln mit der scharfen Sauce kochen?», fragte mich Javier und klimperte mit seinen Augen, was mein Herz etwas erweichte.

Als Vanessa in den Nudeln stocherte, erinnerte sie mich an meine Flucht zu ihr. Damals hatte Leon mir seelenruhig und vollkommen emotionslos mitgeteilt, dass es zwischen uns vorbei wäre. Kopflos und unter Schock stehend war ich ohne Jacke und Schlüssel zu Vanessa geeilt und hatte verfroren an ihrem Esstisch gesessen und eine heiße Suppe und viele tröstende Worte bekommen. Nun war es umgekehrt. Ich griff nach der Hand meiner Schwester, an der ein Ring fehlte, Lukas Verlobungsring, auf den sie so stolz gewesen war. Im nächsten Jahr wollten die beiden heiraten. Hoffentlich hatte meine Schwester den Ring nicht aus dem Fenster geworfen, als sie über den Hindenburgdamm fuhr?

«Wenn die Jungs im Bett sind, erzähle ich dir alles», wisperte sie leise und steckte sich eine Nudel in den Mund, an der sie lange kaute, als wäre es ein zähes Stück Fleisch.

«So, Jungs, wer möchte denn wo schlafen und wer gewinnt heute wohl den Zahnputz-Contest?», versuchte ich den Zwillingen das Schlafengehen schmackhaft zu machen.

«Ich gewinne ihn!», schrie Javier vorlaut wie er war und rannte die Treppen hinauf ins Badezimmer.

Jamie folgte seinem Bruder und rieb sich müde seine Äuglein. Er war ein ruhiger Vertreter und machte fast alles, was sein Bruder ihm befahl, was nicht ungefährlich war und worauf Vanessa unbedingt ein Auge haben sollte.

Nachdem wir die drei Jungs im Bett hatten, machten wir es uns auf dem Sofa bequem, legten die Füße hoch und steckten uns Kissen in den Rücken.

Erwartungsvoll sah ich Vanessa an, die den guten Wein sichtlich genoss.

«Du wirst es nicht glauben und ich kann es auch nicht glauben. Warum passiert mir das immer?», stöhnte sie und band sich einen Pferdeschwanz.

«Sag nicht, dass Lukas dich betrogen hat?», vermutete ich aufgebracht und setzte Jenny auf meinen Schoß, die Pierre ebenfalls vermisste.

«Ich kann es selbst nicht fassen. Das hätte ich niemals von Lukas gedacht. Ich hätte schwören können, dass er absolut treu ist und jeder Verführung locker aus dem Weg geht.»

«Und wie hast du es erfahren? Verdammt!» Ich spürte eine Zecke hinter Jennys Ohr. «Entschuldige! Ich muss mal eben mit Jenny ins Badezimmer gehen.»

«Soll sie jetzt baden oder was?»

«Nein, sie hat so eine verdammte Zecke. Ich muss sie mal eben entfernen.»

Als ich wiederkam, saß Javier dicht an seine Mutter gekuschelt. Er spürte, dass sie traurig war und wollte sie vielleicht trösten.

Wir warteten etwas ungeduldig, bis der Junge seine Lider schloss, und trugen ihn zusammen die Treppen hinauf.

Erschöpft warfen wir uns aufs Sofa und setzten unser Gespräch fort. Während meine Schwester sich Wein nachschenkte, musste ich an Pierre denken und an seine junge Begleitung. Würde Pierre fremdgehen? Ich wusste, dass er sich schnell verlieben konnte, dass ihn Frauen faszinierten und er die Bestätigung brauchte, weil er als Kind zu wenig Aufmerksamkeit erfahren hatte. Hätte ich die Reise doch verhindert! Durch Vanessas Erlebnis angefeuert machte ich mir Vorwürfe, dass Pierre vielleicht Trost und Liebe bei einer anderen Frau suchte. Vielleicht fühlte er sich einsam und traurig, weil er so viel Leid sah, das ihn unglücklich machte.

«Also, warum glaubst du, dass Lukas dich betrogen hat?», nahm ich unser Gespräch wieder auf und spürte, dass meine Augenlider schwer wurden.

«Letzte Woche ist Lukas für zwei Tage nach Leipzig geflogen. Er hatte eine wissenschaftliche Mitarbeiterin dabei. Sie arbeitet gerade mal seit zwei Wochen an seiner Seite. Sie heißt Mariella und ist wohl Mitte zwanzig. Lukas hat mir von ihr erzählt und meinte, dass sie einen guten Eindruck macht. Ich dachte natürlich, dass sie einen guten beruflichen Eindruck macht.» Vanessa konnte sogar noch lachen. «Als Lukas aus Leipzig zurückkam, spürte ich, dass er anders war. Dass etwas vorgefallen sein musste. Ich dachte zunächst, dass sein Vortrag nicht zufriedenstellend gewesen war und ahnte nichts Böses, bis er weinte und mir von Mariella erzählte, die ihn getröstet hatte.»

«Wie hat sie ihn getröstet?»

«Nicht nur mit Worten. Lukas hatte wohl ziemlich viel getrunken und ist dann mit ihr im Bett gelandet, in dem es zu eindeutigen Handlungen gekommen ist.»

«Oh, nein! Und das hat er dir gebeichtet?», fragte ich erstaunt und hörte Liam im Babyphone weinen.

«Ja, Lukas ist der Typ, der nichts mit sich herumschleppen kann. Vielleicht wäre es besser gewesen, wenn er es mir nicht erzählt hätte. Ich weiß nicht, ob ich ihm diesen Ausrutscher verzeihen kann. Weißt du, ich habe das alles schon mal durchgemacht. Jans Betrug damals hat mich so verletzt und ich habe es nicht geschafft, ihm diesen Fehltritt zu verzeihen und nun wiederholt sich das alles. Ich denke wirklich, dass ich im falschen Film bin und kapiere es nicht, warum die Männer mich immer betrügen.» Tränen kullerten erneut aus ihren hübschen Augen, die sie sofort mit dem Handrücken fortwischte.

Vielleicht, weil sie nicht das bekommen, was sie brauchen, dachte ich, aber sprach es nicht aus. Anscheinend arbeitete Vanessa zu viel und schenkte ihrem Lukas zu wenig Aufmerksamkeit? Vielleicht war es ihre Schuld?

«Das tut mir leid. Lukas war betrunken und befand sich somit in einer Ausnahmesituation. Das solltest du ihm nachsehen. Wenn es nur ein einmaliger Ausrutscher gewesen ist, musst du Lukas verzeihen und ihn nicht gleich vor die Tür setzen. Ihr passt doch so gut zusammen und die Jungs lieben und brauchen ihn. Zudem freue ich mich so sehr auf eure Hochzeit», versuchte ich die Beziehung zu kitten und rieb mir die müden Augen. Ich sehnte mich nach meinem Bett.

«Ich weiß nicht, ob wir wirklich so gut zusammenpassen. Wir streiten in letzter Zeit viel. Lukas kann sehr bestimmend sein und mischt sich auch zu viel in die Erziehung ein, was mir nicht gefällt. Ich kann auch gut alleine leben.» Sie trank den Wein wie Wasser und bekam glasige Augen oder waren es Tränen?

«Du musst wissen, was für dich und die Jungs das Beste ist. Ich fände es wirklich schade, wenn ihr euch trennen würdet.»

«Ich bin müde und werde sehen, was ich morgen denke. Im Moment fühle ich nur immense Wut, wenn ich an Lukas denke.»

«Das ist verständlich. Lass uns schlafen gehen.»

Am nächsten Morgen saß Vanessa in aller Früh am Küchentisch und sah nicht besser aus als am Vorabend. Ihre Haare waren ungekämmt und sie trug ein weites T-Shirt, von dem Micky Maus grüßte. Sie steckte in tiefen Gedanken und hatte ihren Kopf traurig auf die Hände gestützt.

«Guten Morgen!», flüsterte ich, um sie nicht zu erschrecken.

Sie hob ihren Kopf und wischte sich über das Gesicht, das etwas verquollen war. Offenbar hatte sie in der Nacht einige Tränen um den Mann vergossen, von dem sie vor zwei Jahren noch geglaubt hatte, dass sie mit ihm ihr restliches Leben verbringen würde.

«Du bist aber früh wach. Wie geht es dir?» Ich streichelte aufmunternd ihre Schulter, setzte mich meiner Schwester gegenüber und warf einen Blick aus dem Fenster, um nach dem Wetter zu sehen. Dann wendete ich mich wieder dem Häufchen Elend zu, das in der Liebe offenbar kein Glück hatte.

«Wie soll es einer Frau gehen, die zweimal schamlos betrogen wurde? Ich bin sehr verletzt und stecke das nicht so einfach weg. Auch wenn es ein Ausrutscher gewesen sein soll, kann ich ihn nicht einfach ignorieren. Ich fühle mich genauso mies wie damals, als Jan mich betrogen hatte. Es ist so demütigend und ich frage mich immer wieder, ob es an mir liegt. Aber ich bin einfach immer gestresst und daher gereizt. Die Jungs sind so anstrengend, dann noch der Job, der auch viel von mir abverlangt und nebenbei der Haushalt und alles … Es bleibt einfach keine Ruhe und Zeit mehr, um mit Lukas romantische Stunden zu verbringen.»

«Ja, das verstehe ich, aber dennoch muss man versuchen, sich Zeiten zu suchen, die man zu zweit verbringt», redete ich schlau daher und streichelte Vanessas Hand, an dem ein Pflaster im Pulsbereich klebte. Wollte sie sich etwa das Leben nehmen und überließ mir ihre wilden Kinder?

«Du hast gut reden! Ihr habt ja auch genug Zeit und Ruhe und könnt den ganzen Tag im Bett verbringen», warf sie mir an den Kopf, sodass ich erschrak und schlucken musste. Manchmal konnte meine Schwester ganz schön austeilen, aber ich nahm es ihr nicht übel, denn sie hatte recht. Ich hatte großes Glück, zuhause arbeiten zu können, und den Luxus einen Mann zu haben, der genug Geld besaß und meistens im Haus war, um sich um unser Kind zu kümmern.

«Könntest du nicht weniger arbeiten? Lukas verdient doch genug …», suchte ich nach Lösungen und schaute in ihre geröteten Augen, die mich immer an unseren Vater erinnerten, der mir fehlte, der Vanessa getröstet oder Lukas eine Standpauke gehalten hätte.

«Nein, das kommt gar nicht in Frage! Nie wieder werde ich mich von einem Mann abhängig machen. Zudem muss ich für meine Rente etwas tun. Ich arbeite ja nicht Vollzeit. Außerdem möchte Lukas, dass ich arbeite.»

«Ich geh mal Brötchen holen.» Da ich keine Lust hatte, am frühen Morgen und mit leerem Magen zu diskutieren, stahl ich mich davon.

«OK! Für die Jungs vier Milchbrötchen und für mich … drei Körnerbrötchen und vielleicht noch einen Hanseaten. Den hab ich schon seit Ewigkeiten nicht gegessen. Und was ist mit Mama? Sie weiß noch nicht, dass ich hier bin. Wollen wir sie zum Frühstück einladen?»

«Mama ist nicht da. Sie ist … sie wollte aufs Festland, aber frag mich nicht, wohin und was sie dort macht.»

«Was ist denn mit ihrem Lover? Hat sie jetzt mal was erzählt?» Vanessa stellte ihre Füße auf den Stuhl und versteckte ihre Knie unter dem großen T-Shirt.

«Nein, sie ist da sehr verschwiegen. Warum auch immer. Vielleicht hat ihr Freund eine schiefe Nase oder einen mega Bauch? Gestern bin ich zu ihr und wollte mir den Schlüssel für das Gartenhaus holen. Ich habe die beiden offensichtlich aus dem Bett geholt. Das war um vierzehn Uhr. Mama hat mir fast nackt die Tür geöffnet und machte einen nervösen Eindruck. Zudem sah ich große Sportschuhe im Flur stehen, die nicht Mutter gehörten», erzählte ich amüsiert und suchte mein Portemonnaie.

«Oh, là là! Ich wusste nicht, dass Mama … Ich finde es schön, wenn sie jemanden hat. Am Anfang ist noch alles toll, so voller Leidenschaft und diese Schmetterlinge im Bauch. Aber der Alltag, wenn der einen erstmal im Griff hat, dann bleibt die Liebe auf der Strecke.»

Bei Pierre und mir war es anders. Wir liebten uns noch immer wie am ersten Tag und auch meine Schmetterlinge waren noch nicht ausgeflogen. Das verheimlichte ich Vanessa jedoch, da ich sie nicht neidisch machen wollte.

«Kannst du dich um Liam kümmern, wenn er aufwacht?»

Ein kalter Ostwind pfiff mir ins Gesicht, als ich die wenigen Schritte zur Garage lief.

«Guten Morgen, Frau Gaston», vernahm ich die piepsige Stimme von Frau Andresen. Sie passte im Ort gut auf und wusste über alles und jeden Bescheid. Früh am Morgen und spät am Abend unternahm sie mit ihrem Rad, das seit einiger Zeit drei Räder besaß, ihre morgendliche und abendliche Kontrollfahrt. Sie war aufmerksamer als die Polizei, die sich hier nur selten blicken ließ.

«Guten Morgen, Frau Andresen.» Hoffentlich fährt sie weiter, dachte ich etwas genervt, denn die Unterhaltungen mit ihr konnten ziemlich lange dauern und waren äußerst einseitig.

«Haben Sie schon gehört?», fragte sie mich und stieg etwas ungelenk von dem Gefährt, das die gesamte Gehwegbreite einnahm.

«Wovon gehört?» Ich wurde hellhörig, denn ich war ja auch eine neugierige Person und wollte natürlich auch alle Neuigkeiten wissen, die auf der Insel vor sich gingen.

«Die Frau Hansen, die ist heute Nacht mit Vergiftungserscheinungen ins Krankenhaus gekommen. Sie liegt wohl im Koma.»

«Ach!» In meinem Kopf reimte sich sofort eine wüste Geschichte zusammen. Sicherlich war die gutsituierte Witwe einem Betrüger begegnet, der es nur auf ihr Geld abgesehen hatte und nun hatte er Frau Hansen vergiftet, um an das Geld zu kommen.

«Ist das nicht schrecklich? Die arme Frau! Erst verliert sie ihren Mann und jetzt noch so etwas. Einige haben sie ja mehrmals in männlicher Begleitung gesehen …» Frau Andresen nahm ihren Helm ab, was kein gutes Zeichen war, denn sie wollte mir offenbar noch mehr erzählen. Ihr spärliches Haar, das Maren in einer fürchterlichen Schlammfarbe gefärbt hatte, kam zum Vorschein. Mit dem Helm sah sie besser aus, überlegte ich und musste daran denken, dass ich während der ersten Schwangerschaft auch mehr Haare verloren hatte.

«Und ihr Mann ist mal wieder in Afrika? Ich bewundere ihn sehr. Was er da macht … Hut ab! Aber ich hätte ihn auch so gerne weiterhin in Filmen gesehen. Ach, er ist so ein hervorragender Schauspieler gewesen. Ich dachte ja immer, dass die Darsteller in den Filmen so gut aussehen, weil sie geschminkt und ins rechte Licht gerückt werden, aber bei ihrem Mann … Der sieht auch in Natur unglaublich gut aus. Ich wundere mich ja, dass er so eine normale Frau, also ich meine … Sie sind ja auch so erfolgreich und … Wir sind so stolz, dass wir Sie als Nachbarn haben. Und ihre Mutter ist ja auch eine ganz liebe Person. Sie hat ja die wöchentliche Müllsammelaktion ins Leben gerufen. Einfach großartig! Mein Mann und ich sind meistens immer dabei, nur die beiden letzten Male … Wir haben es ja beide in den Knien und mein Mann muss sich bald ein Auge operieren lassen …»

Ich war gefangen in diesem Gespräch und war zu höflich, um es einfach abzubrechen; hörte geduldig zu und kochte innerlich, dass ich im Gesicht rot anlief.

Vanessa öffnete das Küchenfenster. Sie hatte meine missliche Lage offenbar erkannt. «Viola! Kannst du bitte mal kommen. Liam ruft nach dir!»

«Entschuldigen Sie, Frau Andresen. Ich muss ins Haus …»

«Ist ihre Schwester zu Besuch?», fragte sie voller Neugier und reckte den Hals, um zum Küchenfenster zu sehen.

«Ja, ich wünsche Ihnen noch einen schönen Tag und grüßen Sie ihren Mann.»

«Meine Güte! Dieser Frau kann man nicht entkommen. Danke, dass du mich gerettet hast. Ist Liam schon wach?»

«Nein, er schläft noch. Ich glaube, dass die Luft nun rein ist.»

Während wir an unseren Brötchen nagten, meldete sich Pierre. Er wirkte ernst und klang heiser. War er eifersüchtig auf Leon und dachte vielleicht, dass ich ihn eingeladen hatte? Es war ein doofer Zufall gewesen, dass mir Leon ausgerechnet an dem Tag über den Weg laufen musste und sich dann noch absichtlich vor die Linse meines Laptops begeben hatte. Pierre wusste doch, dass ich ihn über alles liebe und mich für keinen anderen Mann dieser Welt interessierte.

«Vanessa ist zu Besuch. Sie … sie hat … ein paar Tage Urlaub und wollte sich entspannen.» Ich wollte Pierre nicht mit Vanessas Liebeskummer behelligen, denn der war im Vergleich zu dem großen Elend, das er vor Ort sah, ein Staubkorn.

«Sie war doch erst bei uns», wunderte sich mein Mann und rieb sich seine geröteten Augen. Hatte er geweint? Vermisste er uns so sehr oder hatte er wieder Kinder sterben sehen?

«Pierre, pass bitte gut auf dich auf und schlucke die Tabletten. Vergiss sie nicht! Du fehlst uns!»

Liam winkte in die Kamera, aber fand seine Cousins interessanter als seinen Papa, der mehrmals seinen Namen rief.

«Pierre sah ziemlich mitgenommen aus. Ob das so gut ist, wenn er in das Land reist, wo so viele Gefahren lauern. Gerade jetzt, wo du schwanger bist.»

Wollte Vanessa meine Angst noch schüren? Sie war bereits groß genug und ich betete sogar, damit Pierre heil nach Hause zurückkam.

Als wir am Strand nach Muscheln suchten, kam Jamie zu uns und fragte: «Was ist das?»

«Oh, das ist eine Flaschenpost», klärte ich den Kleinen auf, der übers ganze Gesicht strahlte, da ich Erstaunen ausdrückte.

Ich hielt die Flasche, die recht neu aussah, gegen das Sonnenlicht und konnte ein gerolltes Papier entdecken.

«Ist da eine Schatzkarte drin?», wollte Jamie wissen und stellte sich vielleicht schon vor, wie wir in den Dünen auf Schatzsuche gingen und in einer Tiefe von einem Meter einen Goldschatz fanden.

«Nein, es wird ein Brief drin sein. Es kann sein, dass die Flasche eine ganz weite Reise hinter sich hat. Sie kann zum Beispiel aus einem ganz anderen Meer in die Nordsee getrieben worden sein.» Meine geografischen Kenntnisse waren nicht so gut, dass ich sagen konnte, aus welchem Meer sie gekommen sein könnte.

«Darf ich die Flasche öffnen?», drängelte sich Javier vor. Vanessa rollte mit den Augen, da ihr vorlauter Sohn seinen Bruder wegdrängelte. «Aber Jamie hat die Flasche gefunden und er darf sie auch öffnen. Es sei denn, er will, dass es ein anderer tut», erklärte Vanessa bemüht ruhig und schaute Javier mit strengem Blick an.

«Viola soll sie öffnen und vorlesen, was auf dem Zettel steht.»

Alle warteten gespannt darauf, was uns die Flaschenpost über den Absender verriet. Ich rollte den Zettel auf und sah das Datum, an dem der Verfasser die Post verfasst hatte. Es stammte von vorgestern!

«Ich fürchte, dass die Flasche keine besonders weite Reise hinter sich hat, denn sie wurde wohl erst vorgestern ins Meer geworfen.» Alle sechs Augen schauten mich enttäuscht an.

«Dann les mal!», drängelte Javier und hängte sich an meine Schulter, was unangenehm war.

«Das heißt lies mal! Und außerdem hast du das kleine Wörtchen, das mit dem Buchstaben «b» anfängt vergessen!», maßregelte Vanessa ihren Sohn in einem bösen Ton. Bei Javier musste noch viel Erziehungsarbeit geleistet werden.

«Lieber Finder meines Briefes, ich habe diese Flasche am Sylter Strand in die Nordsee geworfen und bin sehr gespannt, wie weit die Wellen diese Flasche tragen werden. Ich würde mich sehr freuen, wenn du dich bei mir melden würdest, wenn du die Post gefunden hast. Hier meine Adresse: Leon Berger …»

Erst nach einigen Sekunden begriff ich, dass der Brief von meinem Leon stammte. Eine Böe riss mir das Papier aus der Hand und trug es einige Meter mit sich, bis es im Wasser landete. Jamie lief ihm hinterher und fischte es aus dem Meer. Vanessa schaute mich erst verblüfft an und musste dann prustend lachen. «Na, dann melde dich mal bei Leon!», sagte sie erheitert und hatte ihren Liebeskummer sicherlich kurz vergessen.

«Sehr witzig!» Javier schaute uns fragend an und ich erklärte ihm, dass ich den Flaschenpostschreiber, der auf diesem Weg vielleicht die Frau fürs Leben suchte, kannte. Ich rollte den Zettel zusammen, steckte ihn in die Flasche zurück und warf sie mit aller Kraft in die raue See. Möge sie beim zweiten Versuch bis in die Karibik schwimmen.

Als die Jungs einige Meter vor uns liefen und nach weiteren Flaschen Ausschau hielten, erkundigte ich mich bei Vanessa, ob sie sich schon überlegt hätte, wie sie sich ihre Zukunft vorstellte. «Hast du Lukas überhaupt gesagt, dass du bei uns bist?»

«Ja, er weiß es und ich habe ihn darum gebeten, mich nicht anzurufen und mich nicht mit Entschuldigungsschreiben und Emojis zu bombardieren. Er hat es respektiert. Ich habe bisher nichts von ihm gehört.» Vanessa strich sich im Minutentakt immer wieder eine blonde Strähne aus dem Gesicht, die der Wind ihr vor die Augen wehte.

«Was sagt dein Bauchgefühl?»

«Am liebsten würde ich hierbleiben. Sobald ich die Seeluft schnuppere und das Meer sehe, bin ich glücklich und kann mich entspannen. Habt ihr nicht noch Platz im Haus?» Scherzte sie oder meinte sie es ernst?

«Du könntest doch übergangsweise bei Mutter wohnen oder dir etwas mieten, schlug ich euphorisch vor, da der Gedanke, Vanessa in meiner Nähe zu haben, sehr verlockend war, denn ich verstand mich gut mit ihr und sie könnte auf unsere Kinder aufpassen, wenn Pierre und ich beruflich unterwegs waren.

«Mit Mutter unter einem Dach? Du weißt doch selbst wie anstrengend sie sein kann. Zudem zieht vielleicht bald dieser große Unbekannte bei ihr ein, den sie vor uns versteckt. Außerdem finde ich hier keine Arbeit.»

«Sprich mit Lukas. Vielleicht kannst du ihm verzeihen. Ich finde, dass er ein toller Vater für die Jungs ist und die beiden mögen ihn. Es wäre wirklich nicht gut, wenn du das alles kaputtmachst, nur weil …»

«Nur! Er ist fremdgegangen! Weißt du eigentlich, wie sich das anfühlt?», schrie Vanessa aufgebracht, sodass die Jungs sich nach uns umdrehten. «Mama! Alles in Ordnung?», erkundigte sich der sensible Jamie.

«Ja, mein Liebling. Alles gut.»

Als wir nach Hause kamen, saß ein Mann auf der Friesenbank, die vor unserer Eingangstür stand.

«Lukas ist da!», rief Javier freudig und rannte auf Papa Zween zu.

«Hallo, mein Großer!» Lukas hob den zarten Jungen in die Höhe und tat so, als wäre die Welt in Ordnung.

«Lukas! Wie schön, dass du auch gekommen bist!» Ich wollte den Jungs zeigen, dass alles wie immer war und die beiden nicht zerstritten waren.

Vanessa zeigte sich nicht sehr überrascht. Sie musste sich sehr zusammenreißen, um Lukas zu umarmen und sich ein Küsschen auf den Mund drücken zu lassen.

«Wartest du schon lange?», fragte ich den Mann, der eine Dummheit begangen hatte, die er sicherlich sehr bereute. Ich war mir sicher, dass er Vanessa und die Jungs liebte und sie schmerzlich vermisst hatte.

«Nein, ich bin gerade erst gekommen.»

«Hast du Hunger? Wir wollten heute Nudeln kochen.» Ich versuchte, gute Stimmung zu verbreiten und hoffte, dass sich das Paar versöhnte, zumal die Jungs sich nicht schon wieder von einem Vater trennen sollten.

Während ich das Essen zubereitete und meine Neffen mit Liam spielten, verschwand das zerstrittene Paar im Gästezimmer. Als das Essen fertig war und ich zögerlich an die Tür des Gästezimmers klopfte, hörte ich ein verdächtiges Stöhnen. «Das Essen ist fertig!»

«Kommen gleich!», antwortete meine Schwester in einem recht heiteren Ton.

Die Kinder hatten mächtigen Hunger und stopften sich die Spaghetti mit den Fingern in ihre gierigen Münder. Das Paar, das sich offensichtlich im Bett versöhnt hatte, trat süffisant lächelnd in die Küche. Lukas hielt Vanessas Hand ganz fest in der seinen und ließ sie hoffentlich nicht wieder für eine andere Frau los. Vanessa hatte ihm verziehen! Ich war froh, denn es ging mir immer sehr ans Herz, wenn ein Paar sich trennte. Selbst wenn eine Trennung in meinen Büchern passierte, rührte es mich.

Die Familie, die wieder zu einer Einheit wurde, reiste am nächsten Tag ab und ich war ganz froh, meine Ruhe zu haben, denn durch die permanente Übelkeit war ich erschöpft. Mutter verfehlte meine Besucher um wenige Stunden. Sie rief mich an, um zu fragen, ob ich sie vom Bahnhof abholen könnte. Ich hatte mich zwar gerade ins Bett gelegt, da Liam sein Mittagschläfchen machte, aber ich wusste, dass Mutter ungern ein Taxi nahm. Mutter sah irgendwie anders aus. Ich rieb meine müden Augen und schaute sie forschend an.

«Mama, du … hast du etwas machen lassen?», fragte ich überrascht.

«Ja, ich … fällt es sehr auf?» Sie betastete vorsichtig ihr Gesicht.

«Ja, schon. Du siehst jünger aus und irgendwie nicht mehr wie sonst.» Ich war nicht begeistert, aber wollte Mutter nicht verunsichern. Man kann sich doch nicht einfach so von seinem alten Gesicht trennen! Beim Blick in den Spiegel sucht man nach seinem alten Gesicht und wundert sich jedes Mal, in ein anderes Gesicht zu schauen. Ich war mir sicher, dass ich niemals einen Eingriff machen lassen würde, aber mit Gewissheit konnte ich das natürlich nicht sagen, denn wenn erstmal die ersten Falten kommen und die Lider schlüpfrig werden …

«Ich war in einer Hamburger Klinik. Die hat einen hervorragenden Ruf. Ich habe ja nur ein wenig an den Lidern machen lassen und mir ein bisschen Botox spritzen lassen.»

Was das wohl gekostet hat? Mutters Rente war nicht besonders üppig. Vielleicht hat der Trainer …

«Ich muss mich jetzt erstmal ausruhen. Ich komme später zu dir rüber. Wie geht es Pierre?»

«Er ist gut angekommen, aber er ist … er ist ein bisschen müde gewesen. Dann bis später!»

Das Leben um mich herum tobte mal wieder. Ich war froh, dass ich mit Pierre ein harmonisches Leben führte und dass wir bald unser zweites Kind erwarteten. Liam hielt mich ziemlich auf Trab, sodass ich froh war, als Mutter kam und mir den Kleinen für einige Zeit abnahm, damit ich etwas für mich tun konnte. Manchmal setzte ich mich an meinen Schreibtisch und schrieb den Anfang eines neuen Buches, aber nichts schien mir gut genug zu sein. Ich hatte das Gefühl, nicht mehr schreiben zu können. Mein Kopf war nicht frei und ich hatte nicht die nötige Ruhe. Doch meine Leser wollten mehr von mir lesen! Sie warteten ungeduldig auf den nächsten Roman, wie ich in etlichen Leserbriefen erfuhr. Ich wollte sie nicht enttäuschen und bald ein neues Buch auf den Markt bringen. Aber anstatt zu schreiben, las ich in einem Gedichtband oder beantwortete die zahlreichen Leserbriefe, die Mareike sonst bearbeitete.

Sehnsüchtig und voller Ungeduld wartete ich auf Pierres Rückkehr. Immerzu musste ich an ihn denken und fragte mich, was er gerade tat, wie es ihm ging und ob er uns vermisste. Kurz vor zwanzig Uhr, ich wollte gerade mit Mutter die Tagesschau gucken, die Mutter niemals verpasste, meldete sich mein Mann.

Ich verzog mich mit dem Laptop ins Schlafzimmer und sah sofort, dass etwas nicht stimmte.

«Pierre, was ist passiert?», fragte ich aufgeregt und spürte, wie mein Herz wild gegen die Rippen schlug.

Bevor er antworten konnte, rannen Tränen über sein verzerrtes Gesicht. Beschämt drehte er sich zur Seite und wischte sich die Feuchtigkeit von der gebräunten Haut.

«Bijan und Tayo … sie sind gestern Abend von einer Bande auf einer Nebenstraße … getötet worden.» Pierre war völlig aufgelöst und zitterte. Ich weinte und spürte eine tiefe Trauer in mir und eine unbändige Wut auf die Mörder und die Menschen, die sie zu Mördern gemacht hatten.

«Das tut mir so leid. Hat man die Mörder gefasst?»

«Nein, die wird man auch nicht finden. Es macht mich so traurig. Die beiden waren so liebe Menschen und sie haben so gut mit uns zusammengearbeitet; waren so motiviert und …»

«Komm nach Hause, Pierre. Setz dich in den nächsten Flieger und verlasse das Land. Es ist zu gefährlich! Ich möchte dich nicht verlieren. Deine Kinder und ich brauchen dich!», bat ich ihn flehentlich.

«Ich kann nicht! Sie brauchen mich hier. Ich werde auf mich aufpassen, das verspreche ich dir. Morgen werde ich zu den Familien fahren und ihnen mein Beileid aussprechen. Das wird mir das Herz brechen.»

«Bitte, versprich mir, dass du das letzte Mal dort bist. Es reicht doch, wenn du Geld sammelst und es an die richtigen Stellen schickst. Du musst nicht unbedingt vor Ort sein.»

«Viola, es ist mir sehr wichtig hier zu helfen. Es sind einfach zu wenig Menschen, die diesem verdammt armen Land unter die Arme greifen. Außerdem gibt mir das ganz viel. Die Kinder, für die ich eine Schule gebaut habe, die hängen an mir und sind mir so dankbar, oder die Patienten aus der Krankenstation, die mit unserem Geld behandelt wurden. Sie alle kommen zu mir und sind so dankbar. Ich weiß, dass du das nicht verstehen kannst, weil du das Elend hier nicht mit eigenen Augen gesehen hast.»

Es hatte keinen Sinn, ich konnte meinen Mann nicht umstimmen. War ihm die riskante Arbeit in Afrika wichtiger als seine Familie?

Ich konnte meine Enttäuschung, meine Angst nicht verbergen.

«Zieh nicht so ein Gesicht! Komm! Sei stolz auf deinen Mann. In elf Tagen bin ich wieder gesund und munter bei euch. Erzähl von euch! Was gibt es Neues?», versuchte er mich aufzumuntern.

«Bei uns … meine Mutter hat sich was in ihrem Gesicht machen lassen. Du wirst sie nicht wiedererkennen. Das hat sie für ihren unbekannten Lover gemacht, den sie uns noch nicht vorstellen will. Liam geht es prächtig. Er schläft schon.»

«Ich bin jetzt ziemlich müde und werde mich aufs Ohr hauen. Ich melde mich morgen wieder. Kann aber später werden, weil ich den ganzen Tag unterwegs sein werde. Ich liebe dich!»

«Ich liebe dich auch.»

Ich klappte den Laptop zu und starrte auf ein Foto, das Vanessa bei unserer Hochzeit am Strand aufgenommen hatte. Es war ein schöner Schnappschuss. Piere trug mich auf seinen Armen und wir lachten überglücklich. Als ich betrübt ins Wohnzimmer zurückkehrte, fand ich Mutter schlafend vor dem Fernseher vor. Ich betrachtete mir ganz genau ihr neu gemachtes Gesicht und schüttelte verständnislos den Kopf.

Die nächsten Tage verfiel ich in Trübsal und sorgte mich um Pierre, der sich in einem Land aufhielt, das voller Gefahren war. In weiten Teilen des Landes kam es vermehrt zu militärischen Auseinandersetzungen, Überfällen, Plünderungen und Entführungen. Wegstrecken konnten vermint sein. Ich versuchte daran zu glauben, dass alles gut ging und mein Mann unter der Obhut eines Schutzengels stand, den ich beauftragt hatte.

Mutter unternahm täglich mit mir ausgedehnte Spaziergänge, kochte für mich und beschäftigte sich viel mit Liam. Ich war verwundert, dass sie den ganzen Tag für mich Zeit hatte und sich offensichtlich nicht mehr mit ihrem Freund traf, über den sie kein Wort verlor. War schon wieder alles aus? Aber da Mutter nicht den Eindruck machte, als wenn sie Liebeskummer hätte, war die frische Liebe vielleicht doch noch nicht am Ende?

Da ich wissen wollte, wie es der vergifteten Frau Hansen ging, stellte ich mich am Morgen in den Vorgarten und tat so, als wenn ich Unkraut jäten würde. Es dauerte nicht lange, da kam Frau Andresen auf ihrem Dreirad des Weges daher. Sie hatte ein ganz schönes Tempo drauf und blieb mit quietschenden Reifen vor unserem Tor stehen.

«Guten Morgen, Frau Gaston! Ich dachte, dass Sie einen

Gärtner haben?», wunderte sie sich und hatte eine hervorragende Beobachtungsgabe. Vielleicht sollte sie die Polizei unterstützen?

«Manchmal habe ich Lust etwas Unkraut zu zupfen.»

«Geht es Ihnen gut? Ihr Mann ist ja noch immer in Afrika. Ich habe letztens einen Bericht über seine Organisation gesehen und diese afrikanische Zentrale. Das ist ja schrecklich dort. Nur Mord und Totschlag. Dass ist doch kein Ort für ihren Mann! Hoffentlich kommt er heil nach Hause. Können Sie ihn nicht überreden, dass er wieder diesen Arzt spielt. Ich habe alle Folgen von der Serie gesehen. Ich hätte auch schon ein paar Ideen, wie es weitergehen könnte. Vielleicht schreiben Sie das Drehbuch? Sie sind doch so eine erfolgreiche Schriftstellerin.»

Frau Andresen konnte sprechen ohne zwischendurch Luft zu holen, was für den Zuhörer sehr anstrengend war.

«Ja, das wäre eine Idee. Sagen Sie, haben Sie schon etwas von Frau Hansen gehört?»

«Ja, die Ärmste ist nicht mehr bei Sinnen. Das Gift hat ihr den Verstand genommen. Sie kann nicht mehr sprechen und auch das Laufen geht wohl nicht mehr.»

«Weiß man denn, was für ein Gift das war und wie sie sich vergiftet hat?»

«Nein, die Polizei ermittelt wohl noch, aber von denen erfährt man ja nichts. Ich denke, aber das ist natürlich nur eine Vermutung, dass der Mann, mit dem sie zusammen war, ihr das Gift gegeben hat», flüsterte sie hinter vorgehaltener Hand, obwohl die Straße leergefegt und sicherlich keine Abhörgeräte an unserem Zaun installiert waren.

«Aber man wird diesen Mann doch überprüft haben und hat nach Beweismaterial gesucht?»

«Die Polizei wird ihre Arbeit schon machen. Tut mir leid, Frau Gaston, aber ich muss weiter. Mein Mann wartet auf seine Zeitung. Einen schönen Tag.»

Ich fieberte Pierres Rückkehr entgegen und konnte mich auf nichts konzentrieren. Die ganze Zeit über liefen schreckliche Bilder in meinem Kopf ab, die mir zeigten, wie mein Mann von einer Mine, die sich auf der Straße befunden hatte, zerfetzt wird, wie er von einer Bande brutal überfallen und erschossen wird oder wie er gekidnappt und in einen stinkenden, dunklen Raum gesperrt wird, in dem er jämmerlich verhungert.

Zwei Tage vor Pierres Rückkehr kam Mutter in stampfenden Schritten durch den Garten zu unserem Haus gelaufen und pfefferte mir ein buntes Blättchen auf den Tisch, das ich niemals las.

«Warum bringst du das mit?», fragte ich gereizt und musste mich an Mutters neues Gesicht noch gewöhnen. Schweigend nahm sie die Zeitschrift in die Hände und blätterte wild, leckte sich zwischendurch den Zeigefinger und tippte auf eine Seite.

Völlig entgeistert schaute ich auf das Foto meines Mannes, der ein zerbrechliches Wesen umarmte. Die Überschrift brachte meine Knie zum Zittern. «Eine neue Liebe im Krisengebiet» Was für eine bescheuerte Überschrift! Ohne den Artikel zu lesen, klappte ich die Zeitschrift wütend zusammen und warf sie in den Kamin, der noch nicht genutzt wurde.

«Du glaubst diesen Mist doch nicht etwa?», warf ich meiner

Mutter wütend an den Kopf.

«Hast du Pierres Gesichtsausdruck gesehen und wie er dieses blasse Wesen im Arm hält?»

«Mama, du denkst doch nicht wirklich, dass Pierre auf seiner Reise in dieses geschundene Land nichts Besseres zu tun hat, als mit diesem dürren Mädchen zu flirten? Sie haben sich umarmt, weil … weil sie dort gute Arbeit leisten, weil sie ihr Leben riskieren und …» Ich fing an zu weinen, weil ich nicht wusste, ob ich recht hatte. Vielleicht hatte Pierre Trost gebraucht? Eine Schulter zum Ausweinen gebraucht? Vielleicht hatte er in Ines eine Seelenverwandte gefunden, der das Leid der armen Menschen genauso am Herzen lag wie Pierre? Vielleicht liebte Pierre mich nicht mehr? Vielleicht war er genervt von meiner ewigen Angst um ihn? Genervt von dem Versprechen, das ich ihm abverlangte?

Ich zweifelte plötzlich an seiner aufrichtigen Liebe und mir fielen wieder seine Worte ein, die er mir vor unserer Beziehung gesagt hatte: «Ich halte es mit keiner Frau lange aus.» Hatte er genug von mir? Als Mutter fort war, holte ich die Zeitschrift aus dem Kamin und schlug unter starkem Herzklopfen den Artikel erneut auf. Ich las ihn zweimal durch und weinte bittere Tränen.

Bei unseren letzten Telefonaten vor seiner Rückreise sprach ich Pierre nicht auf den Artikel an, aber ich forschte in seinem Gesicht, versuchte seine Gesten zu analysieren, aber konnte nichts Verdächtiges feststellen.

Ich ging nicht mehr in die Öffentlichkeit, da ich nicht auf die Fotos angesprochen werden wollte. Mutter erledigte alle Besorgungen für mich und sprach mich nicht mehr auf den Artikel an.

PIERRE IST ZURÜCK

Ich trug Liam auf dem Arm und beobachtete die kleine Maschine, die zum Landeanflug ansetzte. Das Flugzeug schaukelte im starken Wind und setzte eine perfekte Landung hin. Mein Herz schlug Purzelbäume und ich sagte immerzu zu Liam: «Papa kommt gleich!» Ich war so dankbar und erleichtert, dass Pierre heil zurückgekehrt war, auch wenn seine Psyche von all den schrecklichen Dingen, die er erlebt hatte, angeschlagen war.

Pierre war braungebrannt, seine Lippen waren aufgeplatzt und er hatte abgenommen. Zuerst nahm er mir Liam ab und drückte ihm Küsschen ins Gesicht, dann küsste er mich und schaute in meine Augen, die offenbar traurig wirkten.

«Ich bin wieder da und bin gesund. Du musst jetzt nicht mehr traurig sein.»

Ich nickte und streichelte über seine Wange, über die in den letzten zwei Wochen so viele Tränen gelaufen waren. Seine Augen, die so viel Leid und Elend gesehen hatten.

Der müde wirkende Rückkehrer legte seine Hand auf meinen Oberschenkel und lächelte mich an, während ich den Wagen über die Insel steuerte.

«Ich habe euch so vermisst und bin so glücklich, wieder bei euch zu sein. Es sind wie zwei andere Welten. Wie gut es uns hier geht und wie friedlich es hier ist …», sinnierte mein Mann und schaute sich die herbstliche Landschaft an. Ich mochte das warme Licht, das die Natur in diverse Orangetöne setzte.

«Ja, wir haben es gut. Ich habe eine Kürbissuppe gekocht und den Dattelkuchen gebacken.»

«Sehr schön, aber erstmal muss ich mich aufs Ohr hauen. Liam ist auch schon eingeschlafen.»

Kurz bevor wir unser Haus erreichten, klingelte Pierres Handy. Er zog ein fragendes Gesicht und warf einen Blick aufs Display.

«Hallo!», sagte er leise und lächelte, als wenn er sich über den Anrufer freuen würde.

«Ja, ich bin gut gelandet und fast zuhause. Oh, das tut mir leid … und wie lange musst du noch warten? … Dann gute Weiterreise … wir sehen uns. Das war Ines. Sie hat ihren Anschlusszug verpasst.»

Ich nickte und musste an den Zeitungsartikel denken, den Pierre offensichtlich noch nicht gesehen hatte.

«Ist alles OK mit dir? Hast du noch immer diese Übelkeit?», fragte mein Mann mich besorgt, da ich schweigsam war. Meine Freude über seine Ankunft wurde von bösen Gedanken überschattet. Würde er mich betrügen? Leider musste ich feststellen, dass ich es ihm zutraute. Er war labil und liebte die

Frauen. Zudem war Ines eine Frau, die ihm imponierte. Sie verdingte sich mit Haut und Haar einer guten Sache und scheute keine Gefahr. Im Internet hatte ich mir alle Bilder angesehen, die von ihr existierten, und ich musste feststellen, dass sie etwas Besonderes hatte, etwas Elfenhaftes.

«Ja, alles gut. Ich habe letzte Nacht nur schlecht geschlafen.»

«Dann gehen wir gleich zusammen ins Bett, wenn Liam uns schlafen lässt.»

Als ich auf unsere Auffahrt fuhr, sah ich, dass auf der Straße vor unserem Haus ein mir unbekanntes Auto stand, was auffällig war, denn es parkten äußerst selten Wagen in unserer Sackgasse. Während Pierre Liam ins Haus trug und ich das Tor schloss, bemerkte ich zwei Personen in dem parkenden Auto und entdeckte bei genauerem Hinsehen voller Entsetzen ein riesiges Teleobjektiv. Zu gerne hätte ich die Männer aus dem Wagen gezerrt und sie geschüttelt. Natürlich stand Pierre nach dem Erscheinen des skandalösen Zeitungsartikels unter Beobachtung, denn eine Ehekrise oder gar Scheidung stand dem berühmten Ehepaar eventuell bevor. Diese Story konnte man bestens an die nach Skandalen lechzenden Leser verkaufen. Es würde nicht lange dauern bis Pierre von dem Artikel erfuhr, der ihn mit Ines in einer intimen Umarmung zeigte. Dann musste er sich mir gegenüber erklären.

Über vier Stunden schlief mein Mann, während ich mit Liam unendlich viele Türme baute und immer wieder aus dem Fenster schaute, um nach dem Wagen zu sehen, in dem die Paparazzi beharrlich lauerten. Sollte ich Pierre sagen, warum sie vor unserem Haus standen?

Während ich die Suppe erwärmte, drückte sich mein Mann an

mich und streichelte zärtlich meinen Bauch, der langsam runder wurde. Hatte er Ines geküsst? Hatte er mit ihrem langen Zopf gespielt und ihren zarten Körper mit seinen Händen erforscht? Bilder von Pierre und Ines gingen mir nicht mehr aus dem Kopf und ich zweifelte plötzlich an Pierres Liebe, die ich mir vielleicht mit dem jungen Mädchen teilen musste.

«Deine Suppe ist köstlich. Die letzten Tage habe ich ziemlich gehungert. Wenn du siehst, dass die Menschen nichts zum Essen haben, dann vergeht dir der Appetit.»

Als ich mich nach Ines erkundigen wollte, um Pierre auf den Zahn zu fühlen, klopfte Mutter an die Scheibe der Terrassentür, was ich gar nicht leiden konnte. Ich hatte ihr bereits mehrmals gesagt, dass sie an der Haustür klingeln sollte.

Fröhlich winkte sie uns zu und hatte einen Korb mit Äpfeln am Arm baumeln. Liam juchzte als er seine Oma sah und krabbelte ihr entgegen.

«Mama! Wir essen gerade», sagte ich etwas schroff und nahm ihr den Korb ab.

«Ich wollte nur kurz gucken, ob Pierre gut angekommen ist.»

Sie stürmte auf meinen Mann zu und küsste ihn ab. Solche besonderen Situationen nutzt sie immer weidlich aus.

«Du siehst schlecht aus, mein Lieber. Wie gut, dass du heil wieder Zuhause bist. Viola wird dich schon wieder aufpäppeln. Ich will euch nicht lange stören. Ich bin drei Tage weg. Kannst du meine Blumen gießen, Viola?»

«Und wo bist du?», erkundigte ich mich direkt. Ihre Geheimniskrämerei ging mir langsam auf die Nerven, die sowieso schon strapaziert waren.

«Ich fliege in die Schweiz.» Ihr neues Gesicht strahlte und errötete leicht.

«Und was machst du in der Schweiz?», fragte ich überrascht und setzte Liam in seinen Hochstuhl.

«Urlaub. So, ich muss jetzt. Mein Taxi kommt gleich. Erhol dich gut, Pierre. Ich melde mich!»

Mutter flatterte durch die Terrassentür und ließ mich perplex zurück.

«Was ist nur mit ihr los? Ich erkenne sie überhaupt nicht wieder! Was sagst du zu ihrer neuen Optik?»

«Sie sieht gut aus und ich glaube, dass sie ziemlich verliebt ist. Sie hat so ein Strahlen in den Augen.»

Mutter klopfte nochmal an die Tür und wedelte aufgebracht mit ihren Händen. «Vor eurem Haus stehen Paparazzi!»

«Danke, Mama. Vielleicht sind das ja auch nur Staubsaugervertreter?»

«Was! Hast du sie auch gesehen?», fragte Pierre mich aufgebracht, da er es überhaupt nicht mehr leiden konnte, von Fotografen verfolgt zu werden.

«Das sind bestimmt keine ...» Ich wollte nicht, dass Pierre sich aufregt. Er musste nach seiner strapaziösen Reise zur Ruhe kommen.

Doch ich konnte es nicht verhindern, dass Pierre die Haustür aufriss und auf Strumpfsocken auf die Straße lief. Ich sah, wie der Beifahrer sofort seine professionelle Kamera zückte und auf den Auslöser drückte.

Pierre war überaus wütend und spuckte Worte aus, die ich nicht verstand. Er wedelte wild mit den Armen, als könnte er die Männer, die ja auch nur ihre Arbeit machten, verscheuchen. Ich öffnete das Fenster, um zu hören, was gesprochen wurde. «Werden Sie sich jetzt scheiden lassen, Herr Gaston? … Ist es etwas Ernstes mit der Studentin? … Ihre Frau ist doch schwanger …»

Tränen bildeten sich in meinen Augen und ich fühlte mehrere Stiche in meinem Unterleib, sodass ich mich auf den Küchenstuhl setzte und mich krümmte. Als Pierre mich weinend vorfand, legte er seine kräftigen Arme um mich und weinte ebenfalls.

«Viola, du glaubst doch nicht, dass ich etwas mit Ines hatte? Niemals würde ich meine schwangere Frau betrügen, die ich über alles liebe! Ihr seid mein Leben, ihr seid alles was ich habe und liebe und das würde ich niemals leichtfertig aufs Spiel setzen.»

Ich glaubte Pierre und mir fiel ein Stein vom Herzen, dass diese Angelegenheit geklärt war. Auch wenn die Zeitungen unsere Geschichte noch ausschlachten würden, wusste ich, dass mein Mann die Wahrheit sagte.

POST AUS NIZZA

Die Wogen hatten sich geglättet und Pierre hatte sich von seiner strapaziösen Reise gut erholt. Da mein Mann sich den ganzen Tag über mit Liam beschäftigte, hatte ich den Kopf frei zum Schreiben. Es machte mir wieder Spaß und die neue Geschichte wuchs langsam.

An einem regnerischen Tag, an dem orkanartige Böen an unserem Haus rüttelten, kam Pierre mit einem geöffneten Brief in mein Arbeitszimmer und sah blass aus.

Seine Lippen zitterten leicht und sein Blick war wirr. Mein Magen krampfte sich zusammen, obwohl ich noch nicht wusste, was in dem Brief stand.

«Was ist?» Ich ließ den Satz, über dem ich gerade gebrütet hatte, unvollendet und stand erschrocken auf, nahm meinem Mann den Brief aus der Hand und las: «Sehr geehrter Herr Gaston, ich möchte Sie bitten, sich um das Haus in der Rue de France, das seit vielen Jahren leer steht zu kümmern, da sich Anwohner bereits über den schlechten Zustand der Außenfassade beschwert haben …»

«Du besitzt ein Haus in Nizza?», wunderte ich mich und ließ den Brief auf meinen Schreibtisch fallen. «Warum hast du mir das nicht erzählt?», fragte ich gereizt, dachte ich doch, dass wir keine großen Geheimnisse voreinander hatten.

«Es gehört nicht mir … also es war … das Haus meiner Mutter und ich …»

Ich spürte, wie sehr dieser Brief Pierre aufwühlte und dass seine Vergangenheit, mit der er noch immer haderte, ihn einholte. Es war nach wie vor eine Wunde in seiner Seele vorhanden, die sich wohl niemals verschließen würde. Es tat mir leid, dass ich ihn angefahren hatte, und ich änderte meinen Tonfall. «Du hast das Haus von deiner Mutter geerbt?»

«Ja, aber ich bin, nachdem sie gestorben war, nicht mehr in dem Haus gewesen. Damals hatte mein Rechtsanwalt alles Nötige geregelt und das Haus steht seitdem leer.»

«Wollen wir gemeinsam dort hin? Ich war noch nie in Nizza und würde mir den Ort gerne mal ansehen.» Ich schlang meine Arme um seine schmal gewordene Taille und wartete auf seine Reaktion.

«Ich weiß nicht. Ich werde es mir überlegen. Ich wollte heute gefüllte Auberginen zum Mittag machen …», lenkte er vom Thema ab und horchte auf, als Liam rief.

Ich nahm den Brief in die Hände und stellte mir das Haus vor, in dem Pierres Mutter gewohnt hatte. Wie gerne hätte ich sie kennengelernt.

Pierre verlor kein Wort mehr über das Haus in Nizza und ich sprach ihn auch nicht darauf an, obwohl ich hoffte, dass er mit mir nach Südfrankreich fliegen würde. Ich wollte unbedingt sehen, wie seine Mutter gelebt hatte.

BESUCH VON KLAUS

An einem sonnigen Novembertag klopfte Mutter kurz vor dem Mittagessen an unsere Terrassentür. Ich rollte mit den Augen und öffnete in einer gereizten Stimmung die schwere Schiebetür.

«Geht es dir nicht gut, Kindchen?»

«Doch, aber kannst du bitte das nächste Mal am Eingang klingeln und nicht wie eine Katze durch den Garten schleichen …»

«Du kommst doch bei mir auch immer auf die Terrasse und …», entgegnete sie und zog sich ihre Pumps aus, die neu waren und einen höheren Absatz trugen als sonst.

«Mama, wir wollen gleich essen …», wurde ich ungeduldig und spielte mit dem Geschirrhandtuch.

«Keine Angst, ich will nicht mitessen. Ich verschwinde gleich wieder. Ich wollte euch morgen zum Tee einladen und … und euch Rudi vorstellen.» Mutter knetete ihre Hände und war sichtlich nervös.

Ich wurde schlagartig freundlicher. «Ach! Ist es jetzt etwas Ernstes?»

«Ich denke schon. Wir sind auf jeden Fall ziemlich verliebt und ich hätte nie gedacht, dass es mich nochmal so erwischen könnte. Nach Papas Tod hatte ich gedacht, dass mein Leben vorbei wäre, aber nun habe ich das Gefühl, dass es gerade erst richtig beginnt», schilderte sie voller Euphorie und hatte den Glow einer frisch verliebten Frau, der sie ein paar Jahre jünger aussehen ließ.

«Das freut mich für dich, Mama, und besonders freue ich mich, den Rudi endlich kennenzulernen. Soll ich den Dattelkuchen backen?», bot ich ihr in einem freundlichen Tonfall an und konnte es kaum erwarten, ihren Freund kennenzulernen.

«Nein, danke. Ich besorge alles. Bis morgen.» Mutter schwebte aus dem Haus und verschwand in unserem Garten, in dem der Gärtner die Blätter noch nicht beseitigt hatte. Er war beim Schnitt eines alten Baumes von der Leiter gefallen, hatte sich beide Beine gebrochen und war seither vom Arzt krankgeschrieben.

Mit der Neuigkeit im Gepäck eilte ich zu Pierre in die Küche, der uns gerade etwas Leckeres kochte. Mein Mann hatte nach Beendigung seiner Schauspielkarriere die Leidenschaft für das Kochen entdeckt und probierte täglich neue Rezepte aus. Wenn er so weiter machte, konnten wir bald ein Lokal auf der Insel eröffnen.

«Stell dir vor! Morgen sind wir bei meiner Mutter zum Kaffee eingeladen und wer wird wohl dabei sein?», stellte ich eine Rätselfrage und stibitzte mir eine kleine Tomate aus dem Salat.

«Deine Schwester?»

«Nein! Nun überlege doch mal!» Ich tat so, als würde ich einen Ball schießen, um ihm auf die Sprünge zu helfen.

«Ach! Der Trainer! Aber du weißt schon, dass wir morgen Besuch bekommen?»

«Morgen schon? Ich dachte, dass Klaus erst übermorgen kommt. Das ist ja doof! Und was machen wir nun?»

«Du gehst zu deiner Mutter und nimmst Liam mit und ich mache mit Klaus einen ausgedehnten Strandspaziergang und kehre mit ihm ein. Klaus redet immer gerne über die alten Zeiten und daher ist es ganz gut, wenn du nicht dabei bist. Er würde dich mit seinen alten Geschichten nur langweilen.»

«Wie lange bleibt Klaus denn?»

«Keine Ahnung! Ich habe ihn nicht gefragt, aber wie ich den kenne, reist er morgen Abend wieder ab. Der kann nirgendwo lange bleiben. Es zieht ihn nach kurzem Verweilen immer rasch weiter.»

Ich probierte verschiedene Kleider an, aber fand mich in allen doof. Meine körperliche Verfassung ließ etwas zu wünschen übrig. Ich hatte Pickel im Gesicht wie zuletzt im Teenageralter, fühlte mich oftmals schlapp und antriebslos und litt noch immer an einer Übelkeit, die aber nicht mehr zum Erbrechen führte. Da Pierre mich jedoch täglich mit Komplimenten aufrichtete, fühlte ich mich sehr gut und schön. Im letzten Drittel der Schwangerschaft würde sicherlich alles besser werden, hoffte ich, bedeckte meine Pickelchen mit Make-up und wählte eine Latzhose, in der ich zwar aussah wie eine Handwerkerin, aber sie war gerade modern und ließ mich jünger wirken.

Ich besorgte Mutter einen üppigen Blumenstrauß in «Martinas Blumeninsel» und bekam gratis dazu die brandheißen News, die mich auch interessierten, denn sie waren manchmal recht inspirativ für mich als Autorin.

«Soll ich dir weiße Lilien mit blauen Kornblumen mischen, min Deern?», erkundigte sich Martina, die bereits seit vierzig Jahren zwischen duftenden Blumen arbeitete und schöne Sträuße binden konnte.

«Ne, das geht gar nicht. Meine Mutter erinnern weiße Lilien an Grabgestecke. Gib mir doch diese Rosen und Schleierkraut.»

«Ach, die sind für deine Mutter! Sie hat doch im Januar Geburtstag?»

«Die sind mal so für Zwischendurch, weil sie sich so oft um Liam kümmert.»

«Der seute Jung. Bald läuten wohl die Hochzeitsglocken …»

«Ich bin doch schon verheiratet», wunderte ich mich und sah Martina dabei zu, wie sie geschickt die Rosen kürzte, ohne sich an den dicken Dornen zu stechen.

«Nicht bei dir, Deern. Bei deiner Mutter.»

Ich lächelte verkrampft und vermutete, dass alle mehr wussten als ich. Waren Mutter und ihr Rudi vielleicht schon beim Pastor gewesen?

«Was macht das?», fragte ich mit einem dicken Kloß im Hals.

«Dreißig, weil die Rosen gerade so teuer sind.»

«Was ist eigentlich mit Frau Hansen?», fiel mir ein, denn bei dreißig Euro waren noch ein paar mehr Informationen drin.

«Schlimme Geschichte. Die ist im Pflegeheim und wird wohl nicht mehr. Nun steht das schöne Haus leer. Wird wohl verkauft werden. Ich habe keine Ahnung, wer das erben wird. Gruß an deine Mutter und frag sie mal wegen der Hochzeit.»

Wenn das wahr sein sollte, dann konnte Mutter was erleben! Ich zog Liam einen Matrosenanzug an, in dem er unglaublich süß aussah, und verabschiedete mich von Pierre, der seinen Freund vom Bahnhof abholen wollte. Meine Neugier und Aufregung stieg. Es war ein eigenartiges Gefühl, an Mutters Seite einen anderen Mann als Papa zu wissen. Ich musste mich erst daran gewöhnen. Ich stellte mich auf einen älteren Herrn mit Bauch, lichtem Haar und einem zu viel an Rasierwasser ein, der gerne über sich und Fußball redete.

Mutter öffnete die Tür und sah umwerfend aus. Sie trug eine neue Lippenstiftfarbe, ein neues Kleid und ein Strahlen, dass ich früher bei ihr nicht gesehen hatte.

«Die sind für dich!»

«Danke. Soll ich dir Liam abnehmen?»

Ich übergab ihr das schwer gewordene Kind, das seine Ärmchen nach Oma ausstreckte, stellte meine Stiefel ordentlich ins Regal und schlüpfte in muschelige Filzpantoffeln. Die Spannung stieg. Ich atmete kräftig durch und warf einen Kontrollblick in den Spiegel.

Was ich dann sah, warf mich um. War das Rudis Sohn oder Rudi selbst? Er war einfach nur wow! Sein Aussehen stimmte überhaupt nicht mit dem Bild überein, das ich die ganze Zeit über in meinem Köpfchen herumgetragen hatte. Ich schätzte Rudi auf Anfang fünfzig. Er hatte volles, braunes Haar, einen durchtrainierten Körper, der in modernen Klamotten steckte, braune, warme Augen und ein sympathisches Lachen. Rudi kam mir sofort entgegen und drückte mir Küsschen auf die Wangen als wäre ich seine Tochter. Er roch nach einem wohlriechenden Eau de Toilette, das mich an einen Wasserfall erinnerte. Ich konnte nicht glauben, was meine Augen sahen. Dass Mutter so einen tollen Typen …

«Dann hole ich mal den Kaffee», sagte Mutter, nachdem wir uns begrüßt hatten. Ich konnte nicht aufhören, den Mann anzustarren, der meine Mutter so glücklich machte.

«Du kannst gerne Rudi zu mir sagen. Eigentlich heiße ich Rudolph wie das Rentier. Und du bist Liam. Ein hübscher Junge. Ganz sein Vater.»

Rudi besaß eine tiefe, angenehme Stimme und machte einen sympathischen Eindruck, sodass ich mich entspannte und mich für meine Mutter freute.

«Ich bin Viola. Ich wohne mit meinem Mann gleich nebenan.» Ich zeigte auf unsere Villa, die prächtig in der orangen Sonne leuchtete.

«Das weiß ich bereits. Deine Mutter, ich denke es ist dir recht, wenn wir uns duzen? Sie hat mich schon über deine Familie informiert. Deinen Mann kenne ich natürlich auch. Ein großartiger Schauspieler. Ab und zu habe ich die Arztserie geguckt.»

«Ach, tatsächlich? Und was machen Sie … äh … du beruflich?», erkundigte ich mich interessiert und erblickte auf der Kaffeetafel vier Hanseaten, die Mutter bei Käthe gekauft hatte.

«Ich …» Er schmunzelte. «Ich trainiere Fußballer.»

«Ach, als Beruf? Ich dachte … es tut mir leid, aber mit Fußball kenne ich mich überhaupt nicht aus. Ich kann dir keinen einzigen Spieler nennen. Also, wen ich kenne, das ist Uwe Seeler, aber das wars dann auch schon.»

Mutter musste lachen und Rudi griff nach ihrer Hand und schien sich auch bestens zu amüsieren. Ich hatte nun mal andere Interessen. Dafür kannte Rudi bestimmt nicht mehr als fünf englische Dichter.

«Den Uwe kenne ich persönlich. Ein sehr lieber Mensch.»

«Ach! De facto? Das ist ja toll. Und welche Mannschaft trainierst du?», fragte ich, obwohl es mich nicht sonderlich interessierte, aber man sollte höflich sein und Fragen stellen.

Wieder lachte das Paar herzhaft und ich dachte, dass es wegen meiner Latzhose sei oder wegen meiner Zöpfe, die mich wie ein Kind aussehen ließen.

«Ich trainiere eine Mannschaft, die in der ersten Bundesliga spielt.» Mutter streichelte Rudis kräftigen Oberschenkel.

«Das macht sicherlich Spaß und man hat viel Bewegung an der frischen Luft?», redete ich dumm daher und überlegte, ob ich einen Hanseaten essen sollte oder lieber nicht.

Ich wusste nicht mal, was die erste Liga bedeutete, aber wie gesagt, hatte ich keine Ahnung von Fußball und stellte keine weiteren Fragen. Die beiden lachten herzhaft und ich schob ihre

Amüsiertheit auf die Verliebtheit zurück; denn die Liebe macht heiter und glücklich.

«Käthe hat mir Hanseaten für dich mitgegeben. Die haben einen extra dicken Zuckerguss. Ich soll dich von ihr grüßen.»

«Danke!» Ich griff nach dem klebrigen Gebäck und spürte wieder diese lästige Übelkeit, was vielleicht auch mit dem Hanseaten zu tun hatte.

«Entschuldigt mich bitte!» Ich eilte zum Gäste-WC und hing über der Kloschüssel, aber es kam nichts.

«War dir schon wieder übel? Soll ich dir einen Tee kochen?», fragte Mutter und sah mich besorgt an.

«Nein, es geht schon wieder. Aber ich kann leider nichts essen.»

Liam zeigte auf die Hanseaten, die er nicht essen durfte. Ich holte eine Banane aus meiner Tasche und legte sie ihm auf sein Tischchen. Das brachte ihn zum Weinen. Er schrie und zeigte erneut auf das Gebäck. Die glänzende Zuckerlasur sah verlockender aus als die reife Banane, die bereits braune Sprenkel hatte.

«Das darfst du nicht, Liam. Du bekommst eine leckere Banane.»

«Ich kann ihm auch einen Brei kochen?», bot Mutter sich an. Ihre Fürsorge ging mir etwas auf die Nerven. Ob Rudi das gefiel, so bemuttert zu werden?

«Schade, dass dein Mann heute nicht mitkommen konnte», bedauerte Rudi und warf einen Blick auf seine Rolex. Offensichtlich verdiente er als Trainer nicht schlecht. Brauchte man viel Verstand, um den Spielern zu sagen, wie sie den Ball schießen müssen?

«Er hat Besuch von einem Freund, den er lange nicht gesehen hat. Er ist auch ein Schauspieler.» Ich schälte die Banane, brach ein Stück ab und hielt sie Liam hin, doch er schlug sie mir blitzschnell aus der Hand und zeigte beharrlich auf die Hanseaten. Der matschige Happen landete auf meiner Latzhose.

«Nein, Liam!», sagte ich in einem energischen Ton und schaute meinen Sohn, der eine süße Schnute zog, mit einer Zornesfalte an.

«Stell das süße Zeug doch mal weg», schlug Rudi meiner Mutter vor, was mir sehr sympathisch war.

«Ich lege meinen Spielern auch nah, sich gesund zu ernähren. Gib mir mal die Banane», forderte Rudi mich auf.

Er brach ein kleines Stück ab und schloss vor Genuss die Augenlider, rieb sich seinen Bauch und schaute Liam dabei fest in die Augen. Mein Sohn streckte nach kurzer Überlegung seine Händchen nach der Banane aus und biss gierig in die weiche Frucht.

«Du kannst ja sehr gut mit Kindern umgehen», lobte Mutter ihn und strich zärtlich über seinen Arm.

Rudi gefiel mir. Er besaß eine gute Portion Humor, war offen und lebenslustig und konnte nett mit Liam umgehen. Ich konnte zwar nicht genau sagen, warum er sich in Mutter verliebt hatte und konnte nur hoffen, dass er kein Heiratsschwindler war und auf Mutters Haus, das ein Sahneschnittchen war, scharf war. Ich musste Rudi unbedingt checken und nahm mir für die nächsten Tage vor nach ihm zu googeln. Zur Not könnte ich auch einen

Privatdetektiv auf ihn ansetzen. Was mir verdächtig vorkam, war die Tatsache, dass im Ort schon von einer Hochzeit die Rede war. Wollte er Mutter schnell heiraten, damit er an ihr Erbe kann? Ich musste an Frau Hansen denken und das Gift. Vielleicht war der Rudi mit der Hansen zusammen gewesen, bevor er … Mir wurde ganz heiß und mich überfiel eine panische Angst, dass der Trainer, der vielleicht gar keiner war, meiner Mutter etwas antun könnte.

«Mama, kannst du mal eben mit mir in die Küche kommen? Ich muss dich mal etwas unter Frauen fragen. Rudi, könntest du bitte aufpassen, dass Liam nicht aus seinem Stuhl klettert?»

Ich schloss die Küchentür hinter uns und war total aufgebracht.

«Mama, ich habe kein gutes Gefühl mit Rudi. Im Dorf munkelt man, dass ihr schon bald heiraten wollt. Hat er dich dazu gedrängt? Vielleicht ist dein Rudi ein Heiratsschwindler und hat es auf dein Haus abgesehen? Was weißt du denn alles über ihn?», flüsterte ich, damit der vermeintliche Betrüger mich nicht hörte.

«Viola! Ich glaube, dass deine Phantasie mit dir durchgeht. Mein Leben ist doch kein Roman, in dem so etwas Verrücktes passiert. Für Rudi lege ich meine Hand ins Feuer. Er hat es nicht nötig, ein Heiratsschwindler zu sein. Rudi besitzt selbst ein Haus auf der Insel und das ist nicht so eine kleine Butze wie mein Häuschen. Zudem hat er noch eine Finca auf Mallorca und eine Wohnung in Köln.»

«Hast du die denn gesehen? Der kann dir doch viel erzählen!»

«Kindchen, es ist ja schön, dass du so gut aufpasst, aber ich bin ja nicht blind vor Liebe. Ich war schon in seinem Haus und in drei Wochen fliegen wir nach Mallorca.»

«Er kann sich die Häuser ja auch gemietet haben? Oder sie sind von Freunden?», hörte ich nicht auf und sah Mutter bereits vergiftet in ihrem Bett liegen, genau wie die Hansen.

«Es ist schade, dass du dich mit Fußball nicht auskennst. Rudi ist ein sehr erfolgreicher und sehr bekannter Trainer, den eigentlich jeder kennt, außer dir. Aber du kanntest ja auch nicht mal deinen Ehemann, den berühmten Pierre Gaston! Du solltest vielleicht doch ab und zu mal fernsehen und deine Nase nicht immer nur in Bücher stecken.»

«Ich werde das alles auf jeden Fall überprüfen und nachher Pierre fragen, ob er deinen Rudi kennt.»

«Mach das! Ich bin so glücklich mit Rudi und er ist noch so vital. Ganz anders als dein Vater. Er war zu alt für mich. Die letzten Jahre war mit ihm nichts mehr anzufangen. Dennoch habe ich ihn geliebt und er hatte so einen trockenen Humor …»

«Wenn ihr heiraten solltet, gebt ihr uns aber noch rechtzeitig Bescheid. Ich möchte es nicht von Käthe oder Martina erfahren, die ja alles vor mir wissen», sagte ich etwas zickig und öffnete die Küchentür.

Rudi saß mit meinem Sohn auf dem Boden und las mit ihm ein Buch. Als Großvater machte er eine gute Figur und ich hoffte, dass seine Liebe zu meiner Mutter echt war.

Als ich nach Hause kam, saßen Pierre und Klaus in der Küche vor leeren Tellern und gefüllten Rotweingläsern. Liam war auf dem kurzen Weg nach Hause in der Karre eingeschlafen.

Die Männer sprangen sofort auf, als ich die Küche betrat. Pierre sagte voller Stolz: «Das ist meine wundervolle Frau, Viola.»

«Hallo, Viola. Ich bin sehr erfreut dich kennenzulernen. Ich habe deinen ersten Roman gelesen und fand ihn toll. Ich habe Pierre gesagt, dass dein Buch unbedingt verfilmt werden muss.»

Klaus besaß einen laschen Händedruck, aber ich wollte nicht glauben, dass er charakterlos war, so wie mein Großvater es behauptet hatte.

Pierres ehemaliger Kollege hatte dunkles Haar und hübsche, braune Augen. Markant war seine Nase, die mich an eine Hexe erinnerte, aber in sein Gesicht passte und es unverwechselbar machte.

«Ja, mal sehen, ob ich mein Buch überhaupt verfilmen lassen möchte. Ich muss gestehen, dass ich dich noch nie im Fernsehen gesehen habe, weil ich, bis ich Pierre kennenlernte, keinen Fernseher besaß.»

Klaus schaute mich mitleidig an, da er vielleicht dachte, dass ich so arm gewesen bin, dass mein Geld nicht mal für eine Flimmerkiste gereicht hatte.

«Ich besitze zwar einen, aber schaue so gut wie nie. Vor allem nicht meine eigenen Filme.» Ich musste unweigerlich auf Klaus Nase gucken, wenn ich ihn ansah, was er hoffentlich nicht bemerkte.

«Du musst wissen, dass Klaus in einem beliebten Krimi die Hauptfigur verkörpert und das macht er ganz ausgezeichnet», lobte Pierre seinen Freund und klopfte ihm auf die Schulter.

«Dann werde ich mir wohl mal einen angucken müssen.»

Ich musste an Frau Hansen denken, die vermutlich von einem dreisten Mörder vergiftet worden war. Vielleicht könnte Klaus da mal ermitteln?

Pierre hatte mich vorgewarnt und so war ich nicht verwundert, als Klaus sehr viel aus der Vergangenheit erzählte, als würde es keine Gegenwart oder Zukunft geben. Zwischendurch kippte er den guten Rotwein in seinen ausgetrockneten Mund und plapperte hemmungslos weiter. Ich hätte mir gerne Notizen gemacht, denn aus seinen Storys, die manchmal so skurril waren, dass ich sie nicht glauben konnte, hätte ich einen dicken Roman schreiben können. Pierre sah müde aus und wollte sicherlich, genau wie ich, ins Bett, aber wir wollten nicht unhöflich sein und hörten geduldig zu und lächelten verkrampft, was Klaus nicht bemerkte, da er seine Vergangenheit durchlebte und wie weggetreten war.

Kurz vor Mitternacht setzte ich dem Ganzen ein Ende, da Klaus zwei Flaschen unseres besten Weins getrunken hatte und seine Geschichten sich wiederholten. Pierre brachte unseren Gast in sein Zimmer und ließ sich erschöpft auf unser Bett fallen.

«Er ist ja noch schlimmer als früher!»

«Meinst du, dass seine Geschichten alle stimmen? Vor allem die mit dem Regisseur, der während des Drehs am Meer von einer Möwe angegriffen wurde, sodass nicht weitergedreht werden konnte?»

«Das könnte ich mir schon vorstellen. Aber die Story mit der Thailänderin, die sich angeblich nackt in seinen Wohnwagen geschmuggelt hat, die nehme ich ihm nicht ab.»

«Was hättest du denn gemacht, wenn dir das passiert wäre?» Ich knöpfte meine Latzhose auf, die nicht gerade sexy war, aber Pierre liebte mich in allen Klamotten und zurzeit war mir nach bequem zumute.

«Ich hätte ihr ein Mäntelchen umgehängt und in den Nachbarwohnwagen geschickt. Wie war es bei deiner Mutter?» Pierre drehte sich auf die Seite und beobachtete mich, wie ich aus der Latzhose stieg und sie ordentlich auf den Stuhl legte.

«Überraschend nett. Ich hatte mir Mutters Freund ganz anders vorgestellt. Vor allem kann er gut mit Kindern umgehen. Er wäre ein guter Opa für Liam. Er ist Trainer und achtet sehr auf seinen Körper. Hat nicht so eine Kugel wie die meisten Männer Mitte fünfzig oder ich.»

«Trainiert er hier auf Sylt?» Pierre begann sich sein Hemd aufzuknöpfen, das unter den Armen durchgeschwitzt war.

«Nein, das glaube ich nicht. Es war die Rede von der ersten Bundesliga», sagte ich unwissend und setzte mich aufs Bett, damit Pierre meinen BH öffnete.

«Was? Bist du sicher, dass du dich da nicht verhört hast?»

«Nein, das kann ich mir schon merken. Ist die erste Liga etwas Besonderes?»

«Mein Engel, du hast wirklich überhaupt keine Ahnung von Fußball und das finde ich so süß. Wie heißt denn der Freund deiner Mutter?» Pierre küsste meine nackte Schulter, sodass ein wohliger Schauer über meinen müden Körper huschte.

«Stromanek. Aber frag mich nicht, wie man das schreibt.»

Pierre lachte laut und klopfte sich auf seine Schenkel.

«Was ist denn?» Ich schlug mit meinem BH nach ihm, da er mich auslachte.

«Ist das wahr? Deine Mutter ist die Freundin von diesem großartigen Trainer?», sagte er mit einer Träne im Auge und bekam sich nicht wieder ein.

«Du kennst den?», fragte ich verwundert und warf meinen BH auf den Stuhl.

«Jeder kennt den, mein Engel. Komm! Lass dich küssen, du süßes, ahnungsloses Mädchen.»

«Ich komme nicht! Du machst dich über mich lustig, nur weil ich keine Ahnung vom Fußball habe. Welche Mannschaft trainiert er denn?»

«Köln. Und er ist gerade sehr erfolgreich.»

«Vielleicht, weil er frisch verliebt ist?» Ich stand auf und ging ins Badezimmer. Mutter hatte sich also auch eine berühmte Person geangelt. Wer hätte das gedacht! Dabei hatten wir es nie angestrebt, erfolgreiche, wohlhabende Männer zu finden. Es war einfach so passiert.

Als ich am nächsten Morgen mit Liam in die Küche kam, erschrak ich, denn im Dunkeln saß eine Person, die sich nicht rührte.

«Klaus? Du bist schon wach? Warum machst du dir kein Licht? Magst du einen Kaffee?» Ich setzte Liam in den Hochstuhl und sagte in ruhigen Worten: «Das ist Papas Freund Klaus.»

«Hallo, Liam!» Unser Gast streckte seine Hand forsch aus und verängstigte damit unseren Sohn, der seinen Kopf zur Seite drehte und seine Augen mit seinen kleinen Händen verdeckte.»

«Liam fremdelt gerade etwas. Er muss sich erst an dich gewöhnen. Hast du gut geschlafen?»

«Euer Bett ist eine Wucht. Ich hab lange nicht mehr so gut geschlafen und dann diese Seeluft. Ihr habt es hier wirklich schön. Wenn ich an das hektische Berlin denke …»

«Magst du einen Kaffee?»

«Nein, danke. Mein Magen. Ich muss da etwas aufpassen. Habe Reflux und muss mal zum Doc. Hast du Kamillentee?»

«Ja, koche ich dir. Pierre schläft noch ganz tief. Er hat gestern Nacht noch gelesen.»

«Pierre macht einen glücklichen Eindruck. Als er noch drehte, wirkte er oftmals in sich gekehrt und traurig. Und dann seine Frauengeschichten! Bei jedem Dreh verliebte er sich in die schönste Frau am Set. Du hast ihn gezähmt und das tut ihm sichtlich gut.»

Ich lief rot an und goss das heiße Wasser in und neben die Teekanne. Sicherlich fragte Klaus sich, wie ich das angestellt hatte. Ich kam mir vor wie eine Dompteurin!

«Was magst du zum Frühstück? Ich könnte uns frische Brötchen holen», bot ich ihm an, obwohl ich keine große Lust hatte, zum Bäcker zu fahren.

«Ja, so ein schönes frisches Brötchen mit ein paar Körnern wäre toll, aber ich will dir keine Umstände machen.» Klaus legte seinen Schlüsselanhänger, an dem ein Totenkopf baumelte, auf den Tisch, sodass Liam sich den Anhänger interessiert anschaute und dann zugriff. Das war nicht gerade das passende Spielzeug für ein Kleinkind. Klaus hatte keine eigenen Kinder und war mir nicht ganz geheuer, denn wenn er sich unbeobachtet fühlte, wurde sein Gesichtsausdruck finster, als wenn er sich auf die Rolle eines Bösewichts vorbereiten würde. Die Frauen lagen ihn offensichtlich nicht so zu Füßen wie meinem Mann, der charmant und gutaussehend war.

Da ich Liam nicht mit Klaus alleine lassen wollte, schnappte ich mir das quengelnde Kind und nahm es mit zum Bäcker, während Klaus mit Jenny Gassi ging.

Das vertraute Gebimmel, das die schwere Friesentür der Bäckerei beim Eintreten auslöste, weckte in mir jedes Mal schöne Kindheitserinnerungen, denn sonntags hatten Vanessa und ich für die ganze Familie Kuchen gekauft und durften uns von dem Restgeld Süßigkeiten aussuchen. Käthe stand nicht hinter der gut gefüllten Auslage, die sehr verlockend war, vor allem seitdem die junge Konditorin prächtige Torten herstellte. Die Sylter zogen aus allen Ecken der Insel in den kleinen Laden, in dem es kein Coffee-to-go, sondern große Porzellanpötte im Friesenmuster mit einem anständigen, handgebrühten Kaffee gab, den man auf einem alten Sofa genießen konnte.

«Moin!», begrüßte ich ein junges, sehr blasses Mädchen, das ich nicht kannte. Wie konnte man nach diesem herrlichen Sommer nicht braun sein, wunderte ich mich und stellte Liam auf seine kleinen Füße, da er mir zu schwer wurde. Er patschte gegen die Scheibe und zeigte auf die Baiser Schäfchen, die entzückend aussahen, aber leider viel zu süß waren.

«Guten Morgen. Was darf es sein?», piepste die neue Aushilfe und wirkte nicht sehr dynamisch.

Als sie die Brötchen in meinen mitgebrachten Jutebeutel legte, fragte ich neugierig: «Ist Käthe heute nicht im Laden?»

«Nein, ihr Sohn hat sie gestern Abend ins Krankenhaus gebracht. Ihr ging es nicht gut.»

«Oh, hoffentlich ist es nichts Ernstes? Liam, nicht die Scheibe berühren!»

«Darf ihre Tochter einen Keks haben?», fragte die Verkäuferin mit leiser Stimme. Sie erinnerte mich an ein krankes Vögelchen.

«Nein, danke. Ich wünsche Ihnen einen schönen Tag.»

Als ich die Bäckerei verlassen wollte, schrie Liam wie am Spieß, denn er hatte nicht das Schäfchen bekommen, auf das er sich fixiert hatte. Doch ich blieb hart und zog ein Brötchen aus der Tüte. Er nahm es, warf es jedoch sofort auf den Boden, was mich wütend machte. Ich blieb ruhig, zumal Maren auf uns zukam.

«Guten Morgen! So früh unterwegs!», begrüßte uns die Friseuse, die immer rote Schuhe und den passenden Lippenstift dazu trug. Sie wuschelte Liam durch sein langes Haar. «Ganz der Vater!»

«Ich komme nächste Wochen mal mit Liam bei dir vorbei. Die Verkäuferin hat ihn für ein Mädchen gehalten. Hast du schon von Käthe gehört?»

«Ja, gerade eben. Weißt du, was sie hat?»

«Man munkelt, dass sie sich mit ihrer Schwiegertochter überworfen hat. Die wollte die Preise wieder etwas runtersetzen, aber Käthe wollte es nicht. Käthe fasste sich ans Herz und brach zusammen. Ihr Sohn hat sie sofort zum Arzt gefahren, der sie dann ins Krankenhaus eingeliefert hat. Die ist ja auch zu fett und das geht aufs Herz. Isst wohl immer die ganzen Kuchenreste und das schon seit sechzig Jahren. Die hat bestimmt eine Fettleber», mutmaßte Maren und stemmte ihre Hände in die gepolsterten Hüften.

Ich stellte mir Käthes Leber vor: ein riesiger Brocken, an dem weißes Fett klebte. Mir wurde übel. Liam schlug mich mit aller Kraft, da er wütend war und meine Aufmerksamkeit einforderte.

«Ich will ja nicht neugierig erscheinen, aber der Freund deiner Mutter. Hast du ihn schon kennengelernt? Ist ja toll, dass sie wieder einen Mann an ihrer Seite hat. Sie ist ja auch noch jung.» Maren holte einen Bonbon aus ihrer Handtasche, der wohl schon seit ein paar Jahren dort gelegen hatte. «Darf er den?»

«Nein, den kann er verschlucken und außerdem …» Ich wollte ihr nicht erklären, dass wir Liam keinen Zucker gaben, dann hätte ich wieder dieses Unverständnis ertragen müssen und wollte mir zudem das Wort «Rabenmutter» nicht anhören müssen.

«Ja, gestern bin ich ihm begegnet. Er ist sehr nett und kann gut mit Kindern.»

«Ist es denn jetzt tatsächlich der Stromanek?»

«Ich weiß nur, dass er ein Trainer ist. Ich kannte ihn nicht. Das hat aber nichts zu sagen, da Fußball nicht meine Welt ist.»

«Dann ist er es tatsächlich! Meine Güte, du und deine Mutter, ihr zieht die dicksten Fische an Land. Und ich sitze da mit meinem Uwe, der Dächer decken, aber sich kein eigenes Dach leisten kann.»

«Ich muss dann mal weiter. Wir haben gerade Besuch.»

«Ja, ich weiß! Von Klaus Kordt. Ich liebe ihn in seiner Rolle als kauzigen Kommissar. Grüß ihn mal von der besten Friseuse der Insel und vielleicht braucht er gerade einen neuen Haarschnitt?»

Woher wusste Maren jetzt zum Teufel, dass Klaus bei uns war? Vielleicht war die Insel doch zu klein für uns!

Als ich auf unser Grundstück fahren wollte, stand Klaus auf der Auffahrt und ruderte wild mit den Armen. Pierre tätschelte seine Schulter und redete auf ihn ein. Ich nahm sofort wahr, dass Klaus die Leine in der Hand hielt, an der aber kein Hund befestigt war. Mir wurde sofort heiß und kalt und ich sah Jenny bereits unter einem Autoreifen kleben oder von Tierfängern verschleppt, die sie in ein Labor brachten.

«Wo ist Jenny?», fragte ich barsch, als ich aus dem Wagen stieg.

«Es tut mir so leid. Sie ist … ich habe sie von der Leine gelassen, weil ich dachte, dass sie … und dann war sie auf einmal verschwunden.» Klaus war ganz aufgelöst und seine braunen Augen wurden glasig.

Pierre holte Liam aus dem Wagen, der böse auf mich war, da ich ihm das Baiser Schäfchen nicht gekauft hatte.

Klaus brachte nur Unheil, dachte ich und warf ihm einen bösen Blick zu, den er offenbar nicht registrierte, da er sich die Leine ums Handgelenk wickelte.

«Wo hast du Jenny denn verloren?», wollte ich wissen und

schaute mich suchend um.

«Beim Übergang zum Strand. Ich traf dort eine alte Dame auf einem Dreirad. Sie hatte mich erkannt und wollte unbedingt ein Autogramm haben. Als ich es unterschrieben hatte, war Jenny auf einmal verschwunden. Sie ist ja wohl nicht ins Meer gegangen? War sie vielleicht depressiv oder sehr eifersüchtig auf Liam? Es ist ja nicht auszuschließen …»

«So ein Blödsinn!», warf ich Klaus an den Kopf und rannte zum Strand, während Pierre Klaus und Liam beruhigen musste.

Kein Hund war zu sehen. Nur ein paar Strandläufer, die mit Gummistiefeln und Friesennerzen am Wasser entlangliefen. Tränen rannen mir über die rosigen Wangen und ich stellte mir vor, wie Pierre voller Trauer neben Bennys Grab ein weiteres schaufelte; wie ich Jennys Spieltiere auf die gezimmerte Holzkiste warf und unserem geliebten Hund schmerzlich vermisste. Dieser blöde Klaus! Ich hoffte, dass er umgehend seinen riesigen Treckingrucksack packte und in die nächste Bahn stieg, damit er nicht noch weiteres Unheil anrichten konnte.

Kurz bevor ich unser Haus erreichte, kam mir Klaus entgegen. Er strahlte wie die Sonne, die sich gerade hinter einer fetten Wolke versteckt hatte.

«Jenny war bei deiner Mutter!», rief er mir freudig entgegen.

Da hatte er ja noch mal Glück gehabt! Dennoch war ich sauer auf ihn und schwieg, da mir total schlecht vor Angst war. Ich rannte ins Haus, direkt ins Gäste-WC und hing über der Toilette. «Mein Engel! Jenny ist wieder da!», informierte mich mein Mann.

«Ich weiß!» Ich trocknete mir den Mund ab und zog Pierre in den Raum und schloss die Tür. «Pierre, dein Klaus gefällt mir nicht. Er erfindet Geschichten, mit denen er einen total langweilt, dann legt er Liam einen Totenkopf zum Spielen vor und guckt merkwürdig wie ein Killer, wenn er sich unbeobachtet fühlt. Wann reist er ab?», fragte ich in einem barschen Ton.

«Es tut mir leid. Klaus ist eigentlich ein ganz Netter. Er ist halt Single und etwas verschroben. Ich denke, dass er morgen wieder fahren wird.»

«Morgen erst! Wo ist Liam?»

«Er ist bei Klaus in der Küche.»

«Oh, nein!» Ich riss die Tür auf und rannte wie eine Furie zu meinem Sohn, der möglicherweise in großer Gefahr war.

Liam spielte mit dem Totenkopf und grinste mich zufrieden an.

Während Pierre mit Klaus einen langen Spaziergang unternahm und Liam sein Mittagschläfchen hielt, googelte ich endlich Herrn Stromanek. Ich bekam meinen Mund vor Staunen nicht zu und lehnte mich verblüfft zurück. Der war ja genauso berühmt wie Pierre! Also doch kein Heiratsschwindler! Ich musste dieser Sache also nicht weiter auf den Grund gehen und war beruhigt, dass Mutter nicht in Gefahr war. Es war zwar noch immer komisch, neben Mutter einen anderen Mann als Vater zu sehen, aber Rudi war ein netter Typ und tat Mutter sichtlich gut. Jahrelang hatte sie mit Vater nichts mehr unternehmen können, da er sich von seinem ersten Schlaganfall nie richtig erholt hatte. Nun konnte sie wieder das tun, was sie jahrelang vermisst hatte.

Nach über drei Stunden kamen die Männer zurück. Klaus zog

ein leidendes Gesicht und zog vorsichtig seinen Schuh aus.

«Klaus ist in eine Glasscherbe getreten. Es ist ein tiefer Schnitt», informierte mich mein Mann und half seinem Freund beim Ausziehen.

«Seid ihr barfuß gelaufen? Bei der Kälte?», wunderte ich mich und schaute auf die blutdurchtränkte Socke.

«Ich wollte gerne den Sand unter meinen Füßen spüren. Aua! Das tut so verdammt weh», jammerte der Verletzte und kam mir vor wie ein Kind.

«Viola, kannst du vielleicht die Wunde versorgen? Du weißt ja, dass ich kein Blut sehen kann», fragte mich mein Mann und sah auf einmal sehr blass aus.

Prima! Vielleicht sollte ich Mutter holen, die hatte mal bei einem Arzt gearbeitet, aber sie war mit Rudi am Ellenbogen laufen, sodass mir nichts anderes übrigblieb, als den wehleidigen Patienten zu versorgen.

Ich führte Klaus auf den geschlossenen Toilettendeckel und holte meine Lesebrille, um mir die tiefe Wunde genauer anzusehen.

«Ein schöner glatter Schnitt, den ein Chirurg nicht hätte besser machen können. Ich muss den jetzt erstmal desinfizieren. Das wird etwas brennen.»

Kaum hatte sich das feine Spray auf die Wunde gelegt, ging ein lauter Schrei durch das Haus, der vermuten lassen konnte, dass ich unserem Besucher mit einem langen Messer mitten ins Herz gestochen hatte. Einem so wehleidigen Mann war ich noch nie begegnet. Pierre kam erschrocken zu uns und trug Liam auf dem

Arm, der verwundert schaute.

«Alles OK?», fragte er und schaute nicht auf den Fuß.

«Klaus ist beinahe gestorben, aber jetzt geht es ihm besser. So, nun noch ein großes Pflaster oder möchtest du lieber einen dicken Verband, dann passt du allerdings nicht mehr in deinen Schuh?»

«Danke, ein Pflaster genügt. Nun werde ich mich mal kurz hinlegen.»

Während Klaus sich von seiner schweren Verletzung im Gästezimmer erholte, fragte ich Pierre zum wiederholten Mal, wann Klaus endlich abreisen würde.

«Ich weiß es nicht. Ich habe ihn noch nicht gefragt, aber ich denke, dass er morgen fährt. Er hält es ja nirgendwo lange aus.»

Hoffentlich, dachte ich und erzählt Pierre alles, was ich über Rudi erfahren hatte. «Er hat vor zwei Jahren seine Frau an Krebs verloren. Schau dir mal das Bild seiner Frau an! Sie ähnelt meiner Mutter doch sehr?»

«Ein bisschen. Die Augen sind ganz anders und die Nase …»

Als Klaus sich erholt hatte, kam er mit neuen Geschichten um die Ecke, die Pierre sich geduldig anhörte, während ich mit Liam im Kinderzimmer verschwand und darauf wartete, dass unser Gast seinen Sack packte und die Insel verließ.

Doch an diesem Tag machte Klaus keine Anstalten zu gehen und auch am folgenden Tag hockte er den ganzen Tag über auf unserem Sofa, da er aufgrund seiner schweren Verletzung angeblich nicht laufen konnte. Er telefonierte mit seinen

Freunden auf der ganzen Welt in diversen Sprachen, was mir imponierte, und las in Büchern, die er sich aus unseren Regalen holte.

«Muss er nicht bald wieder den Kommissar spielen?», erkundigte ich mich bei meinem Mann, der zu gutmütig war, um Klaus zu fragen, wie lange er noch plante, bei uns Urlaub zu machen. Nachdem Klaus Fuß nach drei Tagen langsam verheilt war, kam die Rettung. Klaus Mutter kam mit Verdacht auf einen Herzinfarkt ins Krankenhaus und Klaus, der keine Geschwister hatte, musste sich schweren Herzens auf den Weg nach Berlin machen. Er verabschiedete sich mit den Worten: «Es war so schön bei euch und ich werde bald wiederkommen.»

«Der kommt nicht wieder!», blaffte ich Pierre an, der von seinem alten Kollegen ebenfalls genug hatte.

HOTEL GASTON

Meine Übelkeit ließ nach und ich konnte mich endlich etwas entspannen, bis Ines vor unserer Tür stand und herzerweichend heulte. Es war stürmisch und ich hatte Sorge, dass eine Böe das zarte Mädchen mitreißen könnte. So zog ich Ines an ihrem weiten Ärmel ins Haus, kochte ihr eine große Kanne Tee und schmierte eine dicke Brotbemme mit extra viel Butter, um dem dürren Körper Energie zuzuführen.

«Entschuldigen Sie, dass ich so unangekündigt reinplatze, aber ich hatte Pierre nicht auf seinem Handy erreicht», wisperte sie und schlurfte an dem «Schietwetter Tee», der bei unseren Besuchern immer gut ankam. Das frische Brot ließ sie jedoch liegen. Es juckte mir in den Fingern, sie zu füttern, damit sie mir nicht vom Stuhl kippte.

«Pierre hat sein Handy am Strand verloren. Zudem haben wir seit gestern kein Internet. Mein Mann ist gerade in Westerland, um sich ein neues Handy zu besorgen. Sie sind doch seine Mitstreiterin bei «Wir geben alles»?»

«Ja. Ich bewundere Pierre sehr für das, was er aufgebaut hat, und bin ihm überaus dankbar, dass ich in seiner Organisation mitarbeiten darf.» Ihre Stimme war genauso schwach wie ihr Körper, sodass ich sie kaum verstand.

Nun greif doch zu, Deern, dachte ich und schob den Teller, den ich mit Radieschen garniert hatte, dichter an sie heran. Liam haute kräftig mit einem Löffel auf den Tisch, sodass unser Gast erschrak.

«Ist etwas passiert?», wollte ich wissen und betrachtete mir die junge Frau, die auf ihren langen Zöpfen saß. Ich musste an den Zeitungsartikel denken; an das Foto, auf dem Pierre sie umarmt hatte. Gefiel sie ihm?

«Unsere Schule wurde heute Morgen zerstört und ich wollte Pierre fragen, ob wir … hinfliegen und beim Aufbau helfen. Mein Semester beginnt in drei Wochen und ich hätte die nächsten Tage noch Zeit.»

Nein! Pierre durfte nicht mehr in das gefährliche Land. Er hat eine Frau und zwei Kinder, die ihn brauchen. Er darf sein Leben nicht so leichtfertig aufs Spiel setzen, aber das sollte er seiner Mitstreiterin selbst sagen.

Ines rührte die Brote nicht an, was mich wahnsinnig machte. Als ich Pierres Auto hörte, ging ich zur Haustür und fing ihn dort ab. «Du hast Besuch», sagte ich gereizt und zog ein ernstes Gesicht.

«Ist Klaus wieder da?», fragte er geschockt.

«Nein, Ines ist da. Sie sitzt in der Küche und hat keine guten Nachrichten mitgebracht.»

Es war eine innige Umarmung zwischen meinem Mann und

dem dürren Mädel, die ich genauestens beobachtete. Pierre war nervös und rieb sich immer wieder sein Gesicht, was er tat, wenn er Probleme witterte. Ich ließ die beiden alleine und ging mit Liam ins Kinderzimmer. Ich wusste, wie sehr Pierre seine Projekte am Herzen lagen und war mir nicht sicher, ob er das Versprechen, das er mir nach seiner letzten Reise gegeben hatte, einhielt.

Nachdem ich Liam gebadet und ins Bett verfrachtet hatte, ging ich mit pochendem Herzen in die Küche, in der Ines und Pierre einträchtig kochten. Ines schnippelte Gemüse, während mein Mann eine Sauce anrührte. Ich spürte Eifersucht in mir aufkeimen und war mir in diesem Moment nicht mehr sicher, ob ich Pierre für immer halten konnte.

«Viola! Ist der Kleine im Bett? Ich muss ihm doch noch sein Gute-Nacht-Küsschen geben.»

«Er schläft bereits. Du kannst ihm ja morgen früh um sechs Uhr sein Guten-Morgen-Küsschen geben», sagte ich etwas schnippisch und fühlte mich in der Küche überflüssig.

Ich verzog mich ins Wohnzimmer und schaute die vielen Briefe durch, die täglich zahlreich eintrudelten. Meine Fanpost ebbte nicht ab und ich schaffte es nicht mehr, all die Briefe zu beantworten, sodass ich es Mareike überließ, die mich alle drei Wochen auf der Insel besuchte.

«Du isst doch mit uns?», erkundigte sich Pierre und machte einen recht fröhlichen Eindruck, obwohl seine Schule doch in Trümmern lag. War er glücklich, weil Ines zu Besuch war?

«Nein, ich habe keinen Hunger. Mir ist wieder übel. Ich esse später nur Obst.»

«Soll ich dir einen Tee kochen?»

«Nein, danke! Ich gucke mal eben die Post durch und lege mich dann hin. Ich bin heute so erschöpft», log ich, denn ich fühlte mich prächtig und hatte mich auf einen gemütlichen Abend zu zweit gefreut, doch nun kam dieses magere Wesen dazwischen, das sicherlich auch noch bei uns schlafen wollte.

«OK! Wenn ich etwas für dich tun kann …»

«Dann gebe ich Bescheid.» Ich schaute auf das Foto einer jüngeren Frau, die im Rollstuhl saß und las: «Ich bin ein großer Fan von Ihnen. Seitdem ich ihre Bücher lese, bin ich weniger depressiv und versuche Dinge zu ändern oder anders zu betrachten. Ich danke Ihnen dafür und freue mich auf ihre nächsten Bücher.»

Tränen tropften aus meinen Augen und ich verspürte plötzlich wieder große Lust zum Schreiben. Gleich am nächsten Tag wollte ich intensiv an meinem neuen Roman arbeiten.

Pierre und Ines aßen in der Küche. Ich hörte die beiden ab und zu ausgelassen laut lachen. War der Kummer schon verflogen? War es von Ines nur ein Vorwand gewesen, um Pierre zu sehen, weil sie sich in ihn verliebt hatte? Ich verzog mich ins Schlafzimmer und hatte befremdliche Szenen in meinem Kopf, die mich beunruhigten und mir wieder bewusst machten, dass ich Pierre jederzeit an eine andere Frau verlieren konnte.

Mein Mann steckte seinen Kopf durch die Schlafzimmertür und erkundigte sich nach meinem Befinden. Ich tat so, als würde es mir nicht gutgehen und legte meine Hand auf die Stirn.

«Ich habe Kopfschmerzen und bin so müde», sagte ich leidend

und schüttelte mein Kissen auf.

«Soll ich dir einen Tee kochen oder dir ein Kühlkissen bringen?», fragte Pierre besorgt, setzte sich auf den Bettrand, legte seine Hand auf die meine und sagte: «Ines wird heute bei uns schlafen. Wir sind beide bestürzt über das Geschehene. Kommst du nachher noch zu uns?»

«Erstmal nicht. Ich versuche zu schlafen.»

«Dann schlaf gut.» Pierre küsste mich zärtlich auf den Mund. Er roch nach Knoblauch, was mich nicht mehr störte.

Ich grübelte die ganze Zeit über und konnte nicht schlafen. Kurz nach zehn Uhr trat ich in den Flur und horchte. Es war still im Haus. Was taten die beiden? Trösteten sie sich gegenseitig? Auf Zehenspitzen ging ich in Liams Zimmer, der ganz ruhig schlief. Danach horchte ich ein weiteres Mal, aber konnte keine Stimmen hören. So kroch ich ins Bett und weinte. Ich war mir sicher, dass Pierre und Ines sich mochten und sich gerade in unserem Haus küssten und ihre Körper erforschten.

Nach Mitternacht hörte ich Pierre ins Schlafzimmer kommen. Er tapste im Dunkeln ins Bett und stöhnte leicht, als er sich zudeckte. Ich lag die halbe Nacht wach und wusste nicht, ob mein Mann mich betrogen hatte. Bildete ich mir etwas ein? Liebte er mich wirklich mehr als alle anderen Frauen zuvor oder war ich einfach nur zur richtigen Zeit in sein Leben getreten, in der er Halt und eine Frau gesucht hatte, die ihn auffing und ihm ein Zuhause bot, das er immer gesucht hatte? Ich war mir in dieser Nacht seiner Liebe nicht mehr sicher und bekam panische Angst, dass Pierre mich verlassen und mit Ines nach Afrika auswandern würde.

Gegen sechs Uhr wurde ich durch Liams Weinen geweckt. Pierre befand sich in einem sehr tiefen Schlaf und hörte weder die knarrende Schranktür noch den Wecker, der mir auf den Boden fiel.

Mein Herz wurde schwer und mich ergriff eine panische Angst, dass Pierre und Ines mir beim Frühstück ihre Liebe gestehen würden. Wenn das der Fall sein sollte, würde ich sofort zu Mutter ziehen und Pierre dürfte Liam nicht mehr sehen. Immerhin stand ich finanziell ganz gut da. Mein Kopf war voll mit abstrusen Gedanken, die jedoch nicht von der Hand zu weisen waren. Ich brauchte nur an Vanessa denken, die bereits zweimal betrogen worden war.

Als ich Liam seinen Brei kochte und mir vor Nervosität und Wut schlecht war, kam Ines in die Küche und sah aus wie ein Engel. Sie trug ihre langen Haare offen und war in ein weißes, langes Kleid gehüllt. Kurz glaubte ich, einen Heiligenschein über ihrem Kopf zu sehen. War sie von Gott geschickt worden, um die Welt zu retten? Hatte sie sich Pierre ausgesucht, damit er sie unterstützte? Plötzlich stand Ines in einem ganz anderen Licht da und ich sah auf einmal keine Gefahr mehr in ihr, sondern eine Person, die nur Gutes tat und niemals etwas kaputtmachen würde.

«Guten Morgen!», hauchte der Engel und schwebte an mir vorbei, um sich auf einem Stuhl niederzulassen. Ich sah Ines mit offenem Mund an und konnte keinen Ton herausbekommen.

«Ich habe sehr gut geschlafen. Es ist so herrlich ruhig hier», sagte sie und lächelte Liam an, der Ines mochte, denn er strahlte sie an und plapperte etwas Unverständliches.

«Ja, wir schätzen diese Ruhe. Es ist etwas anderes als Berlin. Was magst du frühstücken?»

«Ich trinke nur einen Tee. Einen Grünen, wenn du den hast.»

«Ja, koche ich dir.»

Gerne hätte ich ihr einen dicken Grießbrei mit viel Butter gekocht, da sie noch dünner aussah als am Vortag.

«Was studierst du?», versuchte ich ein Gespräch zu beginnen und mehr über die Frau zu erfahren, mit der Pierre sich so gut verstand, die er bewunderte und von der er sich vielleicht mehr beeinflussen ließ als von mir.

«Biologie. Aber ich werde mein Studium wohl abbrechen. Es ist mir viel zu viel Theorie und ich merke, dass ich unzufrieden bin. Es dauert mir auch alles zu lange. Ich will keine Zeit vergeuden und muss jetzt etwas bewegen.»

«Ihr habt ja schon Einiges bewegt. Aber vielleicht ist es besser, einen Abschluss zu haben? Ich weiß ja nicht, was du später beruflich machen möchtest, aber es wäre sicherlich von Vorteil, wenn du …» Ich kam mir vor wie meine Mutter und stoppte, zumal Liam unsere Aufmerksamkeit einforderte und laut schrie.

«Darf ich Liam füttern?»

«Gerne. Aber pass auf! Er spielt gerne mit dem Essen.»

Pierre trat verschlafen in die Küche und rieb sich sein Gesicht. «Guten Morgen die Damen. Der kleine Herr ist ja schon putzmunter. Hast du gut geschlafen, Ines?» Er setzte sich neben sie und schenkte sich Tee ein.

«Ja, sehr gut. Ich habe Viola schon gesagt, wie herrlich ruhig es hier ist. Ich wohne ja an einer Hauptstraße und das ist wirklich grausam.»

«Ich vermisse Berlin auch kein Stück mehr. Soll ich Brötchen besorgen?», erkundigte sich Pierre und sah Ines an, um die er sich rührend kümmerte.

«Ich esse am Morgen nichts, danke!»

«OK! Und wie geht es dir?» Mein Mann wendete sich an mich. Er hatte mich nicht - wie sonst - mit Küsschen überhäuft, was mich stutzig machte.

«Gut. Ich muss gleich nach Westerland und ein paar Besorgungen machen. Ich kann Liam mitnehmen oder was hast du vor?»

«Ich wollte Ines gerne die Insel zeigen. Sie war noch nie auf Sylt. Wollen wir mittags Essengehen? Dann würde ich einen Tisch reservieren.»

Ines blieb also noch! Ich sehnte mich nach Ruhe, nach Pierre, der immerzu etwas um die Ohren hatte oder Besuch bekam.

«Gut, dann nehme ich Lam mit und du kannst gegen 13 Uhr einen Tisch reservieren.»

Ich musste mich zusammenreißen, um nicht zu heulen. Er wollte gerne mit ihr Zeit verbringen! Und was war mit der zerstörten Schule? Und was war mit mir?

Eigentlich wollte Pierre schon seit Wochen mit mir aufs Festland fahren, um Kinderzimmermöbel auszusuchen. Ruppig nahm ich Liam aus seinem Hochstuhl und verabschiedete mich etwas kühl von den beiden, die meine Wut jedoch nicht bemerkten, weil sie sich schon wieder intensiv unterhielten.

Da ich gar keine Besorgungen machen musste und es nur ein Vorwand gewesen war, schlenderte ich lustlos durch die Fußgängerzone und stellte mir vor, wie mein Mann und Ines auf unserer Bank am Ellenbogen saßen und sich ihre Hände ineinanderschlangen. Hätte ich die beiden vielleicht nicht alleine lassen sollen?

Zu allem Übel lief ich auch noch Frau Andresen über den Weg. Ich sah sie schon in der Ferne, drehte rasch nach rechts ab und versteckte mich hinten einem Kartenständer, aber die aufmerksame Frau sah alles und kniete sich vor den Buggy. «Moin! Du bist aber groß geworden.»

«Ach! Guten Morgen, Frau Andresen», tat ich überrascht und steckte die Hochzeitskarte zurück.

«Ach! Ist es soweit?», erkundigte sich die Nachbarin mit hochgezogenen Augenbrauen und lechzte nach News, die sie in Windeseile verbreiten würde.

«Was?»

«Heiratet Ihre Mutter?»

«Nein, eine … eine Freundin von mir heiratet.»

«Oh, können Sie mir mal bitte hochhelfen. Meine Knie, die machen mir in letzter Zeit sehr zu schaffen.»

Ich zog die schwere Frau in den Stand und wollte sie so schnell wie möglich abwimmeln, doch sie war froh, mir begegnet zu sein, und überraschte mich mit ihrer Aussage: «Else, also ich meine die Frau Thomsen, hat ihren Mann mit einer jungen Frau gesehen. Sie meinte, dass wäre die Frau, die Ihren Mann nach Afrika begleitet hat und auf dem Foto …»

«Ja, Ines hat uns besucht. Pierre zeigt ihr gerade die Insel. Leider konnte ihre Freundin, Ines ist mit einer Frau liiert, sie nicht begleiten. Sie ist so ein entzückendes Mädchen und wir haben sie alle in unser Herz geschlossen. Für Liam ist sie wie eine große Schwester», dachte ich mir eine Geschichte aus, die mich selbst verblüffte.

«Ach! Das wusste ich nicht, dass die Frau … Ja, dann noch einen schönen Tag Frau Gaston. Grüßen Sie Ihren Mann …»

So, der Klatschtante hatte ich den Wind kräftig aus den Segeln genommen. Ich liebte Sylt über alles, aber diese ständige Observierung konnte ich auf Dauer nicht ertragen.

Ich kam zu spät in das schmucke Reetdachhaus in dem der Koch sein Bestes gab und die Gaumen der gut Betuchten verwöhnte. Vor meiner steilen Karriere hätte ich mir ein Essen in diesem Gourmet Tempel nicht leisten können, daher genoss ich das Essen und den Luxus in dem gemütlichen Lokal. Ines und Pierre saßen in einer dunklen Ecke und amüsierten sich prächtig.

«Hallo, hast du alles erledigt?», begrüßte mich mein Mann, nahm Liam die Mütze vom Kopf und setzte ihn auf seinen Schoß.

«Wie gefällt dir die Insel?», fragte ich Ines, die an einem Wasser nippte und sich vermutlich den Kinderteller bestellte.

«Sylt ist unglaublich schön und beeindruckend. Ich werde wohl häufiger kommen.»

Aber nicht zu uns! Sie kann in der Jugendherberge wohnen!

«Habt ihr schon bestellt?»

«Nein, wir haben auf dich gewartet. Geht es dir noch nicht besser? Du siehst so blass aus.»

«Doch, doch. Isst du gerne Fisch, Ines?»

«Nein, ich bin Veganerin. Ich könnte dir jetzt viel über die Fischzucht erzählen, will dir aber nicht den Appetit verderben.»

«Ich kann dir die Kartoffelrösti mit gemischtem Gemüse empfehlen. Wenn der Koch den Ziegenkäse weglässt, dann ist das Gericht vegan», schlug ich ihr vor und blätterte in der Speisekarte, die ich bereits auswendig kannte, da wir häufig zu Gast waren.

«Wir essen nur wenig Fisch und achten darauf … Liam, du lässt das Lätzchen jetzt um, sonst …», drohte Pierre seinem Sohn. Er blieb ruhig, obwohl Liam das Lätzchen auf den Boden warf und mit der Gabel in den Tisch stach.

Nachdem wir unsere Teller geleert hatten, wurde ich müde, da ich in der Nacht kaum geschlafen hatte. Pierre wollte Ines noch Westerland und List zeigen, was mir nicht passte. Zähneknirschend fuhr ich nach Hause und legte Liam ins Bett. Es dauerte lange bis er in den Schlaf fiel und ich auf Zehenspitzen sein Zimmer verließ. Bevor Pierre mit Ines den zweiten Teil der Inselführung unternahm, kochte er ihr einen Tee und telefonierte mit Mitarbeitern seiner Organisation.

«Ist es OK für dich, wenn ich jetzt mit Ines etwas rumfahre? Ich kann uns am Abend einen Salat machen?» Pierre küsste mich und sah mich mit schiefem Kopf an. Offenbar bemerkte er nicht, dass mir sein Besuch nicht behagte.

«Ja, mach das. Ich werde versuchen, jetzt ein bisschen an meinem Buch zu arbeiten, solange Liam schläft.»

Als die beiden fort waren, setzte ich mich an meinen Schreibtisch und starrte in den Garten. Die Blätter lösten sich an diesem windigen Tag von den Bäumen und die Sommerblumen verloren ihre Farbe. Der Herbst und Winter waren auf der Insel lang und manchmal unerträglich. Vor allem wenn der Himmel grau war und tagelang kein Sonnenstrahl auf die Insel fiel. Ich klappte den Laptop zu. Mein Kopf war einfach nicht frei zum Schreiben. Ich strich durchs Haus und landete im Gästezimmer. Ines war mit einem kleinen Rucksack gekommen. Ich warf einen Blick in ihren geöffneten Rucksack, in dem sich nur Kleidung befand. Auf dem Nachttisch lagen Kaugummis und ein kleines Büchlein, das wie ein Tagebuch aussah. Ich überlegte einige Sekunden, ob ich es aufschlagen sollte, ob ich in dem Buch etwas finden könnte, was auf eine Liebelei zwischen Pierre und diesem Mädchen hindeutete. In raschen Schritten verließ ich das Zimmer und holte Liam aus seinem Bettchen.

Mit rosigen Wangen kamen die beiden, die sich prächtig verstanden, nach drei Stunden von ihrer Inseltour zurück.

«Ines ist total durchgefroren. Sie möchte ein Bad nehmen.»

Also blieb sie eine weitere Nacht, dachte ich betrübt und ließ die Wanne mit viel zu heißem Wasser volllaufen.

Pierre bereitete einen großen, bunten Salat zu und wartete auf Ines, die sich lange im Badezimmer aufhielt. Ich schmollte und fütterte Liam.

«Viola … ich weiß, dass ich dir versprochen habe …», begann

Pierre zögerlich.

Ich wusste genau, was jetzt kam.

«Nein, Pierre! Das kommt nicht in Frage. Wenn du jetzt nochmal nach Afrika fliegst, dann ...» Womit sollte ich ihm drohen? Ihn zu verlassen? Nein, das war dumm.

«Doch nur für eine Woche und ich bin auch ganz vorsichtig. Es ist das letzte Mal vor deiner Entbindung. Ich muss meinen Leuten helfen. Es macht mich krank, dass ich jetzt nicht bei ihnen sein kann, um sie zu unterstützen. Du und die Kinder ihr seid mir das Wichtigste in meinem Leben, aber auch mein Projekt ist mir wichtig.» Pierre war sehr aufgebracht und ich wusste, wie sehr sein Herz an den Menschen hing, die er in Afrika kennengelernt hatte. Damit Liam meine Tränen nicht sah, stellte ich mich an die Spüle und ließ das Wasser laufen, ohne es zu benutzen.

Mein Mann legte seine Hand auf meine Schulter, aber ich schüttelte sie ab, wischte meine Augen trocken und fragte: «Kommt Ines mit?»

Pierre schwieg und schaute auf den Boden. «Ja, sie will unbedingt mitkommen, obwohl ich es ihr ausgeredet habe.»

Enttäuscht und wütend nahm ich Liam aus dem Hochstuhl, obwohl er noch nicht aufgegessen hatte und verschwand ins Kinderzimmer. Pierre rief mir hinterher, aber ich reagierte nicht und begegnete auf der Treppe Ines, die mich freundlich anschaute.

Wie konnte er mir das nur antun? Er hatte mir ein Versprechen gegeben, das auf einmal nicht mehr zählte, weil das dürre Wesen ihn vermutlich überredet hatte, weil er sich zu dem Mädchen hingezogen fühlte und sie vielleicht liebte? Würden sie mir morgen früh ihre Liebe gestehen? Ich rief Mutter an, um mich bei ihr auszuweinen, aber ich konnte sie nicht erreichen. Danach probierte ich es bei Vanessa, aber sie befand sich gerade auf dem Weg zum Yoga. Pierre kam zu mir und zog ein schuldbewusstes Gesicht. Er streichelte das Köpfchen seines Sohnes, den ich gerade ins Bett gelegt hatte.

«Viola! Bitte, lass uns nicht streiten. Du weißt, dass ich es nicht mag.»

«Ich habe keinen Streit begonnen, Pierre. Du hast dein Versprechen gebrochen und darüber darf ich mich doch ärgern? Das ist doch verständlich?», zischte ich und warf ihm einen bösen Blick zu.

«Ja, du hast recht. Aber nun hat sich eine Situation ergeben, mit der ich nicht gerechnet habe und es erfordert ein rasches Handeln meinerseits.»

«Warum schickst du nicht andere Leute nach Afrika? Männer, die keine Familie, keine schwangeren Frauen haben?»

«Es gibt da nicht viele. Es wird mir nichts passieren.»

«Wie kannst du dir da so sicher sein? Bist du ein Hellseher? Du weißt selbst, wie gefährlich es dort ist. Du willst die Gefahr runterspielen, um mich umzustimmen. Wenn du fliegst, dann werde ich nicht mehr hier sein, wenn du zurückkommst. Mein Ex wäre sicherlich auch ein guter Vater und würde sich freuen, wenn ich ihn zurücknehmen würde.»

«Gut, du lässt mir keine Wahl. Ich finde es nicht fair von dir, aber muss deine Meinung akzeptieren. Ich werde mit Ines reden. Kommst du mit?»

«Nein, ich bin müde und lege mich hin.»

Ich wusste, dass ich Pierre in eine schreckliche Situation gebracht hatte, aber ich musste es tun, musste ihn unter Druck setzen, damit er nicht flog.

Eine Stunde nachdem Pierre mich verlassen hatte, kam er zu mir und hatte diesen traurigen Gesichtsausdruck, den ich nur allzu gut kannte. Es tat mir furchtbar weh, ihn so zu sehen, ihn unglücklich gemacht zu haben.

«Pierre! Es tut mir so leid, aber ich habe so eine schreckliche Angst, dich zu verlieren. Kannst du das nicht verstehen?» Ich zog ihn aufs Bett und drückte meinen Kopf an seine Brust.

«Natürlich verstehe ich das, aber …» Tränen rannen aus seinen Augen und er schob mich von sich weg.

«Wenn du meinst, dass du gehen musst, dann fliege nach Afrika. Natürlich werde ich dich nicht verlassen. Jedoch werde ich vor Sorge sterben und hoffen, dass du heil zurückkommen wirst.»

«Danke, Viola!» Er küsste meine Stirn und legte seine warme Hand auf meinen Bauch.

Ines reiste am nächsten Morgen ab und Pierre hatte bereits Flüge nach Afrika gebucht. Ich hatte zwar gehofft, dass er die Reise doch nicht antreten würde, aber hatte mich geirrt.

Ich suchte Trost bei meiner Mutter, die nicht mehr viel Zeit für mich hatte und sich für ihren Trip nach Ibiza vorbereitete. Während sie mir ihre neuen Hüte präsentierte, klagte ich ihr mein Leid.

«Wie kann Pierre nur dieses Risiko eingehen? Wäre er doch Schauspieler geblieben», sagte ich verzweifelt und schüttelte den Kopf, als Mutter einen riesigen Hut aufsetzte, unter dem man eine ganze Hasenfamilie hätte verstecken können.

«Jeder muss das tun, was er tun muss.»

«Was ist das denn für ein Spruch? Und was muss ich tun?», fragte ich genervt und griff nach einem weißen Strohhut, den ich mir aufsetzte.

«Du musst darauf vertrauen, dass alles gut geht.»

«Mama, du meinst, wenn ich darauf vertraue, dass alles glatt läuft, dann läuft auch alles glatt? Und was ist mit den vielen Menschen, die täglich bei Unfällen ums Leben kommen und die auch darauf vertraut haben, dass ihnen nichts passiert?»

«Die haben halt Pech gehabt. So, ich muss jetzt in die Küche. Rudi kommt nachher und wir wollen zusammen eine Poke Bowl machen.»

«Du machst so etwas Modernes? Früher hast du für Papa immer nur Rinderrouladen oder Schweinebraten gekocht.»

«Rudi lebt sehr bewusst und ist ziemlich fit, auch im … Du hast mir ja damals den Anstoß gegeben, mich gesund zu ernähren. Dafür bin ich dir überaus dankbar. Wir passen so unglaublich gut zusammen. Nur leider hat Rudi nicht viel Zeit, denn er muss ja seine Jungs trainieren, aber vielleicht ist das ja auch nicht so schlecht, wenn man sich wenig sieht, wird die Sehnsucht größer.»

«Gehst du denn auch mal zu den Fußballspielen?»

«Ja, natürlich. Ich kann dir sogar schon erklären, was Abseits bedeutet und ich bin gerade dabei, mir einen Fan-Schal zu stricken», erzählte sie begeistert und räumte zwei Hüte in den Koffer.

«Fein, dann bist du ja happy. Wann kommst du denn zurück?»

«Wir bleiben zehn Tage auf Ibiza. Solange geht das Trainingscamp.»

«Gut, dann kümmere ich mich um deine vertrockneten Pflanzen und die Post, die bei dir ja hauptsächlich aus Werbung besteht, die ich dann gleich in die Papiertonne werfe.»

«Nun zieh doch nicht so ein Gesicht! Du kannst dich so glücklich schätzen. Du schreibst erfolgreiche Bücher, hast einen tollen Mann, der sich engagiert, wohnst an einem der schönsten Orte der Welt und kannst dir alles kaufen, was dein Herz begehrt.»

«Ja, Mama, ich weiß es zu schätzen. Ich wünsche dir einen guten Flug und schicke mir mal ein Bild von Rudis Spielern. Falls Pierre nicht zurückkommt …»

«Du bist immer viel zu pessimistisch. Wenn man immerzu damit rechnet, dass etwas Schlimmes passiert, weckt man das Unglück auf.»

UND WIEDER IST ER FORT

Ich brachte meinen Mann zum kleinen Flughafen und trug eine Trauermiene - und Liam, der mir langsam zu schwer wurde, der aber immerzu auf meinen Arm wollte.

Pierre machte einen niedergeschlagenen Eindruck und war hin- und hergerissen zwischen mir und dem Land, das er mit all seiner Kraft unterstützen wollte. Es tat mir leid, dass er so litt, und ich versuchte, mir ein Lächeln abzuringen, das aber sicher sehr gequält aussah.

Ich verzichtete auf Abschiedssprüche, wie «Pass auf dich auf!» oder «Sei vorsichtig!» Ich vertraute einfach darauf, dass alles gut ging, so wie Mutter es mir empfohlen hatte. Ich fühlte, dass Pierre heil zurückkommen und wir nach Nizza fliegen würden, damit mein Mann endlich seine Vergangenheit verarbeiten konnte.

«Ich melde mich so oft es geht. Bitte sorge dich nicht und mach dir eine schöne Zeit mit Liam. In einer Woche bin ich zurück und dann …»

«Fliegen wir nach Nizza?», vollendete ich den Satz und sah Pierre erwartungsvoll an.

«Wenn du es gerne möchtest, dann machen wir es. Ich bin dir ja etwas schuldig.»

«Ich möchte es sehr gerne. Mich interessiert, wie deine Mutter gelebt hat, und bin sehr traurig, dass ich sie nicht kennenlernen konnte.»

«Ihr hättet euch gemocht. Ich muss jetzt gehen. Ich liebe dich, Viola, und danke dir, dass du mich gehen lässt.»

«Ich liebe dich auch.» Obwohl ich meine Tränen zurückhalten wollte, flossen sie aus meinen Augen. Pierre nahm seinen Sohn und überhäufte ihn mit Küssen.

Ich wartete dieses Mal nicht, bis die kleine Maschine abhob, sondern fuhr nach Hause und rief Mareike an, um sie zu fragen, ob sie mir ein paar Tage Gesellschaft leistete, aber sie war krank und hustete schrecklich.

Da ich mich einsam fühlte, packte ich ein paar Sachen und fuhr spontan nach Hamburg, in meine alte Heimat, die ich ab und zu vermisste. Ich wollte unter anderem den Buchladen besuchen, in dem ich einige Jahre viele Bücher verkauft und gekauft hatte, wollte Vanessa überraschen und ich dachte sogar daran, Leon zu besuchen, der sich sehr verändert hatte.

Die Zugfahrt war anstrengend, da Liam unruhig war. Er hatte Bauchschmerzen und Durchfall, was die Fahrgäste in meinem Abteil angewidert registrierten. Ich war froh, als ich den Hauptbahnhof erreichte und frische Luft atmen konnte. Ich gönnte mir den Luxus, in einem Hotel mit Alsterblick zu übernachten, wovon ich als kleines Mädchen oftmals geträumt hatte.

Sehnsüchtig wartete ich darauf, dass Pierre sich meldete und schaute alle paar Minuten ungeduldig auf mein Handy. Endlich kam eine Nachricht. Er schrieb, dass ich ihn anrufen sollte.

«Hallo, mein Engel. Ich bin gut gelandet. Es ist verdammt heiß hier.»

«Hier ist es grau und nieselt. Ich bin spontan nach Hamburg gefahren. Ich fühlte mich auf der Insel etwas einsam.»

«Das ist doch schön. Wir werden heute nicht mehr ins Dorf fahren. Ich melde mich heute Abend nochmal. Viel Spaß und gebe Liam einen dicken Kuss von Papi.»

Ich war erleichtert, dass Pierre gut angekommen war, und versuchte, mich abzulenken. So ging ich shoppen und fuhr mit dem Buggy, in dem Liam schlief, in meinen vertrauten Buchladen, in dem es nach Büchern duftete.

Frau Müller stand an der Kasse und sah mich erst nicht, aber als ich den Arm hob, um ihr zuzuwinken, schrie sie so laut, als wäre ein Räuber im Laden, ließ ihre Kundin einfach stehen und lief mir mit ihren X-Beinen entgegen. «Viola! Was für eine Freude! Was für eine Ehre, dass du uns mal besuchen kommst. Dein neues Buch liegt dort drüben. Auf dem Tisch mit den Bestsellern. Oh, ich freu mich ja so. Inge, Irene! Kommt mal her!»

Die Kunden sahen mich etwas entgeistert an und steckten ihre Nasen wieder in die Bücher.

Die Damen umarmten mich und sahen mich an, als wäre ich

eine Königin aus einem anderen Land.

Mein altes Leben kam mir so weit weg vor! Wie das Leben einer anderen Person! Ich sah mich in Gedanken an der Kasse stehen: pummelig und unzufrieden, wie ich damals gewesen war. Ich konnte es noch immer nicht glauben, wie radikal sich mein Leben verändert hatte und war ein wenig stolz auf mich, dass ich ins kalte Wasser gesprungen war, um nach dem vollkommenen Glück zu suchen.

Meine ehemaligen Kolleginnen ließen ihre Arbeit ruhen und fragten mich aus. Vor allem wollten sie alles über Pierre wissen, der sie offenbar mehr interessierte als meine Wenigkeit. Als Liam erwachte, tätschelten sie sein Köpfchen und benutzten Wörter, die ich bewusst niemals meinem Sohn gegenüber aussprach. «Ei dei dei, du bist aber ein Schnuckelchen. Hast du keinen Schnulli? …

Nach zwei Tassen Kaffee und ein paar trockenen Keksen, die mir aufgedrängt wurden, verließ ich etwas geschafft den Buchladen, in dem ich es so viele Jahre ausgehalten hatte. Mein neues Leben gefiel mir weitaus besser und ich wusste es nach diesem spontanen Besuch noch mehr zu schätzen. Am Abend bestellte ich mir Essen aufs Zimmer, da es regnete und ich keine Lust hatte, alleine in ein Restaurant zu gehen. Vanessa wollte ich am nächsten Tag, an dem sie frei hatte, besuchen.

Pierre meldete sich über Skype als ich Liam gerade zum Schlafen gelegt hatte.

«Hallo, mein Engel. Was hast du Schönes gemacht?»

«Ich bin in meinem alten Buchladen gewesen, aber war etwas enttäuscht, da meine ehemaligen Kolleginnen mehr an dir interessiert waren als an mir. Zudem wollen sie dich wieder als Arzt sehen. Ich soll dich dazu überreden, noch ein paar Folgen zu drehen.»

Pierre lachte und sah entspannt aus. «Wer weiß!»

«Ich wollte Liam gerade ins Bett legen. Moment, ich gehe mal zu ihm. Schau mal! Da ist Papa!»

Unser Sohn guckte verschlafen auf den Monitor und rieb sich die Augen. «Papa!», sagte er müde und patschte auf den Bildschirm.

«Hast du schon gegessen?»

«Ja, ich war eben hier im Hotel essen. Es war sehr gut.»

«Und wie geht es Ines?»

«Gut. Sie ist wie immer voller Tatendrang. Ich soll dich von ihr grüßen.»

«Danke! Dann schlaf gut und melde dich morgen bitte sofort, wenn du aus dem Dorf zurückbist.»

«Das mache ich, aber es kann spät werden.»

Pierre schickte mir Küsse und ich fragte mich, ob er den Abend und die Nacht alleine verbrachte. Es blieb mir nichts anderes übrig, als Pierre zu vertrauen.

Am nächsten Morgen war ich bei meiner Schwester zum Frühstück eingeladen. Als ich aus dem Hotel trat, kam ein junger Mann auf mich zugestürmt. «Frau Gaston! Ihr Mann befindet sich wieder in Afrika und ist in Begleitung der jungen Studentin …» Ich setzte meine Sonnenbrille auf und tat so, als hätte ich kein Wort gehört. Ich ignorierte den Mann und schob hastig den Buggy durch die Passanten, aber der Mann ließ nicht locker und rannte mir hinterher. Ich war kurz davor, ihn kräftig ans Schienbein zu treten, aber biss mir stattdessen auf die Unterlippe.

«Frau Gaston! Sind sie nicht eifersüchtig …» Plötzlich verstummte der Reporter und ich drehte mich um. Ein kräftiger Mann hielt sein Handgelenk umschlossen und stand ihm mit einer Drohgebärde gegenüber. Als mein Beschützer sich umdrehte, erkannte ich Leon, der noch besser aussah als bei unserer letzten Begegnung.

Leon ließ den Mann los und strich sich durch sein Haar, das perfekt frisiert war.

«Leon! Was machts du denn hier?», fragte ich überrascht und musste feststellen, dass mein Herz sich rührte. Wir hatten uns beide verändert!

«Ich wollte gerade ins Büro gehen und habe dich und diesen aufdringlichen Typen gesehen.» Leon duftete nach einem wohlriechendem Eau de Toilette, das mir gefiel.

«Und was machst du in Hamburg?»

«Ich … ich verbringe ein paar Tage hier. Ich wohne dort drüben.»

«Oh, wie nett! Hast du einen Blick auf die Alster?»

«Ja, und er ist wunderschön. Es muss ja nicht immer das Meer sein», faselte ich und konnte es nicht fassen, was aus dem pummeligen Leon, der leidenschaftlich gerne an Autos geschraubt hatte, geworden war. War er noch immer Single?

«Ich muss dann mal weiter. Bin heute etwas spät dran. Schön, dich gesehen zu haben.» Leon traute sich nicht, mich zu berühren und hob nur seine Hand zum Abschied.

«Danke, dass du mir den neugierigen Typen vom Hals gehalten hast.»

«Kein Problem. Welch ein Zufall, dass ich gerade hier war.»

Mein Ex-Freund drehte sich um und winkte Liam, während ich überlegte, ob ich mich mit ihm auf einen Kaffee treffen sollte. Wir könnten in alten Erinnerungen schwelgen und ich könnte mehr über sein neues Leben erfahren.

«Leon!», rief ich laut, damit er mich noch hörte. Er reagierte nicht und ich rief seinen Namen, den ich früher so oft ausgesprochen hatte, so laut ich konnte. Nicht nur der Angesprochene drehte sich nach mir um, sondern auch ein paar Passanten, die ernst schauten und sich offenbar in ihrer Ruhe gestört fühlten.

Ich rannte mit dem Buggy los, um ihn einzuholen. Etwas atemlos stand ich vor dem Mann, mit dem ich jetzt vielleicht auch Kinder gehabt hätte.

«Hast du vielleicht Lust, mit mir nach der Arbeit einen Kaffee zu trinken?»

Leons Gesicht zeigte Freude. «Gerne, aber ich muss bis 18 Uhr arbeiten. Ich gebe dir mal meine Nummer. Wir könnten uns um 18.15 dort drüben in dem Café treffen?»

«Ja, prima. Ich warte dort auf dich.»

Ich freute mich auf das Treffen mit meinem Ex, das mich von

meiner steten Sorge, die ich mir um Pierre machte, ablenken konnte.

Mit einem Taxi fuhr ich zu Vanessa, die mir mit einem gestressten Gesichtsausdruck die Tür öffnete.

«Ist was?» Ich parkte den Buggy vor ihrer Haustür und holte den weinenden Liam raus, der so laut schrie, dass eine Nachbarin die Tür neugierig öffnete. Auch hier funktionierte die Nachbarschaftskontrolle bestens.

«Ich bin etwas genervt. Komm rein!»

Wann ist sie mal nicht genervt, dachte ich genervt und versuchte Liam zur Ruhe zu bringen.

«Warum weint er denn?», fragte meine Schwester und verdrehte die Augen.

«Er ist gerade aufgewacht und muss erst langsam zu sich kommen.»

«Gib ihm doch einen Schnuller», schlug Vanessa vor und räumte einen Traktor aus dem Weg.

«Er nimmt schon seit einem halben Jahr keinen Schnuller mehr.»

Der Frühstückstisch war noch nicht gedeckt, im Wohnzimmer stand ein vollbeladener Wäscheständer und Javier saß apathisch vor dem Fernseher und begrüßte mich nicht. Was war denn hier los?

«Ich decke rasch den Tisch. Javier darf heute nicht in den Kindergarten.»

«Warum nicht?», fragte ich verwundert und folgte ihr in die

Küche. Vanessa schloss die Küchentür und flüsterte: «Ich bin total fertig! Javier ist so ungezogen und traktiert ständig seinen Bruder. Ich verstehe das nicht. Zwillinge sind doch sonst immer so dicke, aber bei den beiden ist das anders. Javier ist eifersüchtig auf Jamie, weil er angeblich immer der Liebe ist, den alle mögen und vorziehen. Gestern Abend hat er seinem Bruder ins Ohr gebissen, weil ich ihm kein Gute-Nacht-Küsschen gegeben habe und das habe ich nicht getan, weil er im Kindergarten der Erzieherin einen Klaps auf den Po gegeben hat. Ich habe echt keine Lust mehr. Sieh mich mal an! Ich habe keine freie Minute mehr für mich und hab nicht mal Zeit, mir die Nägel zu lackieren.»

«Komm! Lass mich den Tisch decken. Entspann dich mal!» Mir kam die Idee, dass ich einen Tag auf die Jungs aufpassen könnte, damit Vanessa ihren freien Tag für sich hatte. Wollte ich mir das wirklich antun?

Nachdem sich die überforderte Hausfrau und Mutter bei mir ausgeweint hatte, schlug ich ihr vor, mich um alles zu kümmern, damit sie einen Tag nur für sich hatte.

«Ist das dein Ernst? Das würdest du machen?»

Meine Schwester fiel mir juchzend um den Hals und küsste mich ab. Ich freute mich, Gutes tun zu können und wurde gleichzeitig abgelenkt, um die beängstigenden Bilder, die ich von Pierre im Kopf hatte, wie er blutend auf einer holprigen Straße lag oder in einem Kugelhagel stöhnend zu Boden fiel, aus dem Kopf zu bekommen.

«Ja, aber um 18 Uhr muss ich weg. Ich habe noch ein Date», sagte ich geheimnisvoll.

«Was denn für ein Date? Genügt Pierre dir nicht?», wunderte sich Vanessa und kickte einen Fußball weg.

«Ich habe Leon heute zufällig getroffen und ihn gefragt, ob wir uns auf einen Kaffee treffen wollen.»

«Oh, wird da eine alte Liebe aufgewärmt?», zog meine Schwester mich auf und tippte auf mein Näschen, was ich schon als Kind nicht leiden konnte.

Bevor Vanessa sich in ihren freien Tag verabschiedete, zählte sie mir minutenlang auf, was ich alles beachten musste. «Mit Javier das Alphabet lernen, eine Kürbissuppe kochen, Jamie vom Kindergarten abholen, Blusen in der Reinigung abholen, die Wäsche abnehmen und eine aufhängen, die Zwillinge beschäftigen ... Ich traute mir durchaus zu, alles zu erledigen, allerdings hatte ich ja auch noch meinen eigenen Sohn, der versorgt werden musste.

Zunächst knipste ich den Fernseher aus, was zu einem großen Geschrei führte, dann klingelte pausenlos das Telefon, das ich ignorierte; Liam hatte wieder Durchfall und ich musste ihn dreimal hintereinander wickeln, ein Zeuge Jehovas stand vor der Tür und wollte mich bekehren. Javier streckte dem Mann die Zunge entgegen, was ich gut fand, ihn jedoch dafür ausschimpfte. Beim Alphabet lernen, kam Javier nur bis zum D. Liam schrie, da er wieder Bauchschmerzen hatte. Javier durfte den Buggy schieben, als wir zum Kindergarten liefen, dabei fuhr er durch eine tiefe Pfütze, sodass meine Wickeltasche nass wurde. Die Kindergärtnerin nahm sich Javier vor, dem sie Vorhaltungen machte, da er ihr auf den Po geschlagen hatte, was der Kleine lachend hinnahm. Jamie weinte auf dem Heimweg, denn er vermisste seine Mutter. Die Kürbissuppe schmeckte den Jungs nicht und die Eierkuchen brannten mir an, da Jamie ein

Glas zu Bruch gegangen war, sodass ich die vielen kleinen Scherben suchte, die für die barfußlaufenden Jungs zur Gefahr werden konnten. Nach dem Mittagessen war ich so geschafft, dass ich die Jungs vor den Fernseher setzte. Sie stritten sich um die Fernbedienung, sodass ich sie an mich nahm und ihnen einen netten Kinderfilm raussuchte, doch Javier wollte einen Actionfilm sehen, den Lukas ihm angeblich erlaubt hatte. Als ich die Wäsche abnahm, klingelte eine Nachbarin und beschwerte sich über meinen Buggy, den ich vor der Haustür im Treppenhaus geparkt hatte. Ich nahm ihn mit in die Wohnung und wurde vom ständigen Telefongebimmel ganz unruhig. Vanessa meldete sich nicht. So rief ich sie gegen 15 Uhr an. Sie lag gerade bei einer Kosmetikerin und klang fröhlich. Ich sagte ihr, dass alles super laufen würde und sie sich weiterhin entspannen sollte. Da die Jungs Hunger hatten, bestellte ich zwei Pizzen, die ihnen jedoch nicht schmeckten. Ich bot den Zwillingen an, mit ihnen zu spielen, aber sie wollten lieber Fernsehen, was sie sonst nicht durften. Was solls! Ich war zwar auch dagegen, aber für mich war es das Einfachste. Eine Minute vor 6 kam Vanessa und sah erholt aus. Ich hingegen fühlte mich wie eine Erzieherin nach einem anstrengenden Arbeitstag. Meine Schwester war bei der Kosmetikerin und beim Friseur gewesen und an ihren Händen hingen große Tüten.

«Hallo! Ging alles gut?», wollte sie wissen und küsste ihre Jungs, die sich an sie drückten.

«Ja, war easy und richtig nett mit den beiden.»

«Mama, die Suppe schmeckte gar nicht und der Eierkuchen war angebrannt. Den darf man doch nicht essen, wenn er schwarz ist, oder?»

«Lasst mich erstmal reinkommen. Ich habe euch auch etwas

mitgebracht und dir auch, Viola.» Sie zog einen rosafarbenen Strampler aus einer Papiertüte, auf dem stand: «Kleine Zicke». Ich fand es nicht sehr originell, aber lachte und stellte die Tüte in einer Ecke.

«Ich muss jetzt los. Morgen fahre ich wieder nach Sylt. Vielleicht kommt ihr nochmal im November zu uns?»

«Ja, gerne. Und danke fürs Einhüten. Vergiss den Strampler nicht!»

Als ich zum Café hetzte, legte ich einer jungen Frau, die einen Kinderwagen schob, die Tüte mit dem Strampler in den Korb und sagte: «Ein Geschenk!»

In dem kleinen Café herrschte Hochbetrieb und ich hatte Mühe, mit dem Buggy in den Eingang zu gelangen. Wild suchten meine Augen nach Leon. Mein Herz pochte, denn der neue Leon gefiel mir besser als der alte, aus dem ein attraktiver Prinz geworden war, der seine Prinzessin offensichtlich noch nicht gefunden hatte. Mein Ex ruderte mit den Armen und stand auf, um mir mit dem Buggy zu helfen, den ich nicht durch die dicht gestellten Tische bekam. Dieses Mal war Leon nicht so zurückhaltend. Er hauchte mir Küsschen auf die Wangen und ich versuchte mich daran zu erinnern, wie er mich damals so richtig geküsst hatte. Doch ich konnte diese Erinnerung gerade nicht abrufen, denn ich war etwas nervös und musste Liam beruhigen, dem der Lärm nicht gefiel.

«Entschuldige die Verspätung, aber ich war noch bei Vanessa. Ich habe heute auf ihre Jungs aufgepasst. Ich kann dir sagen, Flöhe hüten ist einfacher.»

Ein unangenehmer Geruch stieg mir in die Nase und überdeckte den Duft von frisch gebrühtem Kaffee und gebackenen Waffeln. Liam saß auf meinem Schoß und ich spürte Feuchtigkeit auf meiner Hose. Liams Windel hatte nicht gehalten und er hatte wieder Durchfall. Zu allem Übel hatte ich keine Windel mehr dabei.

«Es tut mir leid, Leon, aber können wir vielleicht kurz ins Hotel. Mein Sohn hat eine ziemlich volle Windel und ich habe keine mehr. Wir könnten auch eine Kleinigkeit im Hotel essen. Ich lade dich ein.»

«Ja, gerne. Mir ist es hier sowieso ein bisschen zu laut und wuselig.»

Während wir zum Hotel liefen, stiegen alte Erinnerungen in mir auf. Früher war ich oft mit Leon an der Alster spazieren gewesen. Wir hatten uns immer beim Eismann neben dem Alsterpavillon ein Eis gekauft. Ich meistens Erdbeere und Leon Schokolade. Oft waren wir im Alsterhaus und schauten uns die vielen hochpreisigen Handtaschen an, die ich mir damals nicht leisten konnte und die mir Leon von seinem schmalen Gehalt auch nicht kaufen konnte, obwohl er es gern getan hätte. Nun konnte ich mir jede Handtasche leisten, aber tat es nicht, da mich Luxus und Konsum nicht mehr reizten.

Während ich Liam wickelte, sah Leon aus dem Fenster auf die Alster. Mein Handy klingelte. Sicherlich war es Pierre. Ich setzte den quengelnden Jungen aufs Bett und hechtete an mein Handy.

«Hallo, mein Engel! Alles gut bei dir?»

«Ja, alles bestens. Ich war heute bei Vanessa. Wie geht es dir? Wie war es im Dorf?» Leon setzte sich aufs Bett und holte ein kleines Auto aus seiner Jackentasche, nach dem der Kleine sofort griff und Brummgeräusche von sich gab.

«Lass uns mal skypen. Ich möchte euch sehen. Bis gleich», forderte mein Mann mich auf. Verdammt! Ich hatte ein Déjà-Vu. Mein Laptop regte sich und ich hatte keine andere Wahl als den Video-Call entgegenzunehmen. Ich verzog mich mit dem Laptop ins Badezimmer, damit Pierre meinen Besucher nicht sah. Natürlich hätte ich Leon auch rasch aus dem Zimmer schicken können, aber die Zeit, um ihm das zu erklären, hatte ich nicht mehr.

«Bist du im Badezimmer?», wunderte sich mein Mann und sah müde aus.

«Ja», flüsterte ich. «Ich habe Liam gerade ins Bett gelegt. Er hatte schon wieder Durchfall und war sehr quengelig. Nun schläft er endlich. Wenn er morgen noch immer Durchfall hat, muss ich mit ihm zum Arzt gehen. Nun erzähl mal!»

Ich setzte mich auf den Toilettendeckel, biss mir vor Nervosität auf die Unterlippe und hoffte, dass Leon nicht einfach ins Bad kam.

«Die Schule ist nicht ganz so schlimm zerstört, wie wir dachten. Sie kann recht schnell wiederaufgebaut werden und ich habe heute schon Einiges in die Wege geleitet. Morgen werde ich versuchen, noch ein paar Leute zusammenzutrommeln. Ich bin jetzt echt müde und haue mich aufs Ohr, da ich morgen ganz früh raus muss. Daher werde ich mich morgen früh auch nicht melden.»

Ich hörte Liam laut Weinen und «Mama» rufen, was Pierre ebenfalls hörte.

«Er ist doch noch wach. Dann geh doch bitte zu ihm. Ich vermisse ihn so.»

«Ich weiß nicht. Das wühlt ihn sicherlich auf, sodass er nicht wieder einschlafen kann.»

«Ich werde ihm sein Abendlied singen. Bitte, lass mich mit ihm sprechen.»

«OK!» Was sollte ich jetzt tun? Wenn mein Mann Leon in meinem Zimmer sah, würde er vermutlich denken, dass ich mich mit ihm tröstete. Ich klappte den Laptop zu, hastete ins Zimmer und sagte: «Leon, kannst du bitte kurz rausgehen. Pierre möchte mit seinem Sohn sprechen und … er soll nicht denken …»

«Klar! Kein Problem! Ich will dich nicht in Schwierigkeiten bringen.» Ehe ich mich für sein Verständnis bedanken konnte, rief Pierre an.

«Hi! Du warst plötzlich weg», wunderte er sich.

«Ja, das habe ich auch gemerkt. So, nun kannst du mit Liam sprechen. Schau mal! Da ist Papa! Der ist in Afrika und baut seine Schule wieder auf.»

Während Pierre mit dem Kleinen mehr oder weniger kommunizierte - Leons Auto interessierte ihn mehr als Papas Erzählung - atmete ich tief ein und aus. Als ich mich gerade etwas beruhigt hatte, fragte mein Mann: «Hast du eine neue Jacke?»

Ich drehte mich um und sah Leons Lederjacke über dem Stuhl hängen.

«Ja … die habe ich mir … heute im Alsterhaus gekauft.»

«Das ist doch gar nicht dein Stil und sie sieht auch so groß aus. Ist das echtes Leder?»

«Nein, es ist ein Imitat. Das war ein spontaner Fehlkauf. Ich werde sie wohl morgen wieder zurückbringen.»

Ich weiß nicht, ob Pierre mir glaubte, aber er fragte nicht weiter nach und gähnte. Er hatte wohl andere Dinge im Kopf.

Als ich den Laptop zugeklappt hatte, öffnete ich die Zimmertür, aber Leon stand nicht im Flur. Stattdessen fand ich einen Zettel mit der mir vertrauten, recht unleserlichen Schrift: «Ich will nicht stören. War nett, dich wiedergesehen zu haben. Schlaf gut! Leon»

Schade, ich hätte gerne noch mit Leon geplaudert, aber vielleicht war es besser, dass wir keine gemeinsame Zeit mehr miteinander verbrachten, da ich jederzeit damit rechnen musste, von Fotografen abgeschossen zu werden.

Da am nächsten Tag düstere Wolken über der Alster hingen und ich mich langweilte, beschloss ich, die Heimfahrt anzutreten. Beim Packen sah ich Leons Jacke auf der Kofferablage. Hatte er sie absichtlich vergessen, um einen Grund zu haben, mich noch einmal zu sehen? Bevor ich sie in meinen Koffer steckte, schnupperte ich an ihr. Sie roch nach Leon. Erinnerungen an unsere gemeinsame Zeit stiegen in mir auf. Ich wollte meinem Ex die Jacke per Post schicken, denn das Kapitel Leon war definitiv beendet.

Zu meiner Erleichterung hatte sich Liams Magen beruhigt, sodass ich keinen Kinderarzt aufsuchen musste und eine ruhige Heimfahrt hatte. Am Nachmittag erreichte ich meine geliebte Insel, über die ebenfalls dunkle Regenwolken zogen und meine Stimmung verdüsterten. Ich fühlte mich einsam in dem großen Haus, zumal Mutter auch unterwegs war und zukünftig vielleicht mit Rudi von Stadion zu Stadion ziehen würde.

Ungeduldig wartete ich auf Pierres Anruf, der überfällig war. Als Liam schlief, setzte ich mich an mein neues Buch, aber brachte nicht mal eine Seite zustande. Gegen zehn Uhr regte sich mein Handy. «Ruf mich mal über Skype an!», sagte Pierre ungewöhnlich ernst und machte mir Angst.

Mein Herz raste als ich am Laptop saß, der langsam eine Verbindung nach Afrika aufbaute. Nach wenigen Sekunden sah ich Pierres Gesicht. Er trug einen blutdurchtränkten Verband an der Stirn und sah blass aus.

«Was ist passiert?», schrie ich hysterisch und ging dicht an den Bildschirm heran, um mir die Verletzung genauer anzusehen.

«Reg dich bitte nicht auf, Viola. Wir wurden … auf der Rückfahrt überfallen.»

«Hab ich es doch gewusst! Du hättest nicht fliegen dürfen!» Ich weinte und biss mir auf den Finger. «Du bist verletzt. Wie geht es dir?»

«Mir geht es gut. Unser Fahrer hat blitzschnell reagiert und konnte die zwei Männer die mit Stöcken auf uns losgegangen sind, abwehren.»

Ich zitterte und konnte keinen Ton herausbekommen. Es

machte keinen Sinn, ihm Vorhaltungen zu machen. Ich konnte nur hoffen, dass er einsah, dass das Land zu gefährlich war und er sich vielleicht in einem anderen Staat engagieren sollte.

«Und Ines?», fragte ich verzweifelt und schaute in Pierres Augen, die müde ausschauten.

«Ihr geht es gut. Sie hat einen kleinen Schock, aber keine Verletzungen erlitten.»

«Ich habe so eine Angst um dich, Pierre.» Tränen kullerten aus meinen Augen, die ich ihm offen zeigen wollte.

«Nur noch vier Tage, dann bin ich wieder bei euch. Es wird alles gutgehen. Ich habe noch einen Mann angeheuert, der uns morgen begleiten wird.»

«Ich bin wieder auf Sylt. Liam hat keinen Durchfall mehr …» Meine Themen kamen mir, in Anbetracht des schrecklichen Überfalls, banal vor und ich versuchte, meinen Mann aufzumuntern.

«Das sind doch gute Nachrichten. Hast du die Jacke zurückgegeben?»

«Ja, die … die stand mir überhaupt nicht.» Hatte Pierre Verdacht geschöpft und würde mich nach seiner Rückkehr zur Rede stellen, da er vermutete, dass sie von einem Mann stammte, mit dem ich mich getröstet hatte?

«Ich werde jetzt zu Bett gehen. Der Tag war sehr anstrengend. Schlaf gut, mein Engel. Ich melde mich morgen früh.»

Nachdem ich Liam ins Bett gebracht hatte, läutete es an der Tür. Die Überwachungskamera zeigte mir eine kleine Gestalt, die eine Kapuze trug, die tief ins Gesicht fiel.

«Wer ist da?», fragte ich aufgebracht und spürte, wie sich Angst in mir ausbreitete, denn auch auf der schönen Insel gab es leider Einbrecher und zwielichtige Gestalten.

«Guten Abend, Frau Gaston. Hier ist Frau Andresen.»

Ich drückte den Toröffner und schloss die gut verriegelte Haustür auf. Kalte Luft strömte mir sofort entgegen, sodass ich den obersten Knopf meiner Strickjacke schloss.

«Entschuldigen Sie die Störung, aber bei Ihrer Mutter im Haus brennt Licht, obwohl sie doch gar nicht Zuhause ist. Sie ist doch auf dieser Insel im Mittelmeer?», erklärte sie mir gut informiert und sah mich mit großen Augen an.

«Das Licht hat meine Mutter extra angelassen, damit das Haus bewohnt aussieht. Kommen Sie doch kurz herein. Es ist sehr ungemütlich heute.»

«Oh, Sie haben es hier aber schön. Darf ich mir mal das Wohnzimmer ansehen?» Rasch tippelte sie auf ihren kleinen Füßen ins Wohnzimmer.

Vielleicht möchten Sie auch noch das Schlafzimmer sehen oder Fotos knipsen, dachte ich von der Neugier der alten Dame verwundert.

«Meine Güte! Das ist ja unglaublich! Das wäre mir viel zu groß, aber wer es braucht. Ihr Mann kommt am Sonntag zurück?»

«Nein, am Montag.» Ich blieb höflich, obwohl es in mir brodelte.

«Ich will Sie auch nicht länger stören. Wenn Sie eine Putzfrau suchen … Sie putzen das hier doch nicht alles allein?»

«Doch! Mein Mann putzt mit mir zusammen. Wir haben keine Putzfrau.»

«Oh, alle Achtung! Aber leisten könnten Sie sich doch schon eine?» Frau Andresen fuhr mit ihrem Zeigefinger über ein Sideboard und warf einen prüfenden Blick auf ihre saubere Fingerkuppe.

«Ja, aber das tut nicht nötig. Danke, dass Sie mich auf das Licht aufmerksam gemacht haben und einen schönen Abend», wimmelte ich die Nachbarin ab, die mir zu neugierig wurde. Da ich mich mit den Nachbarn gutstellen wollte, blieb ich höflich und lächelte freundlich.

Am nächsten Tag setzte ich mich nach dem Frühstück an mein Buch, während Liam neben mir mit großer Ausdauer mit Bauklötzen und Autos spielte. Ich konnte keinen vernünftigen Satz zustande bringen, weil ich mich um Pierre sorgte und mir die schlimmsten Geschichten ausmalte. Um auf andere Gedanken zu kommen, schnappte ich mir meinen Sohn und unternahm, trotz Regen und Sturm, einen Spaziergang am leergefegten Strand, an dem hohe Wellen laut tosend ans Land krachten. Als ich vollkommen durchnässt, aber mit einem rosigen Teint und einem klareren Kopf, den Strand verließ, kam mir eine Person entgegen, deren kräftige Statur mir bekannt vorkam.

«Felix!», rief ich freudig und nahm meine Kapuze vom Kopf, damit Ilses Neffe mich erkannte. Mit dem liebenswerten Österreicher hatte ich nach Ilses Tod ein paar nette Tage verlebt. Felix hatte mich in der Zeit meines beruflichen Umbruchs mit seinem großartigen Humor aufgeheitert.

«Viola! Ich habe vorhin bei dir geklingelt.»

«Ich wohne jetzt ein Haus weiter», erzählte ich ihm und drehte an meinem Ehering.

«Du bist verheiratet und hast ein Kind?», erriet er ganz richtig und zeigte seine weißen Zähne, die im dunklen Licht glänzten.

«Ja, erinnerst du dich an meinen Nachbarn?»

«Dieser Schauspieler?»

«Ja, Pierre Gaston.»

«Den hast du geheiratet? Wow! Toll! Das ist wirklich toll.»

Der Nieselregen durchfeuchtete mein Haar. Ich fröstelte und Liam weinte, da er nach Hause wollte. Er saß zwar unter einem Verdeck, aber konnte nicht viel sehen, was ihn störte.

«Komm doch mit zu mir. Ich habe noch eine Suppe im Kühlschrank stehen.»

«Gerne. Mir ist es eigentlich auch viel zu ungemütlich zum Laufen.»

Mit Felix verstand ich mich prächtig und freute mich über die willkommene Ablenkung. Damals, kurz nachdem ich auf die Insel gezogen war, hatte ich mich sogar ein bisschen in den Naturburschen verliebt, aber sein Herz war bereits an Leonie vergeben.

Im Haus trockneten wir unsere nassen Haare mit Handtüchern und genossen händereibend die Wärme vor dem Kamin. Felix setzte sich in die Küche und erzählte Liam etwas von Bergen und Kühen, was der Kleine sich interessiert anhörte. Als ich den

Tee aufgoss, regte sich mein Handy. Pierres Gesicht erschien auf dem Display. Wieder hatte ich Männerbesuch!

«Kannst du bitte kurz auf Liam aufpassen?» Ich verließ rasch die Küche und verzog mich in mein Arbeitszimmer.

«Pierre! Wie war dein Tag?», fragte ich außer Atem gekommen.

«Sehr gut! Wir kamen gut voran und so wie es aussieht, steht die Schule in zwei Wochen wieder und der Unterricht kann beginnen.»

«Das freut mich. Und was macht deine Wunde?»

«Können wir skypen? Ich möchte dich gerne sehen, mein Engel.»

«Ja, OK. Moment, ich lege auf und melde mich gleich.» Ich flitzte in die Küche, schnappte mir Liam und sagte zu Felix: «Ich muss mal eben telefonieren. Du kannst ja schon mal den Tee einschenken. Bin gleich wieder bei dir.»

Mit dem quengelnden Kind auf dem Arm lief ich im Eilschritt ins Kinderzimmer, setzte meinen Sohn zwischen sein Spielzeug und rief Pierre an.

«Hier ist dein Sohn! Er spielt gerade so schön.»

«Hallo, mein Kleiner! Was hast du denn da in der Hand?»

Erst jetzt sah ich voller Entsetzen, dass Liam in seinem Händchen einen Schlüsselanhänger mit einem großen, silbernen «F» hielt.

«Das ist ein … Anhänger. Den habe ich ihm … den wollte er unbedingt haben», log ich und fühlte mich nicht gut dabei

«Aber warum hast du ihm kein «L» gekauft?», wunderte sich mein Mann und winkte in die Kamera.

«Er wollte unbedingt diesen haben. Wie geht es Ines?», lenkte ich ab und nahm Liam den Anhänger aus der Hand.

«Schon viel besser. Sie ist so tapfer und mutig. Ich wollte sie gar nicht mitnehmen, aber sie hat darauf bestanden.»

«Grüße sie von mir. Das Wetter war heute schlecht …»

Ich war froh, dass Pierre den Tag heil überstanden hatte und konnte es kaum erwarten, ihn in meine Arme zu schließen.

Als ich kurz darauf die Küche betrat, hatte Felix sein Handy in der Hand, in das er nachdenklich schaute. Er steckte es sofort in seine Hosentasche.

«Das war mein Mann. Er ist gerade in Afrika …» Ich erzählte Felix, nicht ohne Stolz, von den Aktivitäten meines Gatten, die mein Besucher sehr interessiert aufnahm. Er stellte viele Fragen und zollte Pierre Respekt. Nach einer Stunde erkundigte ich mich, wie es ihm die letzten zwei Jahre ergangen war. Felix Gesichtsausdruck verfinsterte sich und ich ahnte, dass etwas Unerfreuliches geschehen sein musste.

«Ich hatte leider nicht so viel Glück wie du. Du weißt, dass ich Leonie geheiratet habe? Wir bauten uns ein Haus auf dem Grundstück ihrer Eltern und alles war perfekt, doch dann kam … dieser verdammte Kerl wieder an und machte alles kaputt.»

«Welcher Kerl? Etwa der, mit dem Leonie damals zusammen war? Der, der sich ihr Elternhaus unter den Nagel reißen wollte?»

«Ja, genau der.» Felix umschloss mit seinen kräftigen Händen die Tasse, aus der Pierre am liebsten seinen Grünen Tee trank. Er drückte so fest zu, dass ich Sorge hatte, dass das feine Porzellan dem Druck nicht standhalten würde. Stellte Felix sich vielleicht gerade vor, dass die Tasse der Hals seines Nebenbuhlers war?

«Was ist passiert?» Ich lehnte mich ein Stück weiter über den Tisch, da die Geschichte mich sehr interessierte.

«Nachdem Leonie und ich in unser neues Haus eingezogen waren, gab es immer wieder Streit zwischen mir und ihrem Vater. Du kannst dir nicht vorstellen, was für ein alter Sturkopf und Tyrann das ist. Selbst wenn nur ein Besen vor unserer Haustür stand, regte er sich auf und bestand darauf, dass wir ihn unverzüglich in den Schuppen stellen. Irgendwann lief das Fass dann über. Ich bin wirklich ein geduldiger Mensch, aber das, was dann passierte …» Felix schüttelte den Kopf und schaute nachdenklich aus dem Fenster, in die Dunkelheit, in der es nichts zu sehen gab.

Gespannt schaute ich ihn an. Bevor er weitersprach, leerte er die Tasse und stellte sie ziemlich grob auf die Tischplatte, sodass ich zusammenzuckte.

«An einem verregneten Morgen polterte der Alois, also Leonies Vater, an unsere Haustür. Es war sechs Uhr in der Früh und wir schliefen noch. Ich schreckte auf und dachte, dass der Hof brennen würde; eilte nach unten und fiel die letzten Stufen hinunter, sodass ich mir mein Bein verstauchte. Unter starken Schmerzen riss ich die Haustür auf. Und da stand der Alois und schimpfte und wetterte. Ich hatte mir am Vortag eine Säge von ihm ausgeliehen und vergessen, sie zurückzugeben. Er meinte, dass ich sie stehlen wollte, dass ich ein Dieb wäre und zudem noch faul. Ich war so perplex, so wütend, dass ich zuschlug, was ich bisher noch nie in meinem Leben getan hatte. Er hat mich so provoziert und es hatte sich so viel bei mir aufgestaut, dass ich nicht anders konnte. Alois blutete aus der Nase und als Leonie an die Tür kam, sah sie nur das Blut und ihren jammernden Vater, der mich wüst beschimpfte. Sie kümmerte sich um ihn, während ich in die Küche humpelte. Danach wollte Leonie, dass ich gehe, denn ihr Vater hatte es von ihr verlangt. Ich sollte sein Grund und Boden sofort und für immer verlassen. Zum Glück hatte ich noch mein kleines Häuschen in den Bergen, in das ich dann wieder gezogen bin.»

«Das tut mir so leid! Hat Leonie nicht erkannt, dass dein Vater dich rausekeln wollte?»

«Offenbar nicht. Sie steht voll hinter ihrem Vater. Dabei habe ich früher mit auf dem Hof geholfen. Aber der Alte mochte mich noch nie, weil mein Vater seinen Vater … ach, das ist eine lange Geschichte …»

«Und jetzt ist Leonie wieder mit diesem Windhund zusammen, von dem du mir damals erzählt hast?»

«Ja, der hat sich wieder angeschlichen und bei Alois rumgeschleimt. Er hat ihm das Blaue vom Himmel versprochen und ihn irgendwie in seiner Hand. Warum genau, hab ich noch nicht herausgefunden.»

«Und Leonie hat dich so einfach gehen lassen? Liebst du sie noch?»

«Ja, sehr. Sie musste mich rausschmeißen. Leonie ist denen hörig. Ich wollte sie da rausholen, aber habe es noch nicht geschafft. Um einen klaren Kopf zu bekommen, dachte ich, es wäre eine gute Idee, mal wieder nach Sylt zu kommen.»

«Ja, vielleicht tut dir die Auszeit hier gut. Ich drücke dir die Daumen, dass du deine Leonie zurückbekommst.» Es war mir ein Bedürfnis, meine Hand tröstend auf die seine zu legen.

«Ich will dich mit meiner Geschichte nicht langweilen. Ich werde jetzt gehen. Es war sehr nett, mal wieder mit dir zu plaudern. Vielleicht sollte ich ganz nach Sylt ziehen? Ich fürchte jedoch, dass ich die Berge nach einer Woche vermissen werde.»

Als ich die Tür hinter Felix geschlossen hatte, war ich froh, dass mein Leben in ruhigeren Bahnen verlief.

Am nächsten Morgen schien die Sonne in einem warmen orangenen Licht ins Haus, das mir den Tag versüßte. Flötend erledigte ich die Hausarbeit und schaute Liam zu, wie er eine Eisenbahn mit großer Ausdauer durchs Wohnzimmer schob. Das Läuten der Haustür riss mich aus diesen friedlichen Minuten. Pierre hatte mir eingeimpft, niemals die Haustür zu öffnen, ohne vorher auf den Monitor zu sehen, was ich strikt befolgte. Ich sah eine jüngere Frau, die ein Kind an der Hand hielt. War das vielleicht eine neue Nachbarin, die sich vorstellen wollte oder eine Elternsprecherin, die Geld für die Schule sammelte?

«Ja, bitte?», fragte ich gut gelaunt und beobachtete die Frau am Monitor.

«Guten Tag. Ist Herr Gaston zu sprechen?»

«Nein, ist er nicht.»

«Wann ist er zu sprechen?»

«Heute nicht! Kann ich Herrn Gaston etwas ausrichten?»

«Nein, ich möchte ihn persönlich sprechen.»

«Wenn Sie mir sagen, worum es geht, dann …» Ich wurde nervös, denn ich vermutete, dass die Frau Pierre kannte und etwas Wichtiges von ihm wollte.

«Das möchte ich Ihnen nicht sagen. Also, wann kann ich ihn sprechen?», insistierte sie in einem unfreundlichen Ton, der mir zu denken gab.

«Herr Gaston ist in Afrika. Er kommt in zwei Tagen zurück.»

«Gut, dann werde ich wiederkommen. Auf Wiedersehen!»

Mein Herz klopfte wild gegen die Rippen und ich hoffte sehr, dass die Fremde nicht wiederkam. Ihre Stimme hatte bestimmend und fordernd geklungen und mir Angst eingejagt.

Kurz nachdem die mysteriöse Frau bei uns geklingelt hatte, kam Felix. Vor sich trug er ein großes Bild, das mit einem Laken abgedeckt war.

«Guten Morgen. Ich habe noch etwas für dich. Ein verspätetes Hochzeitsgeschenk.»

«Das ist ja lieb.» Ich vermutete, dass es ein Bild seiner verstorbenen Tante war.

Felix stellte das Kunstwerk im Flur ab und stemmte seine Hände in die Hüften, als hätte er etwas sehr Schweres getragen. Behutsam nahm ich das vergilbte Tuch ab und zeigte mich entzückt.

«Oh, das Bild liebe ich. Es hing in Ilses Schlafzimmer. Es war ihr Lieblingswerk», erklärte ich Felix, der fröhlich grinste, obwohl er doch Liebeskummer hatte.

«Ich finde, dass es gut in euer Haus passt.»

«Das ist sehr nett, Felix. Damit machst du mir eine große Freude.» Ich betrachtete das Gemälde ganz genau, als wenn ich eine Kunstexpertin wäre. Das Paar auf dem Bild, das komplett in Weiß gekleidet war, stand am Roten Kliff in Kampen und schaute sehnsüchtig aufs Meer hinaus. Die Nordsee trug eine düstere Farbe und tobte wild, was das Bild lebendig und einen Hauch melancholisch machte.

«Magst du einen Tee?» Ich freute mich über den spontanen Besuch, musste aber noch immer an die merkwürdige Frau denken, mit der Pierre vielleicht vor Jahren ein Verhältnis gehabt hatte?

«Wenn ich nicht störe?»

«Nein, überhaupt nicht! Ich habe gerade Staub gewischt und kann gut eine Pause gebrauchen.»

Wir unterhielten uns angeregt und unternahmen nach einer längeren Teepause einen ausgedehnten Spaziergang am Strand. Felix redete viel über Leonie und ich versuchte ihn zu überzeugen, dass er um seine Frau kämpfen sollte, da er sie noch immer über alles liebte.

Die Frau mit dem Kind, die Pierre persönlich sprechen wollte, ging mir nicht mehr aus dem Kopf. Bei unseren täglichen Telefonaten erzählte ich Pierre jedoch nichts über die

Besucherin, um ihn nicht zu beunruhigen.

Meine Mutter schickte mir ab und zu Fotos vom Strand, vom Spielfeld oder vom Meer. Sie fühlte sich in ihrem neuen Leben offenbar sehr wohl und hatte sich komplett verändert. Es freute mich, dass sie einen gesunden Mann an ihrer Seite hatte und nicht ständig bei uns gegen die Terassentür klopfte, weil sie sich einsam fühlte.

DIE FREMDE FRAU

Ich wartete mit erhöhtem Puls im Auto, da es goss und stürmte. Das Flugzeug aus Berlin hatte Verspätung und ich musste Liam beruhigen, dem es nicht gefiel, solange im Kindersitz auszuharren. Zudem trommelten dicke Regentropfen aufs Dach, was dem Kleinen unheimlich war. Ich schaltete das Radio ein, aber mein Sohn hielt sich die Ohren zu und sang selbst. Nach über vierzig Minuten Verzögerung landete die kleine Maschine auf dem Rollfeld. Sie eierte kurz vor dem Aufsetzen im Wind hin und her, aber berührte sanft den nassen Boden.

Ich schrieb Pierre eine Nachricht, dass ich im Auto auf ihn warten würde, da ich keine Lust hatte, nass zu werden. Mein Mann rannte mit zwei schweren Koffern freudig auf uns zu. Ich war so unglaublich froh, ihn gesund wiederzuhaben und wollte ihn nie wieder fortlassen.

Pierres Wunde am Kopf hatte sich entzündet, zudem hatte er Kratzer auf seinen Händen und blaue Flecken an seinen Armen. Er hätte sterben können!

«Mein Engel, ich habe dich so sehr vermisst. Das Wetter ist hier ja grauenhaft, dennoch bin ich froh, wieder hier zu sein.»

Während ich Pierres Kopfwunde versorgte, erzählte ich ihm, dass eine Frau bei uns gewesen war, die ihn persönlich sprechen wollte. Sein Gesichtsausdruck verfinsterte sich und es machte den Eindruck, als wüsste er, wer es gewesen sein könnte. «Sicherlich nur ein Fan», beruhigte er mich und jammerte als ich seine tiefe Wunde desinfizierte.

Pierre war müde und legte sich kurz nach seiner Ankunft ins Bett, während ich mit Liam spielte und nebenbei versuchte, an meinem neuen Roman zu arbeiten. Jedoch konnte ich mich nicht konzentrieren, da mir verschiedene Dinge durch den Kopf geisterten: Felix mit seinem Liebeskummer, dem ich gerne helfen wollte. Die fremde Frau mit dem Jungen, die Pierre dringend sprechen wollte. Ines, von der ich nicht wusste, ob sie mir meinen Pierre wegnehmen wollte und nicht zuletzt Mutter, die von ihrem Trainer hoffentlich nicht verlassen wurde.

Nach über drei Stunden kam mein Mann aus dem Schlafzimmer und rieb sich seine verquollenen Augen. Das Pflaster, das ich auf seine Stirn geklebt hatte, war verrutscht und Blut lief aus der Wunde, die mir etwas Sorgen bereitete.

«Ich hätte jetzt großen Appetit auf deinen Dattelkuchen.» Pierre schnappte sich seinen Sohn, der die Händchen nach ihm ausstreckte.

«Was meinst du, was ich gestern gebacken habe?»

«Du bist ein wahrer Engel. Komm! Wir trinken jetzt gemütlich Kaffee und ich zeige dir Fotos von der Schule.»

Als wir uns an die Kaffeetafel setzen wollten, klingelte die

Haustürglocke zweimal hintereinander, als wäre es dringend. Ich sah Pierre erschrocken an, aber er lächelte, stand in aller Ruhe auf und ging an die Haustür, während ich meine Ohren spitzte. «Viola! Besuch für dich!»

Mir war es etwas unangenehm, da ich noch keine Zeit gefunden hatte, meinem Mann von Ilses Neffen zu erzählen und lief rot an. Felix stand etwas verlegen auf dem Fußabtreter und hatte einen Korb neben sich stehen. «Entschuldige, ich wollte nicht stören, aber ich reise morgen ab und wollte fragen, ob du meine Lebensmittel haben möchtest? Ich bringe es nicht übers Herz, sie wegzuwerfen.»

«Danke, ich nehme sie gerne. Ich werfe auch ungern Lebensmittel weg. Mein Mann ist gerade zurückgekommen … und … ich hätte dich gerne …», stotterte ich verlegen und fand es schade, dass Felix abreiste.

«Alles gut! Ich wollte noch zum Ellenbogen fahren und das Meer genießen.»

«Du kannst dich ja mal bei mir melden und berichten. Ich drücke dir die Daumen. Kämpfe um Leonie!» Ich gab ihm meine Visitenkarte in die Hand und umarmte ihn kurz. Wäre Pierre nicht dagewesen, wäre ich mit Felix noch in sein Lieblings-Café gefahren und hätte mit ihm einen Pharisäer getrunken.

Mein Mann hatte uns bereits Tee eingeschenkt und schnitt für Liam eine Banane in Scheiben. Er sah mich forschend an, als ich mich setzte.

«Das war ein Nachbar, der eigentlich in Österreich lebt. Erinnerst du dich noch an Ilse …» Ich erzählte Pierre von Ilse, ihren Bildern, die bei uns hingen und Felix und seiner Leonie.

Ich hatte den Eindruck, dass Pierre mir nicht richtig zuhörte. Er schien abwesend zu sein. Dachte er an Ines oder diese Frau, die jederzeit wieder aufkreuzen konnte?

Da Pierre sich um Liam kümmerte, hatte ich Zeit zum Schreiben, aber es ging mir nicht mehr so leicht von der Hand wie vor der Geburt. Mein Kopf war nicht frei, denn ich dachte bereits an die Geburt unseres Mädchens, überlegte mir Namen, dachte an Felix, Leon oder meine Schwester, die mit ihren Jungs überfordert war. So starrte ich die meiste Zeit aus dem Fenster oder rührte in meinem Tee, den Pierre mir immerzu brachte. Wenn er sich erkundigte, ob ich vorankam, log ich und sagte: «Ja, sehr gut»», da ich ihn nicht enttäuschen wollte. Vielleicht war meine Quelle für immer versiegt? Vielleicht würde ich es nie mehr im Leben schaffen, Bücher zu schreiben, die an meine ersten Erfolge anknüpfen konnten? Der Gedanke machte mir Angst, denn der Erfolg hatte mir Selbstbestätigung gegeben, die ich dringend benötigt hatte. Ich erzählte Pierre nichts von meinen Zweifeln, denn auch er bekam schubweise seine Depression, die von seiner Kindheit herrührte. Durch sein Afrikaprojekt bekam er viel Anerkennung und Lob und hatte das Gefühl, etwas Wichtiges zu leisten. Nachts, wenn er nicht schlafen konnte, schrieb er an seinem Drehbuch, das erst aus wenigen Seiten bestand und das er mir bereits zum Lesen gegeben hatte. Mir gefiel es nicht, aber ich brachte es nicht übers Herz ihm das zu sagen, denn manchmal kann die Wahrheit verletzend sein. Vielleicht hätten es andere gut gefunden, aber ich fand seine Geschichte zu düster und unrealistisch.

Als ich mir gerade Obst aus der Küche holte, klingelte es an der Tür. Ich sah mit Schrecken auf dem Monitor, dass es wieder die mysteriöse Frau war und rief nach Pierre, der im Kinderzimmer mit Liam Feuerwehr spielte. «Pierre! Kannst du bitte gucken, wer das ist!», bat ich ihn und horchte aus dem Nebenraum, was mein Mann mit der Frau sprach.

«Was wollen Sie?», fragte Pierre in einem ernsten, unfreundlichen Ton. Ich konnte nicht verstehen, was aus der Gegensprechanlage kam.

«Sie müssen mich verwechseln» - «Nein, ich werde Ihnen die Tür nicht öffnen.» - «Bitte lassen Sie mich in Ruhe!» Diese Sätze warfen viele Fragen auf, die mich beunruhigten. Kannte Pierre die Frau wirklich nicht? War sie eine Stalkerin? Hatte mein Mann mit der Frau vor Jahren ein Verhältnis gehabt und vielleicht sogar ein Kind gezeugt?

Pierre verschwand kommentarlos im Kinderzimmer. Ich tat so, als wenn ich nichts mitbekommen hätte und öffnete die große Schiebetür im Wohnzimmer, trat auf die Terrasse, um frische Luft zu atmen. Die Sonne schien, aber die Luft war kalt. Ich hielt mein blasses Gesicht in die warmen Strahlen und atmete tief durch.

Aus einer Gartenecke vernahm ich ein Geräusch und erschrak. Ich öffnete die Augen, die für wenige Sekunden nicht viel sehen konnten, da es sehr grell war. Plötzlich stand die Frau mit einem circa sechs Jahre altem Kind vor mir und sah mich feindlich an. Die Fremde besaß ein hübsches Antlitz, aber zeigte mir ein finsteres Gesicht, das mich erschaudern ließ. Das Kind sah mich aus traurigen Augen an und sagte keinen Ton.

«Sagen Sie Ihrem Mann, dass er einen Sohn hat. Hat er Ihnen auch ein Kind gemacht? Passen Sie auf, dass er sie nicht auch sitzenlässt. Dieser Feigling traut sich nicht, mit mir zu reden! Versteckt er sich im Haus, in dieser Prachtvilla?», keifte sie verächtlich und spuckte vor meine Füße, sodass ich entsetzt einen Schritt zurücktrat.

Ich zitterte am ganzen Leib und zog den Kragen meiner Wolljacke bis zum Kinn, da ich Angst hatte, dass die Frau mir etwas antun könnte. Vielleicht hielt sie ein großes Messer hinter ihrem Rücken, das sie mir direkt ins Herz rammen wollte?

«Bitte, verlassen Sie sofort unser Grundstück!», befahl ich mit zittriger Stimme und trat einen weiteren Schritt zurück, damit ich dem Messer entkam.

«Ich bleibe solange hier, bis Ihr Mann sich seinen Sohn ansieht und ihm ins Gesicht sagt, dass er nichts von ihm wissen will.»

Der Junge sah Pierre überhaupt nicht ähnlich.

«Gut, ich werde meinen Mann holen. Warten Sie hier.» Zögerlich ging ich ins Haus. Die Frau folgte mir nicht und sah sich im Garten um, als würde sie etwas suchen. Rasch verriegelte ich die Tür und versuchte mich zu beruhigen, da mein Herz dermaßen wild schlug, als würde es aus dem Körper springen wollen.

«Pierre!», schrie ich laut und weinte. Er hörte mich nicht. «Pierre!» Ich rannte die Treppen hinauf und stand atemlos vor meinem Mann, der mich erschrocken ansah. «Was ist passiert mein Engel? Ist was mit unserem Mädchen?»

«Nein, es ist was mit dem Jungen.»

«Mit welchem Jungen?»

«Die Frau, die gerade geklingelt hat …sie steht im Garten … mit deinem Kind … und will mit dir sprechen», stotterte ich und musste mich auf den Boden setzen, da meine weichen Knie mich nicht mehr trugen. Liam spürte, dass seine Mutter nicht in Ordnung war und setzte sich auf meinen Schoß.

«Ich kümmere mich drum. Bleib du hier!», befahl er mir und steckte sein Hemd in die Hose.

«Aber öffne nicht die Tür! Vielleicht hat sie ein Messer?»

Ich nahm Liam auf den Arm und stieg langsam die Treppe hinunter. Pierre hatte die Terrassentür geöffnet, sodass ich das Gespräch hören konnte.

«Was wollen Sie von mir?»

«Ich wollte dir deinen Sohn zeigen.»

«Ich habe nur einen Sohn und der ist im Haus.»

«Nein, das ist auch dein Sohn. Sieh doch, wie ähnlich er dir sieht.»

«Und Sie sind seine Mutter? Ich habe Sie noch nie in meinem Leben gesehen?», behauptete mein Mann und war außer sich.

«Ja, ich bin die Mutter. Wir sind uns vor sieben Jahren in München begegnet.»

«Sie müssen mich verwechseln. Ich weiß, mit wem ich zusammen war und mit wem nicht. Wollen Sie mich erpressen?»

«Nein, du sollst nur zugeben, dass das hier dein Sohn ist.»

«Tut mir leid, ich kann nichts zugeben. Ich werde jetzt die Polizei rufen, da Sie gerade mehrere Straftaten begehen», drohte Pierre an und schloss die Terrassentür ein Stück.

«Tu das, aber das ist trotzdem dein Sohn. Du kommst mir nicht so einfach davon.»

Pierre schloss die Tür, zückte sein Handy und alarmierte die Polizei. Die Frau schlich sich davon. Pierre wollte ihr folgen, aber sie war nicht mehr zu sehen.

«Die ist vollkommen verrückt! Die will mir ein Kind unterjubeln», meinte Pierre aufgebracht und stieg wütend in seinen Wagen, um die Frau zu suchen, während die Polizei bei uns vorfuhr. Die Beamten kamen in unser Haus gestiefelt und schauten sich um, als würden sie die Frau bei uns suchen. Es waren dieselben Polizisten, die damals gekommen waren, als ich Ilse tot im Strandkorb gefunden hatte. Sie hatten mich anfänglich wie eine verdächtige Person behandelt. Auch dieses Mal sahen sie mich skeptisch an und stellten komische Fragen, die mich völlig durcheinanderbrachten.

«Gut, dann werden wir mal ein bisschen rumfahren und nach der Frau Ausschau halten.» Die Polizisten musterten mich beim Abschied mit einem strengen Blick und grinsten, als sie die Pforte schlossen.

Nach über einer Stunde kam Pierre zurück und schüttelte den Kopf. Er machte einen mitgenommenen Eindruck und holte sich eine Wasserflasche aus dem Kühlschrank, die er so gierig trank, dass Wasser neben seinen Mund herunterlief und auf den Boden tropfte.

Belog Pierre mich? Hatte er einen weiteren Sohn? Hatte er auch eine Affäre mit Ines? Konnte ich ihm glauben oder war er ein Lügner? All diese Fragen schossen mir wie zischende Pfeile durch den Kopf, als ich meinen Mann aufgewühlt betrachtete und kurz vor einem Zusammenbruch stand. Viele Männer entpuppen sich erst nach ein paar Ehejahren als Menschen, die man nicht mehr wiedererkennt, die einen fremd werden und Angst einflößen. War Pierre so ein Mann? Ich konnte es nicht glauben! Zudem dachte ich, dass ich eine gute Menschenkenntnis besaß und konnte mir nicht vorstellen, mich derart getäuscht zu haben.

«Die muss aus der Irrenanstalt ausgebrochen sein!», schnaufte Pierre und rieb sich die Feuchtigkeit mit dem Handrücken von den Lippen.

«Du hast die Frau noch nie gesehen?»

«Nein, natürlich nicht! Denkst du etwa, dass ich der Vater von diesem Jungen … hast du gesehen, wie der aussieht?», echauffierte er sich und knallte die leere Flasche auf den Tisch.

«Reg dich nicht auf, Pierre. Du hattest ja damals mehrere … Bekanntschaften und …»

«Mein Engel. Du scheinst mich nicht zu kennen …» Pierre wurde auf einmal ganz zahm und nahm mich in den Arm. «Ich hatte zwar ein paar Affären, aber diese Frau, die überhaupt nicht mein Typ ist, hätte ich niemals geküsst.»

«Hoffentlich wird die Polizei sie finden, damit sie nicht …»

«Ich denke, dass sie nicht wiederkommen wird. Komm! Lass uns spazieren gehen. Das Wetter ist heute so schön und Liam und uns wird die frische Luft guttun.»

Wir fuhren an die nördlichste Spitze der Insel, unserem Lieblingsplatz, an dem nur wenige Menschen unterwegs waren und wo wir weder Paparazzi noch Frauen trafen, die behaupteten mit Pierre ein Verhältnis gehabt zu haben. Mein

Mann war besonders liebevoll zu mir, was mich etwas stutzig machte. Hatte er ein schlechtes Gewissen? Die frische Luft machte meinen Kopf frei und vor allem Liam lenkte mich von dem merkwürdigen Vorfall ab, denn er war ein ausgesprochen fröhliches Kind, das immerzu lachte.

Kurz nachdem wir unser Haus betreten hatten, klingelte es, sodass ich zusammenzuckte und Sorge hatte, dass es wieder die Frau sein konnte. Doch zu meiner großen Erleichterung waren es die Polizeibeamten, die uns mit ernster Miene ansahen.

«Moin, wir wollten Ihnen nur mitteilen, dass wir die Frau und das Kind dingfest gemacht haben. Sie war heute auch bei dem Teppich-King, ich meine bei Herrn Fariborz und dem Kaffeekönig, dem Herrn Maboven. Denen wollte die Dame auch das Kind unterjubeln. Wir werden sie jetzt verhören und bräuchten vielleicht noch ihre Aussage, Herr Gaston. Wir melden uns bei Ihnen. Tut mir leid für die Unannehmlichkeiten. Einen schönen Abend.»

Erleichtert ließ ich mich aufs Sofa fallen und sehnte mich, nach all den aufregenden Wochen, nach Ruhe.

NIZZA

Nachdem Pierre sich ein paar Tage von seinem Afrikatrip erholt hatte, konfrontierte ich ihn mit dem Nizza-Thema, denn er musste am Haus seiner Mutter etwas machen, zumal er einen weiteren Brief erhalten hatte, der dringendes Handeln erforderte.

Nach einem ausgedehnten Frühstück versuchte ich die Angelegenheit vorsichtig anzuschneiden: «Bevor ich nicht mehr reisen kann und wir noch Ruhe haben, könnten wir doch … nach Nizza fliegen. Ich würde die Stadt so gerne einmal kennenlernen.»

Pierres Gesicht verfinsterte sich und er steckte seine Nase in die leere Teetasse, als wenn er sich verstecken wollte.

«Ich weiß, dass du da nicht unbedingt hinmöchtest, aber ich denke, dass es jetzt ein guter Zeitpunkt wäre, um mit der Vergangenheit abzuschließen. Wir können gemeinsam die Wohnung deiner Mutter auflösen und das Haus verkaufen. Außerdem hast du mir versprochen, dass wir nach Nizza fliegen», erinnerte ich ihn an sein Versprechen, das er mir vor seiner Abreise nach Afrika gegeben und das er offenbar vergessen hatte.

«Lass uns nächste Woche fliegen. Ich buche uns ein Hotel.» Er klang nicht begeistert und verließ die Küche, um sich vielleicht an den Computer zu setzen und nach Hotelzimmern zu gucken.

Mutter kam braungebrannt und mit vielen schicken Klamotten von ihrem Ibiza Ausflug zurück. Rudi musste nach Köln und seine Jungs trainieren. Mutter schwärmte von den Spielern, die allesamt so nett waren und den ganzen Tag hinter einem Ball hinterherliefen, was mir auf Dauer zu langweilig gewesen wäre. Ich erkannte meine dynamische Mutter nicht wieder und war erstaunt, wie sehr Menschen sich verändern konnten, besonders wenn sie frisch verliebt waren.

Mutter zupfte an meinem Haar herum, das ich seit ein paar Monaten nicht mehr färbte und das in den letzten Wochen seinen Glanz verloren hatte.

«Was ist mit deinem Haar los? Benutzt du keine Spülung? Warum lässt du dir keinen feschen Kurzhaarschnitt verpassen? Das tragen doch jetzt so viele. Mit zwei Kindern wirst du eine Menge Arbeit haben, da sind kurze Haare viel praktischer. Du solltest dich nach einem älteren Kindermädchen umschauen. Ich weiß, wie anstrengend es mit zwei Kindern ist und wenn Pierre wieder nach Afrika fliegt und meint, sich um die Armen kümmern zu müssen und du ganz alleine bist. Ich werde ja zukünftig viel mit Rudi unterwegs sein und kann auch nicht immer auf die Kleinen aufpassen. Zudem musst du aufpassen, dass du Pierre nicht vernachlässigst und ihn verlierst. Darum solltest du dich nicht gehenlassen und vor allem hat er ja auch seine Bedürfnisse …»

«Danke, Mama. Ich bin dir überaus dankbar für deine tollen Tipps, aber ich weiß schon, wie eine gute Ehe funktioniert», antwortete ich gereizt und streichelte über meinen Bauch, in dem unser Mädchen sich kräftig rührte.

«Leon hat dich damals ja auch verlassen. Gut, da warst du ja auch noch dick und eine kleine Buchverkäuferin … Liam, mein Schatz, komm mal zur Oma. Ich habe dir etwas mitgebracht.» Mutter holte aus einer Papiertüte eine Kappe, die das Vereinslogo von Rudis Mannschaft trug.

Da es meine Mutter war, die diese Ratschläge gab, blieb ich relativ gelassen, haute jedoch den Teig, aus dem ein Brot entstehen sollte, wütend auf die Arbeitsplatte und dachte ernsthaft über eine Kurzhaarfrisur nach.

«Den Teig musst du mit mehr Gefühl kneten», belehrte Mutter mich erneut und setzte ihrem Enkel die Kappe auf, die Liam jedoch sofort wieder abnahm und fortwarf. Recht so, dachte ich und legte den Teig behutsam in eine Kastenform.

Als ich mich am Abend an Pierre kuschelte und seinen Arm mit Küssen bedeckte, sagte er: «Ich habe uns eine Suite in Nizza gebucht. Wir fliegen in sechs Tagen und bleiben eine Woche.»

Ich jubelte innerlich, setzte mich auf meinen Mann und betrachtete mir seine Wunde, die langsam verheilte. Mit meinen Fingern fuhr ich durch sein kräftiges Haar, das immer zart nach Vanille duftete.

«Es wird bestimmt sehr schön werden. Gemeinsam werden wir alles Nötige regeln.»

Pierre wirkte nachdenklich und stellte sich vielleicht schon vor, wie er die Wohnung seiner Mutter betrat, die noch ganz zart nach ihrem Lieblingsparfum duftete. Die Wohnung, in der seine geliebte Mutter an einer Überdosis Tabletten gestorben war.

«Mama, denk bitte daran, die Bonsaibäumchen im Schlafzimmer zu gießen und auch der große …»

«Ja, ich weiß das alles. Mach dir keine Gedanken. Ich werde mich um alles kümmern. Genießt die Zeit. Ich muss auch unbedingt mal nach Nizza und Monaco. Ach, es gibt noch so viele Ort, die ich besuchen möchte, denn mit deinem Vater konnte ich die letzten Jahre ja leider gar nicht mehr reisen.»

Mutter winkte uns hinterher und ich war äußerst gespannt auf Nizza und das Haus, in dem Pierre so lange Jahre nicht gewesen war.

Während des Fluges spürte ich, dass mein Mann angespannt war, aber dennoch immerzu lächelte, um mir zu zeigen, dass es ihm gutging. Ich war froh, mal von der kleinen Insel runter zu kommen. So schön mein Sylt auch war, der Herbst und der lange Winter konnten einem manchmal aufs Gemüt schlagen, vor allem, wenn der Himmel sich immerzu in einem tristen Grau zeigte, das ich nicht leiden mochte, und die Nordsee in düsteren Farben erschienen ließ. In Nizza sollte bei 17 Grad die Sonne scheinen, eine Temperatur, die auf Sylt an manchen Sommertagen gemessen wurde.

Liam schaute aufgeregt aus dem runden Fenster und patschte an die Scheibe, während ich in einem Reiseführer las.

«Ich wusste nicht, dass der Aéroport Nice Côte d'Azur der drittgrößte Flughafen Frankreichs ist», erzählte ich Pierre, der nur nickte und gähnte. Er war in der Nacht dreimal aufgestanden, da er offenbar aufgeregt war, was er jedoch nicht zugab. Er versteckte seine wahren Gefühle vor mir, anstatt sich mir zu öffnen. Ich hoffte so sehr, dass er nach dem Aufenthalt in der Stadt, in dem er als Kind viel Zeit verbracht hatte, gelöster war.

Als wir zur Landung ansetzten, schrie Liam und fasste sich an seine Ohren. Ich nahm ihn auf meinen Schoß und versuchte ihn zu beruhigen, aber seine Ohren schmerzten offensichtlich so sehr, dass es alle Passagiere mitbekamen und wir teilweise unfreundliche Blicke einfingen, die für mich unverständlich waren.

Ich drückte Pierres Hand kräftig als die Maschine aufsetzte, denn ich flog nicht besonders gerne und war immer froh, wenn ich wieder Boden unter den Füßen hatte. Es dauerte eine ganze Weile bis Liam sich beruhigt hatte. Pierres Anwalt, der bereits für seine Mutter tätig gewesen war, wollte uns am Flughafen abholen, doch wir hielten vergeblich nach Cesar Ausschau und schwitzten in unserer dicken Winterkleidung. Ein kleiner Mann mit einem wüsten Bart und einem Kugelbauch steuerte schließlich laut palavernd auf uns zu und schlug die Hände vors Gesicht als er Liam sah. Zunächst sprach er in einem französischen Dialekt, den ich überhaupt nicht verstand, wechselte später in ein gebrochenes Deutsch, das auch nicht besser war. «Mon Dieu! Der sieht ja aus wie der kleine Pierre! Komm! Lass dich drücken!», begrüßte Cesar meinen Mann, während ich erschöpft danebenstand und mir vorkam, als hätte er mich übersehen.

Pierre zeigte auf mich und nahm Liam auf den Arm, der vor dem bärtigen Mann, der so laut auf uns zu gepoltert kam, Angst hatte.

«Je suis désolé, Mme Gaston. Herzlichen willkommen in Nizza. Ich bin Cesar und kenne Pierre, da war er so groß wie dieser junge Mann.»

«Es freut mich sehr, Sie kennenzulernen. Ich bin Viola.» Ich streckte ihm meine verschwitzte Hand entgegen und spürte, dass mir die plötzliche Wärme zu schaffen machte. Auf Sylt waren es am Morgen zwei Grad gewesen.

Cesar drückte mich an seinen warmen Körper und herzte mich, als wäre ich seine Tochter.

«Kommt mit! Ich stehe gleich da vorne. Hattet ihr einen guten Flug?» Cesar hängte sich an Pierres Arm und schien sich zu freuen, ihn zu sehen. Ich wusste, dass sie regelmäßig telefonierten, aber dass sie wie Freunde waren, hätte ich nicht vermutet.

Ich folgte den beiden mit dem leeren Buggy und schaute mich begeistert um. Ich sah teure Autos, Palmen und schick gekleidete Menschen mit hochpreisigen Louis Vuitton Koffern, die mir vom Muster her nicht gefielen.

Ich hatte erwartet, dass Cesar eine lange, dunkle Limousine fuhr, doch er blieb vor einem kleinen, verbeulten Wagen stehen, der nicht besonders geräumig war. Ich schaute Pierre verwundert an als Cesar damit begann, unsere Koffer zu verstauen. Im Kofferraum sah es aus wie in unserem Mülleimer und ich fragte mich, wie wir den Buggy und die zwei Koffer und Taschen in den Kleinwagen bekommen sollten.

«Pas de soucis. Wir werden alles hineinbekommen», war sich der fröhlich pfeifende Mann sicher und strich Liam zwischendurch übers Köpfchen.

Pierre versuchte Liam, der schon wieder weinte, zu beruhigen, während ich ihm die dicke Steppjacke auszog. Cesar räumte den Müll aus dem Kofferraum auf die Rücksitzbank und lächelte uns zwischendurch an. Nach einer halben Stunde war tatsächlich alles verstaut. Ich saß neben einem muffig riechenden Karton und hatte kaum Platz meine Füße auf dem Boden abzustellen. Zudem saß Liam auf dem Schoß, weil wir keinen Kindersitz dabeihatten. Die Fahrt dauerte länger als gedacht. Nicht nur wir waren unterwegs. Da das Auto keine Klimaanlage besaß, schwitzte ich und spürte einen leichten Schwindel. Liam machte zudem gerade sein großes Geschäft, sodass sich der muffige Geruch veränderte und zu einer unangenehmen Mischung wurde, die mich beinahe bewusstlos werden ließ.

«Pierre! Mir ist ganz schlecht.»

«Wir sind bald da, mein Engel», beruhigte mich Pierre und drehte sich besorgt nach mir um.

«Mir ist aber jetzt schlecht. Ich glaube, dass ich gleich …»

«Ich kann hier nicht halten. Im Karton ist ein Eimer», informierte mich Cesar und beobachtete mich sekundenlang im Rückspiegel, sodass er auf die Nebenspur geriet und ein Hupkonzert auslöste. Ich versuchte zu meditieren, tat alles, um gegen meine Übelkeit gegenanzugehen, aber es funktionierte nicht. Ich erbrach mich schließlich in einen alten Eimer, der nach sauren Gurken roch. Liam weinte, weil er nicht wusste, was mit mir los war. Ich deckte den Eimer mit meiner Jacke ab und wischte mir erschöpft über die Stirn.

«Geht es Ihnen besser, Madame Gaston?»

«Ja, danke, viel besser.»

Ich stand auf wackligen Beinen und sehnte mich nach einer Dusche und einem kühlen Getränk als ich den Wagen verließ.

Wir parkten vor einem exklusiven Hotel, das an der prachtvollen Promenade des Anglais lag, die vor Schönheit und Luxus strahlte, was ich bei unserer Ankunft jedoch nicht wahrnahm, da ich völlig erschöpft war.

Kaum hatten wir den Boden des teuren Pflasters betreten, kamen zwei Männer aus dem Hotel geeilt, die sich unseres Gepäcks annahmen. Cesar drückte Pierre den Wohnungsschlüssel in die Hand und umarmte mich liebevoll, da er mich offenbar schnell in sein Herz geschlossen hatte.

Während Pierre eincheckte, genoss ich einen kühlen Orangensaft und schaute mich begeistert in der Lounge um, die man prunkvoller nicht hätte gestalten können. Ich kam mir vor wie in einem Museum und hielt Liam an der Hand, der das charmante Hotel erforschen wollte.

In unserer Suite angekommen, ging ich zielstrebig auf den Balkon und schaute auf das Meer, das nicht vergleichbar war mit unserer rauen Nordsee, die sich meist in dunklen Farben zeigte.

«Ist das schön!», schwärmte ich und konnte mich an der Farbe des Meeres, den Palmen und dem regen Treiben an der Promenade nicht sattsehen.

«Ich glaube, dass wir den Kleinen sauber machen müssen, bevor wir die Aussicht genießen», meinte mein Mann und legte Liam auf das große Bett, das einen Baldachin trug. Ein Bettchen, das nicht weniger prunkvoll war, stand neben dem Fenster und war sogar mit einem Teddy bestückt.

Ich war entzückt und konnte es kaum erwarten, die Stadt zu erobern und vor allem mehr über Pierres Leben und das seiner Mutter zu erfahren.

Der fürsorgliche Vater reichte mir eine frische Windel und sagte: «Es ist gut, dass wir hier sind.» Seine Worte erleichterten mich und ich war mir sicher, dass er sich nach dieser Reise, bei der er sich seiner Vergangenheit stellen musste, besser fühlen würde.

Am liebsten wäre ich sofort in die Wohnung gegangen, aber Pierre wollte es langsam angehen lassen. Wir ließen Liam in Ruhe seinen Mittagsschlaf machen und setzten uns auf den Balkon, auf dem wir Obst aßen und Pierre sich an seine Kindheit in Nizza erinnerte.

«Mutter hatte hier viele Leute gekannt und wir waren ständig irgendwo eingeladen. Am Anfang war sie noch ein gern gesehener Gast auf jeder Party. Ich hatte ein Kindermädchen. Ihr Name war Charlotte und sie hatte einen sehr dicken Hintern, auf den ich ihr immer gerne gehauen habe. Sie ist ein Jahr nachdem meine Mutter … auch gestorben. Ich habe viel im Meer gebadet und hatte in unserer Wohnung zwei Zimmer, eins zum Schlafen und eins zum Spielen. Und dann waren da Mutters Liebhaber. Ich kann mich nicht mehr genau an jeden Einzelnen erinnern, aber ich fand es schrecklich, dass sie ständig neue mit nach Hause schleppte. Mehrmals sagte ich ihr: «Mama, du hast doch mich. Warum brauchst du diese ganzen Männer?» Es war eine schöne Zeit hier. In Nizza gefiel es mir besser als in Berlin und Kalifornien.»

«Nizza ist wirklich wunderschön. Ich habe zwar noch nicht viel gesehen, aber die Stadt gefällt mir auf den ersten Blick.» Ich dachte flüchtig daran, die Wohnung zu behalten. Im Winter war es in Nizza viel milder als auf Sylt und ich konnte mir vorstellen, an diesem Ort kreativer zu sein und neue Inspiration für meine Bücher zu bekommen.

Als Liam wach wurde, packten wir ihn in den Buggy und gingen los, damit ich einen ersten Eindruck von der mondänen Stadt bekam.

Wir schauten uns zuerst «la vieille ville de Nice», die Altstadt von Nizza, an.

„Auf den Märkten bekommt man einfach alles, was man sich nur vorstellen kann. Von außergewöhnlichen Gewürzen bis hin zu exotischen Früchten ist hier alles zu haben», erklärte mir mein Mann, der sich in der Stadt noch auskannte, obwohl er viele Jahre nicht mehr hier gewesen war.

Wir schlenderten durch die schönen, kleinen Gassen der gut erhaltenen Altstadt; vorbei an einigen Sehenswürdigkeiten, wie dem berühmten ehemaligen Rathaus sowie der Cathédrale Sainte-Réparate, eine als historisches Denkmal ausgezeichnete Kathedrale aus dem 13. Jahrhundert.

«Schau nur, die schön bemalten, alten Wohnhäuser, die der Stadt einen besonderen Charme verleihen», schwärmte ich und fühlte mich wohl, zumal es sehr mild war und kein kalter Wind an mir zerrte.

«Wenn du es etwas edler magst, dann sollten wir in die Rue de France und die daran anschließende Rue Masséna gehen, wo sich nicht nur kleine Souvenirläden befinden, sondern auch einige schicke Boutiquen. Auf dem beliebten Place Masséna gibt es sogar das berühmte Kaufhaus Galeries Lafayette. Und der Platz selbst ist schon ein Highlight, denn der schachbrettartige Boden, der von rötlichen Gebäuden umgeben ist, bietet ein wundervolles Fotomotiv», erklärte mir Pierre und nahm Liam das Mützchen ab.

Zwischendurch aßen wir eine sogenannte Socca, eine herzhafte Art Pfannkuchen, die aus Kichererbsen Mehl zubereitet wird.

Ich war berauscht von der Stadt und glücklich, da ich registrierte, dass Pierre sich wohlfühlte, denn er erzählte mir voller Begeisterung, was er noch wusste und strengte sich an, sich an Details zu erinnern. An einigen Plätzen blieb er stehen und schien zu überlegen, dann suchte er eine bestimmte Straße und erzählte mir, wer dort früher gewohnt hatte, schaute auf die Klingenschilder und entdeckte Namen, die ihm etwas sagten.

Nach drei Stunden wurde ich müde und konnte keinen Schritt mehr laufen. Ich badete in der freistehenden Wanne und genoss den Luxus, den wir uns leisten konnten und den ich zu schätzen wusste. Pierre kümmerte sich um Liam, als ich in dem heißen Wasser lag und den Duft des Badeschaums inhalierte.

«Du siehst wunderschön aus», sagte mein Mann als ich mich schick gemacht hatte. Er küsste mich voller Leidenschaft. Jedoch musste ich beim Kuss auf einmal an Ines denken, von der ich noch immer nicht wusste, was Pierre für sie empfand und ob sie sich in Afrika gegenseitig getröstet hatten.

Wir aßen im Restaurant. Es war das erste Mal, dass ich derartig nobel gespeist hatte. Das Personal war überaus höflich und kinderlieb und das Essen fantastisch. Der Koch hatte es geschafft, uns ein fleischloses Essen zu zaubern, das Seinesgleichen suchte.

Als Liam endlich eingeschlafen war, versank ich in den weichen Kissen und schaute in den sattblauen Baldachin. Ich war überglücklich und hätte das Glück am liebsten an diesem Abend konservieren mögen.

Liam weckte uns gegen sechs Uhr. Der Blick aus dem Fenster machte mich sofort munter. Ich küsste Pierre und flüsterte in sein warmes Ohr: «Bleib liegen! Ich kümmere mich um Liam.»

Das Frühstück ließen wir uns auf den Balkon bringen. Für Mutter knipste ich Bilder und schickte auch Vanessa einige. Sie beneidete mich und berichtete, dass die Zwillinge krank waren und sie nicht zur Arbeit gehen konnte.

Bevor wir zur Wohnung fahren wollten, rief Ines an. Ich hörte ihre helle Stimme und nahm Pierres besorgten Gesichtsausdruck wahr. War in dem Land, in das ich meinen Mann nicht mehr gehen lassen wollte, wieder etwas Schlimmes geschehen?

«Ist etwas passiert?», erkundigte ich mich besorgt und legte mir einen dünnen Seidenschal vor dem Spiegel, der einen pompösen Goldrahmen besaß, um den Hals.

«Nein, alles gut. Lass uns gehen.»

Pierre schnappte sich den Haustürschlüssel und schob den Buggy. Je näher wir der Wohnung kamen, desto schweigsamer wurde er.

«Dies ist es!»

Ich war erstaunt, denn ich hatte mit einem heruntergekommenen Haus gerechnet. Doch das, was ich sah, war ein hübscher Altbau mit einer schmucken Fassade, die vielleicht einen neuen Anstrich gebrauchen konnte, ansonsten aber prächtig war.

«Ein wunderschönes Haus.» Ich konnte es kaum erwarten, die Wohnung zu sehen. Neugierig schaute ich mir die Klingelschilder an und stieß auf den Namen «Gaston».

Mein Herz schlug schneller, während Pierre wortlos die schwere Tür aufschloss.

Ein imposantes Treppenhaus mit Marmorböden, einem verzierten Handlauf und großen Pflanzen präsentierte sich uns beim Eintreten. Es roch nach Orangenschalen und Reinigungsmittel.

«Die Wohnung ist im vierten Stock. Es gibt keinen Lift.»

Wir ließen den Buggy im Flur stehen und stiegen die Treppen langsam hinauf. Liam war ganz still und schaute sich mit großen Augen interessiert um.

Pierre blieb vor einer Wohnungstür stehen, räusperte sich und steckte schließlich den Schlüssel in das Schloss.

Langsam öffnete er die knarrende Tür, als hätte er Sorge, dass ihm ein Tier entgegenspringen könnte. Es war stockdunkel, doch Pierre wusste noch, wo sich der Lichtschalter befand. Ein alter Kronleuchter brachte schwache Beleuchtung in die geräumige Wohnung, die mit hohen, verzierten Decken ausgestattet war.

Pierre stellte Liam auf seine kleinen Füße. Er rannte sofort los und erkundetem gar nicht ängstlich, die diversen Zimmer.

Die Möbel waren mit weißen Tüchern abgedeckt und es roch

nach altem Holz und Mottenpulver.

Der Boden unter unseren Füßen knarrte und ich folgte meinem Mann in einen großen Raum, der das Wohnzimmer zu sein schien. Pierre zog die schweren Vorhänge zur Seite und öffnete die Fensterläden. Es gab zwei Balkone, von denen man einen grandiosen Blick auf das Meer hatte. Liam krabbelte auf ein elegantes Samt Sofa und lachte uns freudig an.

«Die Wohnung ist wunderschön.»

«Ja, das ist sie. Komm! Ich zeige dir die Schlafräume und die Küche, in der meine Mutter fast nie gekocht hat. Ich kann mich daran erinnern, dass sie es einmal versucht hat, mir einen Pfannkuchen zu machen. Der ist ihr aber angebrannt. Trotzdem habe ich ihn gegessen und habe sie gelobt, weil ich so glücklich war, dass sie für mich gekocht hat. Überwiegend stand Charlotte in der Küche und hat mir alles gemacht, was ich mir wünschte.»

Pierre bekam glasige Augen und ging rasch weiter.

«Das war das Schlafzimmer meiner Mutter.»

Im Zentrum des großen Raums stand ein breites Himmelbett. Ich musste beim Anblick des Bettes an ihre zahlreichen Affären denken. All der schöne Besitz, der Sohn und ihr Erfolg hatten sie nicht glücklich machen können, dachte ich betrübt und hoffte, dass Pierre glücklich war.

Ich strich mit der Hand über den antiken Schminktisch, der aus einem edlen Holz gezimmert war, zog eine kleine Schublade auf, in der sich Bürsten und Haarnadeln befanden.

«Und wo ist dein Zimmer?»

«Gleich nebenan.»

Pierre öffnete die Tür zu seinem alten Reich und knipste das Licht an, bevor er die Fensterläden öffnete.

Das Zimmer war voll mit Spielzeug. Liam stürzte sich sofort auf das hölzerne, antike Schaukelpferd und juchzte.

«Du hattest aber viel!» Ich nahm eine Lokomotive in die Hand und stellte mir den kleinen Pierre vor, der trotz all dieser schönen Dinge ein unglücklicher Junge gewesen war, da seine Mutter nie Zeit für ihn gehabt hatte, weil sie auf der ganzen Welt Filme drehte, um nach Bestätigung zu suchen, anstatt sich um das Wichtigste zu kümmern, das ihr geschenkt worden war.

«Das hat mir alles nichts bedeutet. Ich wollte bei meiner Mutter sein. Zwar hat Charlotte sich rührend um mich gekümmert, aber sie war nicht meine Mutter», sagte Pierre etwas wütend und betrachtete ein Kinderbuch, das sehr mitgenommen aussah.

«Das kann ich verstehen.» Liam schob ein Auto über den schönen Holzboden und grinste uns an.

«Ihm gefällt mein Spielzeug. Wenigstens nutzt er es.»

«Und das war mein Schlafzimmer.» Wir standen in einem blau gestrichenen Raum, in dem ein großes Bett stand und zwei Schränke. «Darf ich?», fragte ich Pierre und öffnete eine Schranktür. Ich war baff, denn der Schrank war voll mit Kinderkleidung.

«Deine Mutter hat alles aufbewahrt.»

«Ja, das wusste ich nicht.» Pierre zog einen Pullover aus dem Schrank und drückte seine Nase in den weichen Stoff. «Das war mein Lieblingspullover», sagte er, nicht ohne Wehmut.

«Ein schöner Pullover. Wir könnten ihn für Liam aufheben?» Ich spürte, dass mein Mann an seinen Sachen hing und ich hätte es auch nicht übers Herz gebracht, mich von all den schönen Dingen, die sich in dieser Wohnung befanden, zu trennen.

«Der wird doch nicht mehr modern sein, wenn Liam acht ist.» Pierre legte den Pullover ordentlich zurück und holte einen Stapel Hosen aus dem Schrank. Er griff tief in das Fach und holte einen Karton hervor, der mit bunten Oblaten beklebt war.

«Hier drin habe ich alles gesammelt, was mir wichtig war», erklärte er mir und stellte den Karton aufs Bett. Wir setzten uns rechts und links neben ihn und mein Mann begann, ihn langsam auszuräumen. Es waren Relikte aus seiner Kindheit: Muscheln, besondere Münzen, Briefe und viele Zeitungsausschnitte, auf denen seine Mutter abgebildet war. Die Bilder waren verblasst, jedoch erkannte ich in den Augen der einstmals berühmten Frau die gleiche Traurigkeit, die ich auch bei Pierre ab und zu sah.

«Deine Mutter war wirklich wunderschön.»

«Ja, aber ihre Schönheit und ihr Erfolg haben sie auch nicht glücklich machen können. Ich habe mir immer so sehr einen Vater und Geschwister gewünscht, habe mir eine Mutter gewünscht, die bei mir ist, aber das blieb mir alles verwehrt. Ich bin ihr nicht mehr böse. Sie wollte nur das Beste für mich und dachte, dass ich im Internat besser aufgehoben wäre als bei ihr.»

«Es tut mir so leid, dass du keine schöne Kindheit hattest, aber nun hast du eine eigene Familie, die du dir immer gewünscht hast.»

«Ja, nun habe ich eine Familie und bin glücklich.» Ich trug Tränen in den Augen, während Pierre den Karton weiter ausräumte.

«Lass uns an den Strand gehen. Wir können morgen nochmal wiederkommen», schlug er mir vor, da ihn all die guten und schlechten Erinnerungen offensichtlich zu sehr berührten.

Pierre führte uns an eine idyllische Bucht, an die er sich noch gut erinnern konnte. In Nizza gibt es nur Kieselstrände und zwei künstlich aufgeschüttete Sandstrände. Für Liam waren die Kieselsteine interessant und er wurde nicht müde, die Steine in seinen Eimer zu füllen, um sie an einer anderen Stelle auszuschütten. In der Sonne war es warm wie im Sommer und wir saßen auf einer Decke und beobachteten unseren Sohn.

«Hier habe ich schwimmen gelernt. Ich war erst keine Wasserratte, aber als ich schwimmen konnte, war ich kaum aus dem Wasser zu bekommen.»

«Aber das hat sich wieder geändert.»

«Die Nordsee ist ja auch eiskalt, aber vielleicht werde ich mich langsam dran gewöhnen.»

«Und wer hat dir das Schwimmen beigebracht?»

Pierre schien zu überlegen und schaute aufs Meer, das eine wunderschöne türkise Farbe hatte und still ruhte. Einige Yachten waren noch unterwegs.

«Es war ein Freund meiner Mutter. Er hieß Yves und war zwölf Jahre jünger als sie. Er war wie ein Bruder zu mir und ich mochte ihn, aber als er meine Mutter betrog, schmiss sie ihn sofort aus der Wohnung und ich habe ihn nie wieder gesehen.»

«Nizza gefällt mir. Die Winter sind mild und nicht so rau und lang wie auf Sylt …» Ich hätte es schön gefunden, wenn wir die Wohnung behalten hätten und so versuchte ich, Pierre meine Leidenschaft für diese Stadt deutlich zu machen, wollte ihn aber nicht direkt fragen, ob er sich Nizza als Zweitwohnsitz vorstellen könnte.

«Ja, es ist wirklich schön, aber etwas zu dekadent und oberflächlich.»

Pierre warf kleine Steine und versuchte Liams Eimer zu treffen.

«Hast du Interesse dir Bilder anzusehen?», fragte Pierre und wechselte das Thema.

«Ja, immer. Wenn sie so gut sind wie Ilses.» Ich musste an Felix denken. Hatte er seine Leonie zurückerobern können? Ich nahm mir vor, mich bei ihm nach unserer Reise zu melden. Vielleicht brauchte er wieder einen Anschubs.

Wir besuchten das Musée Matisse, welches sich im gehobenen Stadtteil Cimiez befindet und einen Überblick über das gesamte Schaffen des Künstlers Henri Matisse gibt. Liam schlief in seinem Buggy, sodass wir uns in Ruhe die Bilder ansehen konnten. Während ich vor einem Werk von Matisse stand, rührte sich Pierres Handy. Er verzog sich in eine Ecke, um leise zu telefonieren. Ich forschte in seinem Gesicht, um zu sehen, mit wem er sprach und vermutete, dass es Ines sein könnte, die sich ziemlich häufig meldete, sodass ich mir ernsthafte Sorgen machte, dass die beiden sich mehr mochten als mir lieb war.

Als Liam wach wurde, mussten wir das Museum verlassen, denn er weinte und hatte die Hosen voll. Wir fuhren ins Hotel, wo Pierre mir beiläufig erzählte, dass wir am Abend bei Cesar eingeladen waren. Hoffentlich sah es in seiner Wohnung nicht so aus wie in seinem Auto, dachte ich und freute mich nicht auf das Treffen. Lieber hätte ich mit Pierre und Liam im Hotel gegessen, in dem ein wunderschönes Ambiente herrschte.

Da es zu regnen begann, verbrachten wir den Nachmittag im Hotel. Während Pierre unseren Sohn in einen Matrosenanzug steckte, schminkte ich mich und überlegte, ob ich mich schick anziehen sollte, aber da Cesar nicht besonders gepflegt ausgesehen hatte, schlüpfte ich in ein schlichtes Kleid und ließ den Schmuck weg,

Kurz bevor wir aufbrechen wollten, rief meine Mutter an und war völlig durcheinander.

«Viola, es tut mir ja so leid, dass ich euch stören muss … aber …» Mutter begann zu weinen und schniefte laut in ein Taschentuch.

Mein Herz begann zu rasen und in meinem Kopf entstanden die wildesten Vorstellungen, die einer Horrorshow glichen: Ich sah unser Haus in Flammen stehen, Jenny tot in der Nordsee treiben, Vanessa mit aufgeschnittenen Pulsadern …

«Mama, was ist passiert?», fragte ich aufgebracht.

«Rudi … er ist mit Verdacht auf einen Herzinfarkt ins Krankenhaus eingeliefert worden. Ich mache mir solche Sorgen.»

«Warum fährst du nicht zu ihm?», wunderte ich mich und war geschockt über die Nachricht.

«Es ist heute Vormittag beim Training in Köln passiert. Sein Herz schmerzte und ihm wurde übel.»

Ich legte meine freie Hand auf mein aufgewühltes Herz und litt mit Mutter. Ängstlich wie ich war, stellte ich mir vor, dass sie nach kurzen, sehr glücklichen Wochen den nächsten Mann pflegen musste und, wie vor dem Tod meines Vaters, wieder ans Haus gefesselt war.

«Hast du im Krankenhaus angerufen?»

«Sie geben mir keine Informationen, da ich ja nicht mit Rudi verheiratet bin.»

«Dann fahre doch nach Köln.»

«Das wollte ich ja, aber bei uns war heute Morgen ein Unwetter und es fährt keine Bahn mehr, da Bäume auf die Gleise gefallen sind und du weißt, wie lange es dauern kann, bis sie so ein bisschen Holz entfernt haben.»

«Ich würde dich jetzt gerne in den Arm nehmen. Ich drücke Rudi die Daumen. Mama, Pierre wartet auf mich. Wir sind bei Cesar, dem Anwalt, zum Abendessen eingeladen und wollten gerade losgehen.»

Pierre sah mich fragend an. «Rudi hatte wohl einen Herzinfarkt.»

«Oh, das ist ja schrecklich, aber das wundert mich nicht. Seinen Job möchte ich nicht machen. Immer dieser Erfolgsdruck und wenn du keine Leistung bringst, wirst du sofort ersetzt.»

Wir fuhren ein ganzes Stück durch das graue Nizza, das plötzlich nicht mehr so schön erschien. Cesar wohnte etwas außerhalb der Stadt. Als wir aus dem Taxi stiegen, spannte Pierre sofort einen Regenschirm über unseren Köpfen auf und nahm mir Liam ab, den ich nicht mehr lange tragen konnte.

Wir standen vor einem alten, schmucken Haus, das einen neuen Anstrich vertragen konnte. Der Garten war vernachlässigt, aber ein paar große Palmen erregten meine Aufmerksamkeit.

Cesar stand bereits in der Haustür und breitete seine Arme aus. Liam drehte schüchtern sein Köpfchen weg und ich wurde geküsst und überaus herzlich in Französisch begrüßt. Im Haus roch es nach Knoblauch. Mein erster Blick registrierte viele Antiquitäten und ausgestopfte Tiere, die nicht nach meinem Geschmack waren.

Auf dem Weg ins Wohnzimmer erfuhr ich, dass Cesar das alte Haus von seinem Vater geerbt hatte und es über 100 Jahre alt war. Es war nach meinem Geschmack etwas düster, aber das lag vielleicht daran, dass es draußen dunkel war.

Als wir in dem geräumigen Wohnzimmer standen und ich einen Blick in den großen Garten warf, kam eine Frau um die Ecke, die eine geblümte Schürze trug. Ich hielt sie zunächst für die Haushälterin, aber Cesar stellte uns Florence als seine Frau vor. Sie war genauso groß wie ihr Mann und hatte braune, fröhliche Augen und einen runden Kopf. Sie drückte mir drei Küsschen auf die Wangen und kniete sich vor unseren Sohn, den sie auf Französisch ansprach, jedoch in einem Dialekt, den ich nicht verstand.

«Florence spricht kein Wort Deutsch, aber ich werde heute ein bisschen übersetzen», erklärte uns Cesar und ging an den Esstisch, der bereits mit einem alten Geschirr und Silberbesteck festlich eingedeckt war.

Ich war froh, dass es im Haus ordentlicher und einladender war als in Cesars Auto und nahm neben dem Gastgeber Platz. Liam fremdelte und wollte auf meinen Schoß.

Das Essen schmeckte köstlich und Cesar war ein witziger und interessanter Mann, der viele Geschichten erzählen konnte, die mich nicht langweilten. Beim Dessert fragte er Pierre: «Was ist nun mit dem Haus? Willst du es verkaufen?»

Pierre machte einen gequälten Eindruck und nahm einen Schluck von dem hervorragenden Wein, bevor er sagte: «Ich habe mich noch nicht entschieden.»

Ich war etwas enttäuscht, dass er nicht mit mir über das Haus gesprochen hatte, jedoch hatte ich ihn auch nicht direkt gefragt, da ich ihn nicht drängen wollte. Es war sein Haus und er musste wissen, ob er daran hing und es zukünftig besuchen wollte. Pierre war vermutlich hin- und hergerissen, denn er knetete seine Hände unter dem Tisch.

«Du würdest für das Haus sehr viel bekommen. Ich kenne viele Leute, die darauf scharf sind und sich überbieten würden.»

«Ja, ich weiß, aber das Geld ist mir nicht wichtig. Ich werde mich bald entscheiden. Sag mal, hast du noch etwas von Pascal gehört?»

Von einem Pascal hatte mein Mann noch nie etwas erwähnt.

«Ja, er lebt jetzt auf dem Land. Zwanzig Kilometer von hier. Er ist Selbstversorger und kümmert sich um ausgesetzte Tiere. Man kann es sich kaum vorstellen! Dieser Lebemann, der früher auf jeder Party in Nizza gewesen ist.»

Pierre zog ein nachdenkliches Gesicht und schwieg. Wer war dieser Pascal? Auch ein Geliebter seiner Mutter, der sie unglücklich gemacht hatte? Der für eine kurze Zeit Pierres Vater gewesen war? Ich spürte, dass mein Mann traurig wurde und die

Vergangenheit ihn eingeholt hatte. Er musste endlich seinen Frieden schließen! Ich wollte ihm so gerne dabei helfen, aber er ließ es nicht zu, erzählte mir nur Fragmente aus seiner Kindheit und von seiner Mutter, über die ich gerne viel mehr erfahren hätte. Vielleicht musste ich einfach Geduld haben.

Kurz nachdem wir unsere Suite erreicht hatten und Pierre Liam ins Bett gelegt hatte, rief ich meine Mutter an, um zu erfahren, wie es Rudi ging.

«Nett, dass du dich meldest. Wie war es bei dem Anwalt?»

«Schön. Und wie geht es Rudi?»

«Es war zum Glück kein Herzinfarkt, aber er muss auf seinen Blutdruck achten, der viel zu hoch war. Rudi ist gegen Tabletten, aber nun hat ihm der Arzt ins Gewissen geredet und er will die Blutdrucksenker auch nehmen. Ich habe schon recherchiert, wie er auf natürliche Weise seinen Blutdruck senken kann. Ich bin so erleichtert. Rudi kommt morgen zu mir. Auf der Insel kann er sich gut erholen.»

«Das freut mich, Mama. Wie geht es Vanessa? Ich habe ihr Bilder geschickt, aber sie hat überhaupt nicht reagiert.»

«Ach, das ist auch so eine Sache. Sie wird es dir erzählen, wenn ihr zurück seid. Genieße die Tage in Nizza.»

«Sind die beiden wieder zerstritten?»

«Ich halte mich da raus. Entschuldige, aber ich gucke gerade einen alten Film, in dem Pierre eine Nebenrolle spielt. Grüße ihn von mir.»

Ich war erleichtert, dass es Rudi gut ging, aber machte mir

Sorgen um meine Schwester. Warum lief es in ihren Partnerschaften nie rund? Lag es an ihr oder ihren Partnern? Ich musste wieder an Ines denken, aber verscheuchte die bösen Gedanken und legte mich neben meinen Mann, der in einem Buch las und einen Arm um mich legte.

«Liam ist heute aber schnell eingeschlafen.»

«Das war ja auch ein aufregender Tag. Das Museum, der Strand und dann noch das ältere Ehepaar, das ihm volle Aufmerksamkeit schenkte», sagte Pierre und küsste mich zärtlich.

«Pierre, wer ist Pascal?»

Mein Mann holte tief Luft und zog seinen Arm von mir weg, als wollte er sich von mir abwenden. Er setzte sich aufrecht hin und nahm meine Hand.

«Er war … der Mann, den meine Mutter wohl wirklich geliebt hatte und er war mir für eine kurze Zeit ein guter Vater. Mein größter Wunsch war damals, dass Mutter, Pascal und ich eine richtige Familie werden, aber Mutter trank immerzu und es gab viel Streit. Pascal bestand darauf, dass Mutter in eine Entzugsklinik geht, aber sie wollte sich nicht eingestehen, dass sie Alkoholikerin war. Zudem meinte sie, dass sie keine Zeit hätte, eine Klinik zu besuchen, da sie ja einen Film nach dem anderen drehen musste.»

«Wie alt bist du gewesen, als deine Mutter mit Pascal zusammen war?»

«Ich war neun. Pascal war Fotograf und hatte meine Mutter bei einem Foto-Shooting kennengelernt. Er war sehr erfolgreich.

Ich bin jetzt müde, Viola. Lass uns schlafen. Morgen fahren wir nochmal in die Wohnung.»

Ich war zufrieden, wenigstens etwas erfahren zu haben und hoffte, dass ich häppchenweise alles über Pierres vergangenes Leben erfuhr. Vor allem wollte ich wissen, wer Pierres leiblicher Vater war.

In der Nacht zog ein Gewitter über die Stadt, das mich aufweckte. Ich lag lange wach und schaute in den Baldachin. Ich musste immerzu an den kleinen Pierre denken, der sich so sehr nach einer Familie gesehnt hatte. In aller Früh schlich ich mich ins Wohnzimmer und schrieb Vanessa, da ich mir Sorgen um sie machte. Nach wenigen Minuten antwortete sie mir. Sie konnte offenbar auch nicht schlafen.

«Mama sollte dir doch nichts erzählen! Ja, Lukas und ich haben uns mal wieder heftig gestritten und er hat die Flucht ergriffen. Ist das meine Schuld? Bin ich unausstehlich? Ich muss mit dir reden, wenn du zurück bist und brauche dringend Beratung. Genieße die Tage und mach dir keine Sorgen um mich.»

Was sollte ich ihr raten? Vanessa war sicherlich nicht unschuldig, aber ich konnte ihre Beziehung schlecht analysieren, da ich nicht wusste, was zwischen den beiden im Alltag ablief und wie sie miteinander kommunizierten.

Nach dem Frühstück fuhren wir wieder in die Wohnung, in der wir kräftig gelüftet hatten. Liam lief sofort ins Kinderzimmer und spielte alleine, sodass wir im Schlaf- und Wohnzimmer den Inhalt der Schränke sichteten.

«Auf diesem Teppich wurde sie gefunden», erzählte Pierre mir und starrte auf den Perserteppich, auf dem ich nach Spuren suchte. «Sie hatte in der Küche Tabletten und viel Alkohol zu sich genommen und wollte sich wohl auf das Sofa legen, aber ist auf diesem Teppich zusammengebrochen. Wäre ich doch bei ihr gewesen! Wäre doch so ein verdammter Kerl bei ihr gewesen!» Pierre ließ seinen Tränen freien Lauf und ich wusste, dass es ihm guttat, über das Geschehene zu reden, das ihn all die Jahre beschäftigt hatte. Er setzte sich aufs Sofa und wischte sich mit dem Handrücken die Tränen fort.

«Ja, es ist schrecklich, dass sie keiner gefunden hat, aber sie wollte nicht mehr leben, da sie nicht glücklich war. Sie ist ihr ganzes Leben lang dem Erfolg hinterhergerannt und hat dich vernachlässigt. Ihre Karriere war ihr wichtiger. Doch der Erfolg hat sie nicht glücklich gemacht, glücklich hätte sie eine Familie gemacht.»

Ich versuchte, Pierre irgendwie zu trösten und musste an mich denken. Ich war auch erfolgreich, jedoch war mir mein Erfolg nicht wichtig. Die Familie stand bei mir an erster Stelle und das würde sich auch niemals ändern. Ich konnte mir nicht vorstellen, meine Karriere über meine Lieben zu stellen.

«Sie hat mich nicht geliebt, sonst hätte sie mich nicht auf ein Internat abgeschoben. Es war so schrecklich … einfach wie ein Paket abgegeben zu werden. Selbst als ich krank wurde, holte sie mich nicht nach Hause, sondern drehte sonst wo. Ihre Filme waren ihr immer wichtiger als ihr Sohn.» Pierre bekam einen wütenden Gesichtsausdruck und ballte seine Fäuste.

«Es gibt Menschen, die den Erfolg und Ruhm brauchen. Deine Mutter war berühmt und begehrt und hat es einfach nicht übers Herz gebracht, gute Rollen abzulehnen, um ihre Karriere nicht zu gefährden. Sie wusste, dass der Erfolg nicht ewig anhalten würde. Zudem wollte sie für dich gut vorsorgen, dir etwas bieten.» Ich suchte verzweifelt nach Gründen, um Pierres Mutter zu verteidigen, ohne zu wissen, was die Frau getrieben hatte und ohne wirkliches Verständnis für ihr Handeln zu haben.

Pierre stand abrupt auf und zog energisch eine volle Schublade aus einem massiven Schrank, um sie durchzugucken. Liam kam mit einem Blechauto ins Zimmer gelaufen und zeigte es uns stolz.

«Das hat Pascal mir geschenkt. Er fuhr dieses Modell früher und hatte mich ein paarmal auf eine Spritztour mitgenommen. Er hat mir Monaco und St. Tropez gezeigt. Die Zeit mit ihm war mit die schönste in meiner Kindheit. Ich bewunderte Pascal und habe so sehr gehofft, dass er mein Vater wird, aber Mutter hat es vermasselt und ...»

Pierre redete nicht weiter, da er einen Brief fand, auf dem in blauer Tinte sein Name stand und um den eine weiße Schleife sehr ordentlich gebunden war. Liam schob das Auto auf einem Tisch hin und her, sodass das weiche Holz zerkratzte. «Liam, nicht auf dem Tisch fahren. Der geht kaputt!», ermahnte ich ihn und sah, dass Pierre die Schleife, die seine Mutter sicherlich gebunden hatte, öffnete. Er war auf einmal abwesend und bemerkte nicht seinen Sohn, der vor ihm stand und «Papa, Papa!» rief. Ich schnappte mir den Kleinen, um mit ihm ins Kinderzimmer zu gehen, damit Pierre in Ruhe den Brief lesen konnte. Nach zehn Minuten kam er zu uns. Seine Augen trugen Spuren von Tränen und mein Herz krümmte sich. Ich nahm ihn stumm in die Arme und drückte meinen Kopf an seine Brust. «Ich liebe dich, Pierre und ich werde immer für dich da sein und bis an mein Lebensende bei dir bleiben.»

Pierre streichelte über meinen Rücken, konnte jedoch keinen

Ton herausbekommen. Ich fragte ihn nicht, was in dem Brief stand und wusste, dass er den Inhalt erstmal allein verdauen musste, bevor er mir erzählte, was seine Mutter ihm geschrieben hatte.

«Lass uns gleich auf den Burgberg Colline du Château gehen», schlug ich vor, damit Pierre auf andere Gedanken kam.

«Ja, das ist eine gute Idee und danach gehen wir essen. Ich habe großen Hunger und weiß, wo man hier besonders guten und frischen Fisch essen kann.»

Mein Mann steckte den Brief in seine Hosentasche und spielte schnell wieder den fröhlichen Pierre.

Von dem Colline du Château, auf den wir mit einen Lift fuhren, hatten wir einen fantastischen Panoramablick auf die Engelsbucht mit der Promenade des Anglais, dem Strand und der Innenstadt zur einen Seite, sowie über den Hafen und die Küste Richtung Osten zur anderen Seite. Auf dem Hügel, der die Altstadt Nizzas vom Hafen trennt, befand sich ein idyllischer Park mit vielen exotischen Pflanzen. Pierre zeigte mir Überreste der griechischen und römischen Geschichte. Als wir auf einer Bank saßen und Liam im Buggy eingeschlafen war, holte Pierre den Brief aus seiner Hosentasche und reichte ihn mir kommentarlos. Während ich mit meinen Augen über die handgeschriebenen Zeilen eilte und mein Herz vor Aufregung raste, las Pierre seine zahlreichen Nachrichten auf dem Handy.

«Mein geliebter Pierre, es tut mir so unendlich leid, dass ich keine gute Mutter für dich gewesen bin, dass ich dir keine Familie bieten konnte, in der du dich geborgen und geliebt gefühlt hättest. Ich war immerzu mit mir selbst beschäftigt und hätte gar keine Mutter werden dürfen. Mein Erfolg kam so schnell und ich lebte wie in einem Rausch. Durch meinen Ruhm bekam ich Anerkennung, nach der ich als Kind vergeblich gesucht hatte. Alle liebten mich plötzlich und jeder wollte sich mit mir schmücken. Es war auf Dauer jedoch nicht das, was mich glücklich machte, doch ich musste mich zwischen Karriere und Kind entscheiden. Ich bereue es zutiefst, dass ich mich für die Karriere entschieden habe und kann mit dem Gedanken, dir keine gute Mutter gewesen zu sein, nicht mehr leben. Ich werde am Sonntag mein Leben beenden, da ich dem Alkohol verfallen bin und nicht von ihm loskomme, denn die Schuld lastet schwer auf mir. Du bist so ein wunderbarer Junge und ich hätte so gerne mehr Zeit mit dir verbracht. Ich dachte, dass du dich auf dem Internat wohlgefühlt hast, aber unsere liebe Charlotte hat mir etwas anderes erzählt. Ich hatte keine Ahnung, wie unwohl du dich dort gefühlt hast und dass du dir sogar das Leben nehmen wolltest, was mir das Herz bricht. Ich habe bei unserem letzten Treffen mit dir reden wollen, aber ich spürte deine Ablehnung, deinen Groll und die immense Wut gegen mich, sodass ich vermute, dass ich keine Chance mehr haben werde, dass du mir jemals verzeihen wirst. Ich bin froh, dass ich dir wenigstens das Haus und meinen Schmuck vererben kann, sodass du nicht in finanzielle Not geraten kannst. Mein lieber Junge, vielleicht sehen wir uns an einem anderen Ort nochmal wieder und ich kann dann alles besser machen. Ich hoffe, dass du eine wunderbare Frau finden wirst und viele Kinder bekommst, die dein Leben bereichern werden. Ich liebe dich und glaube mir, es ist gut, wenn ich gehe, denn ich bin zu labil für das Leben. Ich habe dir nie erzahlt, wer dein Vater ist, weil ich mir selbst nicht sicher war, aber ich habe kurz vor meinem Tod Pascal um einen Vaterschaftstest gebeten und ihn mit einer Haarlocke von dir abgeglichen. Pascal ist dein leiblicher Vater, aber das habe ich ihm nicht mehr mitgeteilt, weil ich zu feige war. Aber nun, wo du es weißt, kannst du zu deinem Vater gehen und ich hoffe, dass ihr ein gutes Verhältnis pflegen werdet. Pascal war meine große Liebe und ich hätte mir ein normales Familienleben mit ihm vorstellen können, aber ich habe es einfach nicht hinbekommen. Ich hoffe, dass du mir verzeihen kannst und mich in guter Erinnerung behalten wirst. Deine dich liebende Mutter »

Tränen kullerten aus meinen traurigen Augen. Verschwommen betrachtete ich mir meinen Mann, der mir liebevoll die Feuchtigkeit aus dem Gesicht wischt. Ich bemerkte, dass er ebenfalls mit einem Gefühlsausbruch kämpfte.

«Es ist alles gut. Ich bin meiner Mutter nicht mehr böse. Sie hatte es nicht leicht und dieser verdammte Alkohol … Nun weiß ich endlich, wer mein Vater ist und bin sehr glücklich, dass es Pascal ist, den ich außerordentlich schätze. Früher hatte ich mir immer gewünscht, dass er mein richtiger Vater wird und nun hat sich mein Wunsch erfüllt, auch wenn es etwas spät ist. Ich möchte ihn so schnell wie möglich sehen, um ihm zu sagen, dass ich sein Sohn bin.»

«Hast du es vermutet?»

«Ja, denn Pascal sieht mir nicht nur etwas ähnlich, ich besitze auch ein Paar seiner Charaktereigenschaften.»

Nachdem mein Mann den Brief seiner Mutter gelesen hatte, machte er einen entspannteren Eindruck und lachte ausgelassen über jede Kleinigkeit, was mich freute. War der Knoten nun endlich geplatzt? War es für Pierre eine große Erleichterung, dass seine Mutter sich von ihm verabschiedet hatte und dass er endlich wusste, wer sein Vater war? Wäre er damals, direkt nach dem Tod seiner Mutter in die Wohnung gekommen, dann hätte er diese Ungewissheit nicht über all die Jahre mit sich herumtragen müssen.

Nach dem Abendessen rief Pierre Cesar an und ließ sich Pascals Telefonnummer geben. Mit zitternden Händen und glühenden Wangen tippte er die Nummer seines Vaters und atmete tief durch. Mein Mann sprach fließend Französisch und redete nur kurz mit seinem Vater, der uns für den nächsten Tag zum Frühstück einlud.

In der Nacht konnten wir beide vor Aufregung kaum schlafen. Pierre erzählte mir alles, was er über Pascal wusste und mit ihm erlebt hatte. Ich war gespannt auf den Mann, der Pierre ähnlich sein sollte.

Am nächsten Morgen nahmen wir zu zweit ein Bad in der freistehenden Badewanne, von der man einen traumhaften Blick auf das Mittelmeer hatte. Damit Liam nicht aufwachte, flüsterte ich: «Ich bin so glücklich, dass ich erfahren habe, wo du als Kind gelebt hast, und dass du endlich weißt, wer dein Vater ist.»

«Es tut mir leid, dass ich mit dir bisher nie darüber geredet habe, aber ich hatte alles verdrängt und wollte nicht mehr daran erinnert werden. Doch nun bin ich froh, dass wir hier sind, als Familie, in der ich all mein Glück gefunden habe und die meinetwegen noch viel größer werden kann.»

«Nun warte erstmal ab, wie es mit zwei Kindern werden wird. Laut meiner Mutter und Vanessa ist es sehr anstrengend.»

«Ich werde die Kinder schon schaukeln», versprach er und küsste meine Füße, sodass ich kichern musste.

Der impulsive Taxifahrer redete während der gesamten Fahrt

über laut und gestikulierte wild mit beiden Händen. Ich hatte Sorge, dass wir den steilen Abhang hinunterstürzen und auf dem Meeresboden ertrinken könnten. Pierre verstand den Dialekt, nickte freundlich oder sagte «Oui!» und drückte meine Hand, um mich zu beruhigen. Ich sah meinem Mann an, wie aufgeregt er war. Das Taxi hielt auf einem einsamen Stück Land. Als wir ausstiegen, hörten wir Tierstimmen und suchten den Weg zum Haus.

Erst als wir ein Stück gegangen waren, offenbarte sich vor uns ein kleines, aber überaus charmantes Haus, das von einem hübschen Garten umgeben war. Ich setzte Liam in den Buggy und ließ ihn Pierre schieben.

Es gab keine Klingel und so klopfte Pierre erst zaghaft, dann kräftiger gegen die alte Holztür, die frisch gestrichen war.

Langsam öffnete sich die Tür. Ein Mann, der jünger aussah als er war, schaute uns aus freundlichen Augen an, die aussahen wie Pierres. Pascal bat uns ins Haus und zog sein Bein etwas nach. Es duftete nach Zitronen. Ich sah mich in dem gemütlichen Heim neugierig um. An den Wänden hingen viele Fotografien, die vermutlich vom Hausbewohner selbst stammten. Ich entdeckte auch Bilder, die Pierres Mutter zeigten. Sie war eine wunderschöne Frau gewesen.

Wir gelangten in einen Raum, der rustikal eingerichtet war und in dem es viel zu gucken gab. Es erinnerte mich an ein Museum. Pascal besaß eine angenehm sonore Stimme, sprach aber kein Deutsch, was ich bedauerte, denn ich konnte den Dialekt schlecht verstehen.

Wir nahmen an einem Esstisch Platz, der viele Spuren eines langen Lebens auf seiner Oberfläche trug. Gerne hätte ich gewusst, wer hier alles gesessen und gespeist hatte. Pierre nahm Liam auf den Schoß, der mucksmäuschenstill war und sich interessiert umschaute.

Pascal lächelte mich die ganze Zeit über an. Er war mir auf Anhieb sympathisch, denn er strahlte Ruhe aus und hatte offenbar ein großes Herz, da er sich rührend um kranke und ausgesetzte Tiere kümmerte.

«Pascal sagt, dass ich eine sehr hübsche Frau und einen süßen Sohn habe», übersetzte Pierre und knetete nervös seine Hände unter dem Tisch.

«Entschuldige, Viola. Ich werde Pascal jetzt von dem Brief erzählen und ihm dann sagen, dass er mein Vater ist. Sei mir nicht böse, wenn ich nicht alles übersetze. Ich werde dir später alles sagen, was du nicht verstanden hast.»

«Kein Problem. Soll ich mit Liam in den Garten gehen?», bot ich ihm an, aber er winkte ab und sagte: «Nein, bitte, bleib bei mir. Ich brauche dich.»

Pierre redete in stockenden Worten, obwohl er fließend Französisch sprach. Es fiel ihm nicht leicht, Pascal zu erklären, dass er sein Vater war. Wir hatten den Vaterschaftstest unter dem Abschiedsbrief gefunden und mit dabei, falls Pascal uns nicht glauben sollte.

Ich musste mich zusammenreißen, damit meine Emotionen nicht mit mir durchgingen und nahm Liam auf den Schoß, der fröhlich mit meinen Haaren spielte und leise plapperte.

Nach einigen Erklärungen sagte Pierre dem Mann, der Pierre für viel zu kurze Zeit ein guter Vater gewesen war, dass er sein Sohn war. Ich konnte es verstehen und wartete gebannt auf Pascals Reaktion.

Nachdem er es verstanden hatte, schaute Pascal mit glasigen Augen aus dem Fenster und rieb sich die braune Nase. «Mon Dieu! Je le pensais déjà.»

«Er hatte es sich doch gedacht», übersetzte Pascal mir und wartete auf die Reaktion seines Vaters.

Pascal erhob sich etwas schwerfällig und ging zu Pierre, der ebenfalls aufstand. Die beiden lagen sich lange in den Armen und heulten, sodass ich meine Tränen auch nicht mehr zurückhalten konnte. Liam schmiegte sich an meine Brust, da er spürte, dass hier gerade etwas sehr Emotionales geschah.

Die Männer redeten eine ganze Weile, aber ich verstand nicht mal die Hälfte. Ich glaube, dass Pascal sehr froh war, plötzlich einen Sohn, eine Schwiegertochter und ein Enkelkind zu haben, denn er hatte keine weiteren Kinder.

Nachdem der Gastgeber uns ein üppiges Frühstück serviert hatte, zeigte er uns seine vielen Tiere, die vor allem Liam begeisterten. Einige Tiere trugen große Wunden, anderen fehlte ein Auge oder ein Bein oder Flügel, was kein schöner Anblick war. Nach über drei Stunden verließen wir Pascal, nachdem Pierre ihn nach Sylt eingeladen hatte.

Mein Mann war nach diesem emotionalen Besuch sehr fröhlich, beinahe albern und kam mir ein bisschen vor wie ein Kind. Er schwärmte von seinem Vater, den er nun regelmäßig besuchen wollte, in den höchsten Tönen.

Am nächsten Morgen hatte Pierre einen Entschluss gefasst, den ich sehr begrüßte. «Ich werde das Haus behalten und wann immer wir Lust haben, fliegen wir nach Nizza.»

«Das finde ich toll! Ich habe mich nämlich in die Stadt verliebt. Natürlich liebe ich auch Sylt, aber beide Orte haben ihren Reiz und ich möchte keinen missen.»

Leider war die Zeit am Mittelmeer viel zu schnell vorüber und ehe ich mich versah, gingen wir bei starkem Sturm an der rauen Nordsee spazieren und sehnten uns zurück nach Nizza. Doch da ich mich langsam auf die Geburt unserer Tochter vorbereiten wollte, blieben wir auf Sylt und genossen die herbstlichen Tage, die ziemlich stürmisch sein konnten.

KEINE RUHE IM HAUS

Meine Mutter hatte einen Partner gefunden, den sie betüdeln konnte. Rudi war ein Mann, der die Fürsorge genoss. Die meiste Zeit verbrachte Mutter in Rudis Haus in Kampen, das deutlich geräumiger und luxuriöser war als Großvaters Häuschen. Durch den Zusammenbruch hatte der Trainer einen großen Schrecken bekommen und lebte noch gesünder als zuvor. Mutter kochte nur noch Gemüse und die Torten wurde durch Obst ersetzt. Zudem unternahm das Pärchen stundenlange Spaziergänge und trotzte jedem Wetter.

Da es meiner Schwester schlecht ging und sie niemanden hatte, der ihre Seele streichelte, fuhr ich spontan für zwei Tage ohne Liam nach Hamburg, obwohl ich mich auf eine ruhige Zeit zuhause gefreut hatte. Es war das erste Mal, dass ich meinen Sohn allein ließ. Ich vermisste ihn bereits während der Zugfahrt nach Hamburg und rief mehrmals daheim an.

Hamburg begrüßte mich mit Sonne und einer milden Temperatur, sodass die Stadt freundlich aussah und ich mich auf den Ausflug in meine alte Heimat freute. Vanessa hatte sich frei genommen und die Jungs waren in der Schule. So konnten wir uns in einem Café treffen, in dem sich ein paar frischgebackene Mütter austauschten und zwischendurch ihre Babys stillten, was ich auch bald wieder tun würde, worauf ich mich unbändig freute.

Vanessa sah nicht mehr aus wie das blühende Leben und zog ein leidendes Gesicht. Der Friseur hatte ihre Haare ruiniert, denn der neue Farbton und auch der Schnitt passten nicht zu ihrem zarten Gesicht.

Sie drückte mir flüchtige Küsschen auf die Wangen und ließ sich mit einem schweren Seufzer auf der gemütlichen Bank nieder, auf der mehrere Kissen lagen, die sie sich hinter den Rücken stopfte. Sie kam mir vor wie eine alte Frau, die von schweren Schmerzen geplagt wurde.

«Du siehst abgespannt aus», stellte ich fest und legte meine Hände schützend auf meinen Bauch, in dem unser Mädchen kräftig gewachsen war.

«Ich sehe nicht nur so aus, ich bin auch total am Ende.»

Sie brach in Tränen aus und schluchzte so laut, dass die jungen Mütter uns mitleidige Blicke schickten.

Um sie zu trösten, setzte ich mich neben die Unglückliche und schlang meine Arme um ihren zarten Körper. Immerzu hatte ich meine Schwester um ihr Aussehen, ihr schönes Haus, ihre süßen Jungs und ihre taffe Art beneidet, aber nun bemitleidete ich sie nur noch.

Nach einigen Minuten hatte sie sich beruhigt und stammelte: «Entschuldige! Jetzt heule ich hier rum, obwohl ich das gar nicht wollte.»

«Ist schon gut! Lass es raus. Nun erzähle doch mal, was bei euch vorgefallen ist.»

Sie wischte sich die vielen Tränen mit einem Taschentuch aus dem geröteten Gesicht, das nicht geschminkt war.

«Eigentlich war es nur eine Kleinigkeit, die das Fass zum Überlaufen gebracht hat. Wir saßen beim Frühstück und Javier hat mal wieder Quatsch gemacht, so wie er es halt immer tut. Mit der Schokocreme hat er sich wie ein Indianer geschminkt. Lukas fand das gar nicht witzig und ist völlig ausgerastet. Er hat dem Indianer kräftig auf die Finger geschlagen. Da war für mich Schluss, denn meine Kinder werden nicht geschlagen. Javier war total erschrocken und hat geweint und ich habe Lukas angeschrien und gesagt, dass er sich nicht in meine Erziehung einmischen soll, weil es meine Kinder sind. Daraufhin ist Lukas ins Schlafzimmer und hat seine Tasche gepackt. Ohne ein Wort zu sagen, ist er aus der Wohnung gegangen. Die Haustür hat er so kräftig zugeschlagen, dass unsere Nachbarin aufgebracht klingelte, um zu wissen, ob alles in Ordnung ist. Seitdem habe ich nichts mehr von Lukas gehört.»

«Oh je! Also du hast recht damit, dass Lukas die Jungs nicht schlagen darf, aber er ist dein Partner und kümmert sich ja auch rührend um die beiden. Er hat dann vielleicht auch etwas Mitspracherecht? Ihr hättet euch besser absprechen und möglichst an einem Strang ziehen müssen», sagte ich klug daher und wurde durch die junge Servicekraft unterbrochen, die unsere Bestellung aufnehmen wollte.

«Ich werde mit Lukas bei der Erziehung niemals auf einen Nenner kommen. Er ist viel zu streng und fordert zu viel von den Jungs. Sie haben unter der Trennung von Jan sehr gelitten und dann immer das Hin und Her. Das tut den Jungs einfach nicht gut. Ich denke, dass es besser ist, wenn ich meine Kinder allein erziehe. Zudem habe ich gar keine Zeit für einen Partner. Erst war ich verliebt in Lukas und es war alles toll, aber nach kurzer Zeit war es nur noch grauer Alltag und ich war gestresst, wollte es allen recht machen und blieb dabei auf der Strecke. Lukas fühlte sich vernachlässigt, ich mich aber auch. Es war ein Teufelskreis, aus dem Lukas nun ausgebrochen ist und das ist vielleicht auch gut so.»

Vanessa sah grauenhaft aus, da ihr Gesicht verweint und fleckig war. Ich musste sie irgendwie aufbauen.

«Ich habe dich immer für deine Offenheit und dein Aussehen bewundert. Du bist so eine starke Frau und hast dein Studium mit Kindern gemeistert. Darauf kannst du wirklich richtig stolz sein. Wenn du ohne Mann tatsächlich viel besser zurechtkommst, dann solltest du auch alleine bleiben. Guck doch mal, wie es jetzt ohne Lukas läuft und wenn es gut läuft, bist du ohne Partner besser dran. Aber wenn du einen Mann vermisst, dann suche dir einen, der deine Kinder nicht schlägt.»

«Ja, du hast recht. Ich werde Lukas nicht hinterherlaufen. Danke, dass du extra gekommen bist. Es tut gut, jemanden zu haben, mit dem man reden kann. Mama ist immerzu beschäftigt und hat leider keine Zeit mehr. Ich hatte gehofft, dass sie mir die Jungs mal abnimmt.»

«Aber Rudi mag Kinder. Frag sie doch einfach!»

«Mal sehen. Und nun erzähle mir von Nizza und Pierres Vater …»

Vanessa und ich waren uns näher als je zuvor und ich war glücklich, in ihr eine beste Freundin gefunden zu haben, mit der man über Probleme und Kinder sprechen konnte.

Als Pierre mich nach meiner Rückfahrt vom Bahnhof abholte, bemerkte ich sofort, dass ihn der Schuh drückte.

«Alles OK bei euch?», erkundigte ich mich und spürte, dass mein Magen sich verkrampfte, denn auch bei uns konnte das Unglück jederzeit zuschlagen.

«Ja, aber wir haben Besuch.»

«Ist Klaus etwa wieder da?», fragte ich geschockt und erinnerte mich an seinen letzten Besuch.

«Nein …. Ines ist da. Sie hat keine Bleibe mehr und wusste nicht, wohin sie gehen soll.» Mein Mann verzog seinen Mund und wusste, dass ich nicht begeistert über den weiblichen Besuch war, zumal ich betont hatte, dass ich mich nach Ruhe sehnte.

«Und warum hat sie keine Bleibe mehr?» Ich fragte gereizt, zumal Liam schrie und ich von der langen Bahnfahrt geschafft war.

«Sie konnte die Miete nicht mehr bezahlen und mit ihren Eltern hat sie sich überworfen, da kann sie auch nicht hin.»

«Hat sie keine Freunde?» Ich machte Pierre unmissverständlich klar, dass ich es nicht begrüßte, das arme Mädchen aufzunehmen.

«Doch, aber die haben selbst so kleine Buden … Es sind ja auch nur ein paar Tage.»

«Wir hätten ihr Geld für die Miete geben können.»

«Ich wusste ja nicht, dass Ines Geldprobleme hat.»

«Gut, dann …» Ich überlegte, ob ich ihr eine kleine Wohnung anmieten sollte, damit ich meine Ruhe hatte und keine Eifersucht aufkam, die ich noch immer verspürte, sobald ich den Namen des Mädchens hörte.

«Danke, dass du sie mit unterstützt. Sie will immerzu Gutes tun und wird dafür nicht richtig belohnt.»

«Aber sie studiert doch. Sie könnte Bafög beantragen?»

«Nein, sie bekommt keine Unterstützung, da ihre Eltern wohlhabend sind.»

«Verstehe!» Ich hatte mich so sehr auf meinen Mann und Sohn gefreut, doch nun wäre ich am liebsten direkt nach Hamburg zurückgefahren und hätte zusammen mit meiner Schwester weinen mögen.

Ines saß mit hochgezogenen Beinen auf dem Sofa und stand nicht mal auf, als ich das Wohnzimmer betrat. Es kam mir nur ein schwaches «Hallo, Viola!», entgegen. Ich verzog mich schlecht gelaunt ins Schlafzimmer und packte meine Reisetasche aus. Liam wich mir nicht von der Seite. Ich legte mich mit ihm aufs Bett und fragte, was er alles Schönes mit Papa gemacht hatte. Dann kam aus seinem Mündchen das Wort «Ines», was mich wütend werden ließ.

Pierre kochte für uns und legte sich ordentlich ins Zeug, um seiner Ines zu imponieren. Sie aß wie ein Vögelchen und war nach wenigen Bissen satt.

«Es ist wirklich nett von euch, dass ihr mich aufgenommen habt. Ich werde mir so schnell wie möglich einen Job suchen und eine neue Wohnung.»

«Das war doch selbstverständlich», sagte Pierre großmütig und aß genüsslich seinen Auflauf, der etwas versalzen war.

«Wir können dich gerne unterstützen. Ich werde mich mal nach einer bezahlbaren Bleibe umhören», versprach ich ihr und stocherte im Essen herum.

Ines nickte und schaute Liam vergnügt dabei zu, wie er seinen Brei, der zum größten Teil auf dem Plastikset landete, löffelte.

«Ja, wir werden gewiss etwas für dich finden und können die ersten Monate die Miete übernehmen.»

«Das kann ich nicht annehmen. Ich werde schon einen Job finden.»

Auf einmal tat mir das arme Mädchen leid und ich war mir sicher, dass meine Eifersucht vermutlich unbegründet war. Pierre würde niemals etwas mit ihr anfangen. Ich legte meine Hand auf die ihre, die blass und knochig war.

«Du kannst uns die Miete später zurückzahlen, wenn du es unbedingt möchtest. Ich finde es so bewundernswert, dass du dich so aufopfernd engagierst und das muss belohnt werden.»

«Danke. Meine Eltern sehen das leider anders. Sie meinen, dass ich mich mehr aufs Studium konzentrieren soll und nicht um die Afrikaner, die sich selbst helfen müssen. Leider haben meine Eltern schreckliche Ansichten und daher meide ich sie. Ihr beiden seid so gute Menschen und besonders bewundere ich Pierre, dass er seine Karriere zugunsten seines Engagements in

Afrika aufgegeben hat.»

Mein Mann fühlte sich sichtlich geschmeichelt und lächelte süffisant. Er wischte Liam den Spinat aus dem Gesicht und verschwand in der Küche, um das Dessert zu holen.

«Kann ich dir im Haus irgendwie helfen?», fragte Ines, da sie sich revanchieren wollte.

«Vielleicht hast du Lust, gleich mit Liam zu spielen, bis er müde wird, dann könnte ich mich ein wenig hinlegen.»

«Ja, sehr gerne. Ich weiß zwar nicht, ob er mich akzeptiert und ich habe auch keine Erfahrung mit Kleinkindern, aber ich werde es gerne versuchen.»

Ich schlief ein und wachte erst nach zwei Stunden wieder auf. Ines und Pierre saßen einträchtig vor dem Kamin. Liam saß in ihrer Mitte und spielte zufrieden mit seiner Motorikschleife. Auf dem ersten Blick wirkten die drei wie eine glückliche Familie. Ines lachte ausgelassen und trug ihr Haar, das bis auf den Boden reichte, offen. Da sie mich nicht bemerkten, beobachtete ich sie eine Weile und musste daran denken, wie es wäre, wenn Pierre mich verlassen würde. Könnte ich ohne ihn jemals wieder glücklich werden? Meine Eifersucht und meine Verlustängste, die ich erst seit Liams Geburt verspürte, machten mir selbst Angst und ich versuchte, sie zu verscheuchen.

Rudi hatte uns in sein Haus, in dem ich noch nicht gewesen war, zum Abendbrot eingeladen. Da Ines noch bei uns weilte, nahmen wir sie kurzerhand mit. Sie kümmerte sich rührend um

Liam, der sie schnell in sein kleines Herz geschlossen hatte. Mein Mann und ich hatten somit Zeit, uns um unsere beruflichen Angelegenheiten zu kümmern.

Kurz bevor wir zu Rudis Haus fahren wollten, ging ich in Pierres Arbeitszimmer. Ines saß verdächtig dicht neben meinem Mann, sodass ihre Arme sich berührten. Erneut keimte Eifersucht in mir auf, obwohl ich dieses Gefühl nicht zulassen wollte. Konnte ich mir sicher sein, dass sich Pierre nicht in das hübsche Mädchen verliebte?

Die beiden bemerkten mich nicht. Leise schloss ich die Tür und wartete, bis sie den Raum verließen und Pierre mich suchte.

«Wir müssen gleich los. Hast du Liam schon gewickelt?», erkundigte er sich bestens gelaunt. Es gefiel ihm offensichtlich mit zwei Frauen!

«Ja, er ist auch schon angezogen. Pierre, ich … ich habe eine Wohnung für Ines. Eine Freundin von Mareike vermietet eine Doppelhaushälfte. Es ist nicht besonders schick, aber ich denke, dass es für den Anfang ganz gut sein wird.»

«Prima. Ines kann sich das Haus ja mal ansehen. Es passt gut, da ich nächste Woche nach Berlin fliege und sie mitnehmen kann.»

«Du willst nach Berlin?», wunderte ich mich, da er mir davon noch nichts erzählt hatte.

«Ja, habe ich dir das nicht gesagt? Bernd wird sechzig und feiert groß. Ich habe viele Filme mit ihm gedreht.»

Und er fragt mich nicht, ob ich mitkommen möchte, wunderte ich mich.

«Nein, davon hast du mir nichts erzählt. Und wie lange bleibst du in Berlin?», fragte ich und spürte, dass meine Laune immer schlechter wurde.

«Zwei Tage. Ist das OK? Du kannst auch mitkommen, aber ich denke, dass es dir nicht gefallen wird.»

«Aber wir haben doch nächste Woche den Schwangerschaftskurs», erinnerte ich ihn an den Termin, an dem ich Pierre unbedingt dabeihaben wollte.

«Ja, ich weiß. Bei den nächsten Kursen werde ich auf jeden Fall dabei sein. Nun zieh doch nicht so ein Gesicht.» Pierre küsste mich auf meinen Mund, dem nicht zum Lächeln zumute war.

Während wir mit dem Auto die paar Kilometer zu Rudis Haus fuhren, erzählte ich Ines von dem Reihenhäuschen, das ich fieberhaft für sie gesucht hatte, damit sie eher heute als morgen bei uns auszog.

«In welchem Stadtteil liegt das Haus?», wollte sie wissen. Ines saß auf der Rücksitzbank und ich bemerkte, dass sie Blick im Rückspiegel suchte.

«Leider ist es nicht in der Nähe der Uni.»

«Ich kann es mir ja mal ansehen. Wenn es ein Reihenhaus ist, wird es doch sicherlich teuer sein?»

«Nein, es ist sehr günstig. Es ist nicht besonders modern, aber es soll ganz nett sein. Wir bezahlen dir erstmal die Miete.»

Erneut suchte Ines Pierres Augen im Spiegel, als würde sie auf diese Weise still und heimlich mit meinem Mann kommunizieren. Vielleicht hatten die beiden gar kein Interesse daran, dass Ines möglichst schnell bei uns auszog? Vielleicht schlich Pierre sich jede Nacht, wenn ich im Tiefschlaf lag, aus dem Bett und besuchte das unschuldige Mädchen, das sehnsüchtig auf ihn wartete? Vielleicht ging meine Fantasie, die mir als Romanschreiberin zugutekam, auch gerade mit mir durch oder es waren die Hormone, die mich besonders sensibel machten?

Rudis Haus war ein Schmuckstück in bester Lage. Natürlich bedeckte helles Reet das große Dach. Ein gepflegter Friesenwall und ein schneeweißes Gartentor zierten den Vorgarten, in dem kugelrunde, große Buchsbäume bestens gediehen.

Rudi sah gesund und munter aus und begrüßte uns herzlich. Er schnappte sich sofort unser Kind und trug es ins Wohnzimmer, in dem auf den edlen Fliesen viele Legosteine lagen, die Rudi extra für Liam besorgt hatte.

Pierre und Rudi verstanden sich auf Anhieb, denn mein Mann konnte sich für Fußball begeistern und fragte Rudi Löcher in den Bauch. Mutter schaute Ines voller Skepsis an und dachte vielleicht dasselbe wie ich. Sie wollte auf keinen Fall ihren geliebten Schwiegersohn verlieren und ihre verlassene Tochter trösten müssen.

Mutter war ein wenig traurig, da Rudi am nächsten Tag wieder nach Köln fahren musste, aber sie planten einen Trip nach London, auf den sie sich freute.

EIN GUTES ANGEBOT

Ich fuhr Ines und Pierre zum Flughafen. Mein Herz wurde schwer, als die beiden sich von uns verabschiedeten, denn ich konnte mir nicht sicher sein, dass Pierre treu war und ich fragte mich bereits, ob ich meinem Mann einen Seitensprung verzeihen könnte.

«Ich bin doch nur zwei Tage weg und danach ganz für euch da.» Pierre spürte meine Traurigkeit und küsste mich mehrmals hintereinander leidenschaftlich auf den Mund, um mir zu zeigen, dass er mich liebte und dass auch ihm der Abschied von uns schwerfiel.

Da ich mich ablenken musste, ging ich zu Maren, denn meine Haare gefielen mir nicht. Zwar würde sie mir wieder Löcher in den Bauch fragen, aber das wollte ich über mich ergehen lassen.

Bevor ich Marens Salon aufsuchte, ging ich in die Bäckerei, in der ich seit Wochen nicht gewesen war, da wir unsere Brote selbst herstellten. Käthe war wieder da. Der Plastikstuhl war gegen einen bequemen Sessel ausgetauscht worden, auf dem ein Lammfell lag. Die alte Frau wirkte schmaler und ihre Augen sahen müde aus.

«Käthe! Schön, dass du wieder im Laden bist. Wie geht es dir?»

«Mien Deern! Du hast dich ja lange nicht sehen lassen. Kaufst du nun bei einem anderen Bäcker?» Käthe blieb sitzen und hatte einen Stock neben sich stehen.

«Nein, wir backen doch selbst, aber wir werden nun hin und wieder Torten bei dir kaufen», versprach ich ihr und lehnte mich gegen den Tresen, da mein Rücken etwas schmerzte.

«Ich habe ja nun so einen Kasten in der Brust, aber den spüre ich gar nicht. Ist schon doll, was die Ärzte alles machen können. Nun geht es mir wieder prima.»

«Das freut mich. Du hast die Arbeit sicherlich vermisst.»

«Ja, klar. Nun bin ich wieder fit und stehe noch mit 90 hier. Was kann ich für dich tun?»

«Ich nehme diese kunstvolle Torte.»

«Was? Die ganze?», wunderte sie sich und stand etwas schwerfällig auf.

«Ja. Und dann gib mir doch noch zwei Hanseaten.»

Mir war nach Kuchen, um mir den einsamen Tag zu versüßen, denn meine Stimmung befand sich auf dem Tiefpunkt.

«Die Hanseaten schenke ich dir. Sag mal, die junge Deern, die bei euch wohnt. Man munkelt ja, dass … Guten Morgen Frau Andresen.»

Was munkelt man? Da Frau Andresen unsere Konversation

störte, erfuhr ich nicht, welche Gerüchte wieder unterwegs waren. Vermutlich war es auch besser so. Bevor Frau Andresen mir Fragen stellen konnte, verließ ich rasch den Laden unter dem Vorwand, einen wichtigen Termin zu haben, was nicht mal gelogen war.

Die hübsch verzierte Torte wollte ich Maren und ihren Mädels schenken, die sich bestimmt über etwas Süßes freuten. Maren begrüßte mich überschwänglich und nahm mich auch ohne Termin sofort dran.

«Viola! Wir haben dich vermisst. Deine Haare! Was machen wir nur damit?»

Maren tat so, als wäre ich in ein Feuer gekommen und ich schämte mich sogar ein wenig, da ich meine Haare vernachlässigt hatte.

«Ich wollte viel früher kommen, aber wir waren ja auf Reisen …»

«Komm! Setz dich! Wir haben wieder deinen Biotee besorgt. Unsere neue Praktikantin brüht ihn gerade für dich auf.»

Ich mochte Maren, auch wenn sie eine Plaudertasche war. Sie war lebendig und herzerfrischend. Wenn ich ehrlich bin, war ich auch eine neugierige Person und hörte mir die Gerüchte von der Insel gerne an.

«Möchtest du so einen modernen Kurzhaarschnitt? Der ist total praktisch. Gerade wenn deine Tochter da ist und du keine Zeit mehr für dich hast. Kurz und rot! Das würde richtig gut bei dir aussehen.»

Ich stellte mir Pumuckl vor und erschrak innerlich. Pierre

mochte lange Haare und ich durfte sie auf keinen Fall abschneiden. Bis ich so lange Haare haben würde wie Ines, war ich eine alte Frau, dachte ich resigniert.

«Nein, wir lassen die Haare auf dieser Länge. Schneide einfach nur die Spitzen und vielleicht machst du mir eine Kurpackung?»

Maren zog ein enttäuschtes Gesicht, da ich mich nicht nach ihren Vorstellungen umstylen ließ. Sie zückte die Schere und war ganz in ihrem Element.

«Das ist lieb, dass du uns eine Torte mitgebracht hast, aber wir machen gerade eine Challenge. Wir verzichten allesamt zwei Wochen lang auf Zucker und sind seit acht Tagen erfolgreich dabei. Wir haben alle durchgehalten und sind sehr stolz auf uns. Bring uns das nächste Mal doch lieber einen großen Obstkorb mit.»

«Oh, das ist ja toll! Dann nehme ich den Kuchen wieder mit.»

«Du hast uns auf die Idee gebracht. Wir haben alle ziemlich viel auf den Hüften. Maja und Tanja sind so unglücklich mit ihrer Figur … Vielleicht steigen unsere Chancen, wenn wir schlanker sind?»

In mir kam die Frage auf, ob Pierre sich für mich interessiert hätte, wenn ich ein Pummelchen gewesen wäre?

«Ich weiß, dass es indiskret ist und du vielleicht auch etwas genervt bist, aber ich muss mal nach dem Mädel fragen, das bei euch wohnt. Man munkelt …»

Frau Andresen betrat den Laden, als würde sie mich verfolgen. Maren sprach nicht weiter und begrüßte die alte Dame, die sicherlich viel Neues zu berichten hatte, denn sie besaß unglaublich viele Quellen.

«Nicht zu viel abschneiden!», bat ich Maren, die manchmal etwas unkonzentriert ihre Arbeit verrichtete. Einmal hatte sie einem Mädchen die Augenbrauen gestutzt, als sie den Pony begradigen wollte. Ein anderes Mal rasierte sie einem Mann seine heißgeliebten Koteletten ab, weil Maren manchmal nicht gleichzeitig reden und schneiden konnte. Eigentlich wäre ich auch lieber zu einem anderen Friseur gegangen, aber das hätte Maren mir übelgenommen, denn wir waren ja Freundinnen, wie sie meinte.

Frau Andresen berichtete Neuigkeiten von Frau Hansen, sodass ich große Ohren bekam. Der mysteriöse Fall interessierte mich brennend, denn ich liebäugelte damit, auch mal einen Krimi zu schreiben.

«Man hat offenbar jemanden festgenommen, der Frau Hansen vergiftet haben soll.»

Da eine Praktikantin eine Kundin, die direkt neben mir saß, mit einem lauten Föhn bearbeitete, konnte ich bedauerlicherweise nichts mehr verstehen.

Ich schlürfte meinen Biotee und wartete darauf, dass die teure Kurpackung mein Haar in eine glänzende, wallende Mähne verwandelte.

«Deine Mutter schwebt ja auch auf Wolke Sieben. Ich hätte sie fast nicht wiedererkannt. Unglaublich, was einige Menschen für Verwandlungen durchmachen. Gut, deine Mutter hat ja auch ein bisschen in die Natur eingegriffen, aber man hat sie ja nicht verunstaltet und man erkennt sie wieder. Der Stromanek ist ja auch ein ganz toller Mann und hat ja zehn neue Bänke gestiftet.

Die sehen richtig schick aus. Ich habe letztens schon eine ausprobiert.»

«Jetzt sind schon zwanzig Minuten um. Die Packung soll doch nur zehn Minuten …», erinnerte ich Maren an meine Haare.

«Tanja! Spül mal Violas Haare! Ich muss mal eben zu Frau Andresen. Ich hab noch ein paar Fragen an sie.»

Mein Haar sah ganz ordentlich aus, aber viele interessante Informationen hatte ich nicht bekommen, außer, dass nun alle keinen Zucker mehr aßen und ich zusehen musste, wie ich die Torte loswurde.

Da Rudi und meine Mutter auch keinen Kuchen mehr aßen, kam mir die Idee, die Torte in den Kindergarten zu bringen, in dem Liam in zwei Jahren betreut werden sollte. Ich wollte mich im Vorfeld beliebt machen, aber störte die stille Runde dummerweise beim meditativen Sitzkreis, sodass ich mich wohl eher unbeliebt gemacht hatte.

«Leider dürfen wir keine Lebensmittel für die Kinder von Fremden annehmen, außerdem ist heute unser zuckerfreier Tag. Aber vielen Dank!», erklärte mir Annette, auf die ich noch immer etwas wütend war. Als ich zehn gewesen war und fröhlich allein in der Nordsee geplantscht hatte, hatte Annette meine gesamte Kleidung in der Strandmuschel eines jungen Mannes versteckt, was mich zum Heulen gebracht hatte. Aber nach zwanzig Jahren war es an der Zeit, ihr zu verzeihen.

Mir blieb nichts anderes übrig, als die Torte mit nach Hause zu nehmen. Mutter kam mit Liam von einem ausgedehnten Spaziergang zurück und ließ sich erschöpft in den Sessel fallen, da sie den Buggy auf dem Rückweg gegen eine steife Brise anschieben musste.

«Ich bin bis Kampen gelaufen und habe Rudis Blumen gegossen. Nun bin ich erschöpft und habe einen Bärenhunger.»

«Ah, da hätte ich etwas für dich. Schau mal! Sieht die nicht verlockend aus?», pries ich ihr die Torte an und hielt sie ihr unter die Nase.

«Oh, nein, Kindchen! Weißt du, wie viel Zucker in der steckt? Hast du nicht ein schönes Dinkelbrot mit Käse?»

Während Mutter genussvoll in die dicke Bemme biss, aß ich einen Hanseaten und wartete ungeduldig auf Pierres Anruf.

«Ich will ja nichts sagen, aber diese Ines … Du musst fix aufpassen, dass die dir deinen Pierre nicht wegschnappt. Die tut zwar wie eine Heilige, aber die ist nicht zu unterschätzen.»

«Mama! Ines mag Pierre, aber sie würde niemals etwas mit ihm anfangen.»

«Sei dir da mal nicht so sicher. Vor allem jetzt, wo ihr sicherlich nicht mehr so oft … na, du weißt schon. Pierre fühlt sich da vielleicht vernachlässigt.»

Aus Frust griff ich nach dem zweiten Hanseaten und hätte mir am liebsten die Ohren zugehalten, denn Mutter sprach Themen an, die ich nicht mit ihr besprechen wollte. Warum merkte sie das nicht? Ich mischte mich doch auch nicht in ihr Intimleben ein.

Kurz nachdem meine Mutter mich verlassen hatte, meldete sich Pierre. Im Hintergrund spielte laute Musik, sodass ich ihn nur schwer verstehen konnte.

«Bist du schon auf der Party?»

«Ja, aber die Party startet erst um 8 Uhr. Die Band probt gerade. Alles OK bei dir?»

Ja, alles bestens! Ich habe zwei Hanseaten verdrückt, meine Mutter meint, dass ich aufpassen soll, dich nicht zu verlieren und alle essen plötzlich keinen Zucker mehr!

«Ja, alles bestens. Ich war heute beim Friseur und habe rote, kurze Haare.»

«Schön, mein Engel. Bernd kommt gerade und rempelt mich ständig an. Ich melde mich später nochmal.»

Er hat mir nicht mal zugehört, dachte ich traurig und rief Vanessa an. Sie klang im ersten Moment ganz fröhlich, aber nach wenigen Minuten weinte sie und ich bereute es, sie angerufen zu haben, da ich selbst jemanden gebrauchen konnte, der mich aufbaute.

«Lukas hat gestern seine letzten Sachen aus der Wohnung geholt. Er will nicht mehr zurückkommen, obwohl ich gerade bereit war, ihn zurückzunehmen.»

«Hat er schon eine andere?»

«Keine Ahnung! Ich fühle mich so allein gelassen und sehne mich nach jemandem, der mich unterstützt, mich tröstet und verwöhnt. Kennst du nicht einen Mann, der das kann?»

Mir fiel spontan Felix ein, der es nicht geschafft hatte, seine Leonie zurückzuerobern. Er wäre bestimmt ein toller Vater und ein Mann, an den sich Vanessa wunderbar anlehnen könnte, denn er war wie ein Baum, so stark und beständig.

«Ich überlege mal. Wollt ihr uns besuchen?», fragte ich leichtfertig, aber bereute die spontane Einladung als ich an Javier dachte, der unser helles Sofa ruiniert und die Marmortreppe beschädigt hatte.

«Ich muss mal sehen, ob ich noch ein paar Tage frei bekomme. Ich melde mich bei dir.»

Pierre rief mich nicht mehr an. Ich sah ihn gedanklich auf einer wilden Party, auf der viel Alkohol floss, Drogen für gute Stimmung sorgten und alle sich am Ende körperlich nahekamen. Als ich Liam ins Bett gebracht hatte, setzte ich mich an meinen Schreibtisch und versuchte zu arbeiten, aber mein Kopf war so leer wie ein geplünderter Tresor, was mir Angst machte.

Am nächsten Morgen hatte ich mehrere Nachrichten von Pierre auf meinem Handy, die mit Herzchen garniert waren. Hatte er die Nacht allein verbracht? Es verunsicherte mich, dass ich meinem Mann nicht trauen konnte. Um zu überprüfen, ob Ines mit Pierre in einem Bett lag, rief ich sie an, aber sie ging nicht an ihr Handy.

Gegen zehn Uhr kam endlich ein Lebenszeichen von Pierre, der verkatert und heiser klang.

«Hast du so viel getrunken?», fragte ich gereizt und betrachtete mir die Torte, die mich die ganze Zeit über anguckte und die niemand haben wollte.

«Ja, und ich habe festgestellt, dass ich nicht mehr viel vertrage.»

«Wo hast du übernachtet?», wollte ich wissen und baute mit einer Hand einen Turm, den Liam sofort zerstörte, was ihn sehr erheiterte.

«In einem schlichten Hotel. Es ist nicht besonders schön, aber es war nicht mehr viel frei, da ja gerade diese Messe hier ist.»

Ich vernahm ein Geräusch und wurde hellhörig. War das Ines, die gerade duschte oder im Bett gänzlich unbekleidet an einem Croissant knabberte und ungeduldig auf Pierre wartete?

«Wollen wir skypen? Dann kannst du mir das Zimmer zeigen und mit deinem Sohn sprechen?», schlug ich meinem Mann vor, um zu sehen, ob meine Sorgen berechtigt waren.

«Ich … ich sehe schrecklich aus. So willst du mich bestimmt nicht sehen. Ich muss erstmal duschen und mich rasieren. Ich melde mich später. Ich komme heute Abend gegen 20 Uhr an. Du musst mich nicht abholen, da Liam zu der Zeit ja schläft. Ich werde mir ein Taxi nehmen.»

Ich war in heller Aufregung, da Pierre sich nicht zeigen wollte und ich so große Angst hatte, dass ich ihm nicht mehr genügte. Früher oder später würde ich seine Affäre herausbekommen oder vielleicht stand es bereits heute in der Zeitung, dass Herr Gaston mit einer jungen Studentin auf einer Party knutschend erwischt wurde, während seine arme, schwangere Frau zuhause saß und nichtsahnend an einen Strampler strickte? Da ich fest davon überzeugt war, dass es mich nun auch erwischt hatte, mich das Schicksal einer betrogenen Frau ereilt hatte, fuhr ich zum nächsten Supermarkt und besorgte mir eine Tageszeitung, aber außer der üblichen schlechten Nachrichten konnte ich nichts über Herrn Gaston finden, was ihn keineswegs entlastete.

Betrübt und voller Sorgen schwänzte ich die Schwangerschaftsgymnastik und vergrub mich im Haus. Um meine Gedankenströme umzuleiten, lud ich meine Mutter zum Essen ein. Beim Dessert wollte sie mir gerade erzählen, dass sie sich zum ersten Mal in ihrem Leben Spielzeug für Erwachsene gekauft hatte. Ich winkte sofort ab und holte rasch das Scrabble aus dem Schrank, bei dem sie niemals redete, da sie sich stark konzentrieren musste, um zu gewinnen.

Als Pierre nach Hause kam, saß ich am Computer und hatte ein paar Seiten geschrieben, mit denen ich jedoch nicht zufrieden war. Liam lag schon in seinem Bettchen. Ich machte mich auf eine schreckliche Szene gefasst, da ich damit rechnete, dass mein Mann mich verlassen und die Scheidung einreichen wollte. Mit stark klopfendem Herzen blieb ich im Arbeitszimmer sitzen und wartete ab bis Pierre zu mir kam.

«Hallo, mein Engel. Wie geht es euch?» Er roch nach Rauch und ich löste mich etwas angewidert aus seiner Umarmung. «Hast du geraucht?»

«Nein, aber die anderen. Ich werde gleich duschen und mir etwas Frisches anziehen. Schläft Liam schon? Ich habe ihm etwas mitgebracht und dir auch.» Gut gelaunt verschwand er im Badezimmer, während ich in der Küche unseren geliebten «Schietwettertee» aufgoss, den man an grauen Novembertagen gut vertragen konnte.

Mit feuchten Haaren und einem fröhlichen Strahlen in seinen Augen, in die ich mich bei unserer ersten Begegnung, auf die ich immer wieder schmunzelnd zurückblicke, verliebt hatte, kam mein Mann in die Küche.

«Du hast aber gute Laune. Hast du etwas genommen?»

«Nein, was denkst du? Ich habe doch zwei Kinder, denen ich ein Vorbild sein muss. Damit bin ich schon lange durch.»

«Aber irgendetwas ist doch?» Nachdem ich die dampfende Tasse auf den Tisch abgestellt hatte, zog er mich auf seinen Schoß.

«Ihr seid aber ganz schön schwer geworden.» Pierre legte mein offenes Haar zurück und sagte: «Dein Haar glänzt so schön.»

«Ich war bei Maren. Sie hat einen großen Wunsch.»

«Und der wäre?»

«Sie würde Purzelbäume vor Freude schlagen, wenn du dir bei ihr die Haare schneiden lassen würdest.»

«Ich kann ja mal einen Versuch wagen.»

«Nun erzähl schon! Wie war die Party? Wer war alles da?»

«Es waren an die hundert Gäste geladen, die ich jedoch nicht alle kannte. Es war ein Regisseur dabei, den ich seit Jahren bewundere. Mein großer Traum war es immer gewesen, mit ihm einen Film zu drehen, denn seine Filme haben Substanz und sind allesamt Meisterwerke.»

«Und mit dem hast du dich unterhalten?»

«Ja, er kannte mich sogar und wusste, dass ich nicht mehr drehe, sondern mich in Afrika engagiere. Das fand er bewundernswert, aber meinte, dass es Verschwendung wäre, wenn ich nicht mehr spielen würde. Zudem sagte er, dass ich für anspruchsvolle Rollen gemacht bin und mich nicht für belanglose Serien verdingen sollte.»

«Er will mit dir drehen?», fragte ich erstaunt.

«Ja, ist das nicht großartig? Ich weiß, dass ich eigentlich nicht mehr spielen wollte, aber nachdem ich nicht mehr richtig arbeite, fühle ich mich etwas nichtsnutzig. Ich wünsche mir schon seit längerer Zeit, dass ich wieder drehe, aber nur noch anspruchsvolle Rollen», gestand er mir und zuckte entschuldigend mit seinen Schultern. Ich musste an Pierres Mutter denken, der ihre Karriere wichtiger gewesen war als ihre Familie. Mein Mann wollte doch nicht den gleichen Fehler begehen?

«Aber wir haben bald zwei Kinder und dann hast du genug Arbeit, da ich ja wieder intensiv schreiben wollte», sagte ich überrascht und sah ihn mit großen Augen an.

«Ich würde ja nur ein oder zwei Filme im Jahr drehen.»

Ich rutschte von seinem Schoß und musste schlucken.

«Aber Dreharbeiten finden oft im Ausland statt und dauern ein paar Wochen oder Monate.»

«Ihr könntet mich begleiten. Ich möchte euch immer bei mir haben.» Pierre bemerkte, dass ich nicht begeistert war und klimperte mit seinen schönen Augen, die mich überzeugen sollten.

«Ich hatte mich aber auf ein anderes Leben eingestellt. Aber wenn du nicht glücklich bist … dann will ich dir nicht im Weg stehen.»

«Ich wollte ja eigentlich auch nicht mehr spielen, aber ich habe gemerkt, dass mir etwas fehlt und jetzt kommt auf einmal dieses Angebot, auf das ich immer gewartet hatte», versuchte er sich zu erklären und nahm einen Schluck vom Tee.

«Dann bleibt mir wohl nichts anderes übrig als es zu

akzeptieren? Du sollst das tun, was dich glücklich macht. Habt ihr denn schon einen Drehtermin?»

«Nein, noch nichts Konkretes. Ich werde doch die meiste Zeit für euch da sein.» Er streckte mir seine Hände zur Versöhnung entgegen, da er wusste, dass ich sein Vorhaben nicht begrüßte.

«Ja, alles ist gut. Das Wichtigste ist mir, dass du glücklich bist.» Ich hatte mich etwas beruhigt und setzte mich auf einen Stuhl, da es in meinem Unterleib zog.

«Danke! Du bist mein Engel.»

«Wie hat Ines denn das Haus gefallen?», wechselte ich das Thema und spürte, wie sehr es mich aufwühlte, wenn ich den Namen dieses Mädchens aussprach.

«Ines wird es nicht nehmen, da es ihr zu weit von der Uni entfernt ist. Aber sie kann eine Zeitlang bei einer Freundin unterkommen. Ich soll dich lieb von ihr grüßen und dir danken.»

Ich war erleichtert, dass wir dem Mädchen nicht wieder Asyl gewähren mussten, obwohl sie sich gut um Liam gekümmert hatte.

«Lass uns schlafen gehen», schlug Pierre vor, da ihm die wilde Feier wohl noch in den Knochen steckte. Ich musste an Mutter denken und fragte mich, was sie alles an Spielzeug gekauft hatte und ob es Rudi gefiel.

VANESSA UND FELIX

Pierre war vor mir aufgestanden und bereitete das Frühstück vor, da ihn vermutlich ein schlechtes Gewissen plagte. Als ich in die Küche trat, saß Liam artig in seinem Hochstuhl und aß eine Banane. Im Hintergrund lief das Radio.

«Guten Morgen! Ich habe so tief geschlafen und dich nicht gehört.»

Ich drückte meinen Männern einen Guten-Morgen-Kuss auf die Münder uns setzte mich an den gedeckten Tisch. Pierre legte seine Hand zärtlich auf meinen Bauch und registrierte begeistert leichte Bewegungen.

«Dein Müsli ist fertig und der Tee in Arbeit.»

Gerade wollte ich mir den ersten Löffel des mit Erdbeeren verzierten Müslis in den Mund stecken, da vernahm ich ein wildes Klopfen, das vom Küchenfenster kam.

«Deine Mutter!», stellte Pierre etwas genervt fest und rollte mit den Augen. Ich öffnete das Fenster. Mutter war noch nicht frisiert und trug einen Morgenmantel, der aus Seide und nicht gut verschlossen war, denn ich konnte einen Teil ihrer Brüste sehen. Hatte Rudi wieder etwas mit dem Herzen?

«Ich brauche Hilfe. Es ist etwas ganz Blödes passiert», stammelte sie außer Atem und schnürte sich den Gürtel endlich enger, sodass ihr üppiges Dekolletee bedeckt war.

«Was denn?», fragte ich mit aufgerissenen Augen und rechnete mit einer neuen Hiobsbotschaft.

«Kann Pierre vielleicht mal rüberkommen?»

«Ja, aber was ist denn …» Mutter tippelte mit ihren Glitzerhausschuhen zur Haustür und zitterte leicht vor Kälte oder Furcht.

Pierre und ich standen beunruhigt im Flur und schauten meine Mutter, die uns offenbar nicht sagen mochte, was geschehen war, fragend an.

«Pierre, hast du eine Zange?»

«Ja, klar! Bekommst du ein Marmeladenglas nicht auf?», fragte er und lächelte.

«Nein, es ist … etwas anderes.»

Mir schwante, was geschehen sein könnte, und ich musste grinsen.

«Ich hole die Zange und schicke Pierre gleich rüber», sagte ich feixend und ging in die Abstellkammer.

Mutter lief rot an und versuchte ihr Haar zu ordnen.

Nach zwanzig Minuten kam mein Mann von seinem kleinen Hilfseinsatz zurück und feixte.

«Hast du das Schloss aufbekommen?», erkundigte ich mich und musste prustend lachen.

«Ja, woher weißt du das?», sagte er verwundert und gab Liam die Zange, nach der er verlangte.

«Mutter hat mir gestern groß berichten wollen, dass sie Spielzeug gekauft hat, aber ich weiß nicht genau, was und wie viel sie besorgt hat.»

«Da hätte sie dich mal mitnehmen sollen.»

«Haben wir das nötig?»

«Mir würde es gefallen.»

«Gut, ich werde nächstes Mal mit Mutter einkaufen gehen.»

«Rudi war das ziemlich unangenehm, dass ich ihn aus dieser misslichen Lage befreien musste. Als Dank hat er mir Tickets für zwei interessante Spiele versprochen. Hast du Lust, mal ins Stadion zu gehen?»

«Um Gottes Willen! Nein, da kannst du gerne Klaus mitnehmen. Ich finde es nicht sehr spannend zu sehen, wie zwanzig Männer einem Ball hinterherrennen, ständig umfallen und so tun, als würden sie sterben», erklärte ich Pierre, der gerade versuchte, unserem Sohn die Zange abzunehmen, da der kleine Handwerker begonnen hatte, den Knauf einer Kommode zu bearbeiten.

Mittags meldete sich Vanessa aus dem Büro und klang recht

fröhlich. Sie wollte meine Einladung annehmen, da sie sich spontan vier Tage freischaufeln konnte. Eigentlich hatte ich mich nach all den turbulenten Wochen nach Ruhe gesehnt, aber den Besuch hatte ich mir selbst eingebrockt. Vanessa tat mir leid und ich wusste, dass sie sich auf Sylt gut erholen konnte und wir ihr die Kinder für einige Stunden abnehmen konnten.

Pierre hing den ganzen Tag über am Telefon, während ich das Gästezimmer für meine Schwester herrichtete. Gegen Mittag bekam ich eine Nachricht von Felix, dass er auf der Insel ist und ob ich Lust hätte, mit ihm spazieren zu gehen. War das Fügung? Hatte ich nicht vor ein paar Tagen daran gedacht, dass Vanessa und Felix gut zusammenpassen würden? Nun kamen sie beide auf die Insel. Das Schicksal hatte sicherlich seine Hand im Spiel. Ich musste sie unbedingt zusammenbringen, setzte ich mir in den Kopf und sah sie bereits in der schönen St. Severin Kirche in Keitum, in der Pierre und ich uns das Ja-Wort gegeben hatten, heiraten. Felix wäre bestimmt ein guter Vater für die Jungs und könnte Javiers Übermut in den Griff bekommen, indem er seine überschüssige Energie in handwerkliche Tätigkeiten kanalisierte.

Pierre holte die drei vom Bahnhof ab, während ich das Mittagessen zubereitete. Vanessa sah erholter aus und Javier war ungewöhnlich ruhig und rannte dieses Mal nicht wie ein Büffel durchs Haus. Hatte Vanessa ihrem Sohn ein Mittel zur Beruhigung gegeben? Wenn sie wüsste, dass ich einen Mann für sie in petto hatte?

Kurz nachdem die drei ihren großen Koffer ausgepackt hatten, kam Mutter durch den Garten zu uns gelaufen. Ihren Rudi hatte sie nicht dabei, da er angeblich einen Termin hatte. Ich glaubte jedoch, dass ihm der kleine Sexunfall unangenehm war und er etwas Gras über die Sache wachsen lassen wollten, bevor er sich wieder bei uns blicken ließ.

Mutter reichte Pierre eine Weinflasche als Dankeschön für die kleine handwerkliche Tätigkeit am Morgen und bekam rote Wangen, als Pierre sie umarmte.

Es war schön, die ganze Familie am Tisch versammelt zu sehen. Ich genoss unser harmonisches Familienleben und überlegte, wie und wo ich Vanessa und Felix zusammenbringen könnte. In meinem strapazierten Kopf hatte ich bereits einen Plan ausgeheckt, der machbar sein sollte. Ich wollte mich mit Felix am Strand treffen und Vanessa mitnehmen, ohne ihr vorher zu verraten, dass ihr potenzieller Partner mitkam. Pierre sollte derweil auf die Kinder aufpassen, damit Vanessa und Felix sich in Ruhe beschnuppern konnten und nicht von kreischenden Kids abgelenkt wurden.

Doch mein Plan fiel ins Wasser, da meine Schwester nicht mit mir laufen wollte. Sie hatte Kopfschmerzen und legte sich stattdessen hin. Es blieb mir nichts anderes übrig, mich allein mit Felix zu treffen, der am Strand auf mich wartete. Er trug eine blaue Mütze mit einem Bommel und eine dicke Steppjacke in einer Signalfarbe, sodass ich ihn nicht übersehen konnte. Freudig breitete er die Arme aus und drückte mich an seinen kräftigen Körper, der Vanessa sicherlich gefiel, denn sie stand auf starke Typen. Kurz nachdem wir uns aus der freudigen Umarmung entlassen hatten, kam Frau Petersen zufällig mit ihrem neuen Schoßhündchen des Weges und grüßte mich mit großen Augen.

«Moin, Frau Gaston!» Sie sah mich skeptisch an und musterte den Fremden argwöhnisch.

«Moin, Frau Petersen! Ist das ihr neuer Hund? Der ist aber süß.»

Ich bückte mich zu dem kleinen Fellknäuel, das vorsichtig meine Hand beschnupperte.

«Passen Sie mal auf, dass der Ihnen nicht wegweht bei dem starken Sturm», witzelte Felix belustigt, der mehr auf große Hunde stand.

Frau Petersen warf meinem Freund einen vernichtenden Blick vor seine gelben Gummistiefel und sagte: «Dann noch einen schönen Tag, Frau Gaston. Grüßen Sie Ihren Mann.»

«Oh je, das war unsere Klatschtante Nummer 1. Wer weiß, was die gleich alles im Ort verbreiten wird», klärte ich Felix auf, der seine Hände in den Taschen vergrub, da der Wind eiskalt war.

«Ich hätte nichts dagegen, wenn wir ein Paar wären», scherzte er und nahm einen Wassertropfen, der an seiner Nasespitze hing, mit seinem Handrücken auf.

Während ich krampfhaft überlegte, wie ich ein neues Treffen organisieren könnte, sah ich, dass Pierre an den Strand gelaufen kam. Er fuchtelte wild mit den Armen und rief laut meinen Namen. Mein Herz schlug aufgeregt und ich wusste, dass etwas passiert sein musste.

Atemlos stand Pierre vor uns und stützte vornübergebeugt seine Hände auf die Knie, um sich von dem Dauerlauf zu erholen.

«Javier ist … er ist mit dem Kopf auf die Tischkante gefallen und … ist jetzt auf dem Weg zum Arzt.»

«Ist es schlimm?», fragte ich besorgt?

«Es hat ziemlich geblutet. Deine Mutter passt auf Liam und Jamie auf.»

Da mein Mann meine Begleitung ignorierte, stellte ich die Männer gegenseitig vor. «Felix, das ist mein Mann, Pierre, und das ist Felix, ein Nachbar.»

Die Situation war mir überaus unangenehm, denn Pierre nahm mir sicherlich nicht ab, dass mir Felix zufällig über den Weg gelaufen war. Ausgerechnet bei einem Wetter, bei dem die Hunde nicht mal zum Pipi machen Gassi gehen wollten.

«Hallo, es freut mich, dich kennenzulernen. Viola hat schon viel von dir erzählt.» Felix streckte meinem Mann seine große Hand entgegen.

«Du bist doch Ilses Neffe aus Österreich?» Ich war erstaunt, dass Pierre sich an ihn erinnerte.

«Ich geh dann mal. Ich melde mich bei dir!», verabschiedete ich mich nervös bei Felix und eilte mit meinem Mann nach Hause.

«Wie ist das denn passiert?» Nichts lief nach Plan, dachte ich genervt und zog meine Mütze über die Ohrläppchen, die eiskalt geworden waren.

«Du kennst doch Javier. Er tobte herum und dann ist er dumm gefallen. Es hat extrem geblutet und du weißt ja, dass ich kein Blut sehen kann und beinahe umgefallen wäre.»

«Du Ärmster! Und du hast mal einen Kommissar gespielt? Einen Arzt kannst du auf jeden Fall nicht spielen?», scherzte ich.

«Hast du diesen Typen zufällig getroffen? Der hat ja Hände wie Schaufeln.»

«Ja … nein, ich habe etwas vor, wovon Vanessa nichts wissen soll. Ich denke, dass Felix und meine Schwester ganz gut zusammenpassen könnten. Er ist die Eiche, die sie sucht. Da bin ich mir ganz sicher», erklärte ich Pierre voller Überzeugung.

«Lebt der nicht in einer Hütte auf einer Alm? Meinst du, dass Vanessa sich da wohlfühlen würde?»

«Ich hoffe, dass Felix nach Sylt ziehen wird und Vanessa auch auf die Insel kommt.»

«Ob dein Plan so hinhaut?», zweifelte mein Mann und schloss die Haustür auf. In unserer Straße parkte ein Mini Cooper, der mir verdächtig vorkam.

«Ihr habt Besuch!», rief Mutter, die aufgeregt in den Flur geeilt kam. Sie trug schon wieder ein neues Kleid, das ich zu kurz fand, obwohl sie noch schlanke Beine hatte.

Neugierig warf ich einen Blick ins Wohnzimmer. Dort saß eine mir unbekannte Frau, die eine gerade Haltung hatte und etwas grimmig guckte. Vielleicht, weil Jenny vor ihr lag und knurrte.

«Bettina! Entschuldige! Ich habe ganz vergessen, dass wir heute den Termin haben», begrüßte Pierre die Frau, die sich erhob und dabei den Hund fixierte, der zu bellen begann.

«Aus!», sagte Pierre scharf und hauchte Bettina Küsschen auf die Wangen.

«Viola, das ist Bettina. Sie arbeitet für eine Zeitschrift. Wir kennen uns schon seit Jahren. Bettina wollte eine kleine Homestory mit uns machen. Das gesamte Geld dafür geht dann an meine Organisation», erklärte mein Mann mir sichtlich nervös und knetete seine Hände.

«Und was bedeutet Homestory?», fragte ich genervt und war

wütend auf Pierre, dass er mich über den Termin nicht informiert hatte.

«Bettina macht nur ein paar Fotos von uns und dem Haus, aber nicht von Liam.»

«Vielleicht könntest du dir ein bisschen die Haare ordnen und ein nettes Kleid anziehen», schlug Bettina mir vor und hielt ihren Kopf schief, als hätte sie ein Problem damit, ihn gerade zu halten.

«Ich möchte aber nicht in die Zeitung. Pierre, wir müssen mal kurz reden!»

Ich schnappte den Arm meines Mannes und zog ihn in die Küche, während Jenny auf die Frau aufpasste.

«Das ist nicht dein Ernst? Du willst doch nicht, dass die Leute sehen, wie wir leben?», regte ich mich auf und spürte wie mein Puls raste.

«Beruhige dich! Ich bekomme eine hohe Summe dafür. Von dem Geld kann ich eine zweite Krankenstation samt Ärzten aufbauen. Zudem habe ich noch etwas gut bei Bettina.»

«Oh, Pierre, du bist … du bist ein wundervoller Mann, aber das nächste Mal fragst du mich bitte, bevor du so etwas einfädelst.»

«Ich wollte dich ja fragen, aber da Vanessa kam, habe ich Bettina in dem ganzen Trubel total vergessen.»

«Aber ich möchte nicht fotografiert werden. Schau mich doch mal an!», jammerte ich und zog an meinem Haar.

«Du siehst toll aus und ich liebe dich genauso wie du bist. Du brauchst keine Schminke und keine teuren Fummel, um schön zu sein.»

«Du bist süß, aber du übertreibst. Vielleicht kann Bettina heute lieber eine Homestory von Rudi und Mutter machen, zumal sie heute so ein sexy Kleid trägt?»

«Komm, mein Engel! Zieh dir das geblümte gelbe Kleid an und kämme dich, dann bringen wir den Termin schnell hinter uns.»

«Aber du versprichst mir, dass du vor der Geburt nicht mehr nach Afrika fliegst, um die Krankenstation aufzubauen.»

«Ich verspreche es dir.» Pierre küsste mich leidenschaftlich. Ich konnte ihm nicht böse sein, da er nur Gutes tun wollte.

Die folgenden zwei Stunden wurden anstrengend, denn Bettina scheuchte uns von einer Ecke in die andere. Zwischendurch kam Vanessa mit Javier, der einen dicken Verband um den Kopf trug und unbedingt mit aufs Foto wollte. Ich war froh, als Bettina mit ihrem Mini abdüste und ich mich von dem Dauergrinsen erholen konnte.

Als wir am Ende dieses ereignisreichen Tages im Bett lagen, bedankte sich mein Mann für mein Verständnis und erzählte euphorisch, dass er bereits alles für den Bau der neuen Krankenstation in Gang gebracht hatte. Pierre war voller Elan, hatte so viele Ideen, so viel Lust auf das Leben. Seine ehemalige Schwermut, die er vor unserer Nizza-Reise ab und zu an den Tag gelegt hatte, war wie weggeblasen. Pierres Vater schrieb seinem Sohn fast täglich kurze, liebe Nachrichten. Er berichtete, welche Tiere er neu aufgenommen und welche Namen er ihnen gegeben hatte. Pascal konnte uns leider nicht besuchen, da er niemanden fand, der sich um seinen Zoo kümmerte. Wir wollten ihn besuchen, sobald unsere Tochter auf der Welt war.

«Pierre, wollen wir Felix vielleicht morgen zum Essen einladen?» Noch immer überlegte ich, wie ich zwei Menschen zusammenbringen konnte, die einsame, unglückliche Herzen waren.

«Ich bin nicht überzeugt, dass die beiden zusammenpassen. Deine Schwester sucht einen intellektuellen, kultivierten Mann, der ihr etwas bieten kann», vermutete Pierre und schlug sein Buch zu.

Ich richtete mich erstaunt auf. «Du bist der Ansicht, dass Felix das nicht ist?»

«Er ist halt so ein Alm-Öhi.»

«Aber du kennst ihn doch gar nicht!»

«Du hast mir doch erzählt, dass er auf einer Hütte in den Bergen lebt und den ganzen Tag über Holz schnitzt.»

«Aber dennoch kann er intellektuell und kultiviert sein», regte ich mich auf und bemerkte ein kräftiges Ziehen im Bauch, sodass ich mein Gesicht verzog und besorgt meinen Unterleib berührte.

«Was ist?» Pierre hatte wahnsinnige Angst, dass unserem Mädchen etwas zustoßen könnte.

«Sie hat mich wohl nur getreten. Felix ist ein ganz toller, liebevoller Mann. Ich hatte … mich damals, bevor ich dich kennenlernte ein bisschen in ihn verliebt, aber da liebte er ja seine Leonie.»

«Ach! Auf solche Typen stehst du also. Muss ich mir jetzt Sorgen machen?» Pierre setzte sich auf meine Beine und sah mich nachdenklich an. «Lade ihn ein und dann werden wir ja sehen, ob die beiden sich mögen. Es wäre schon gut, wenn der wilde Javier einen Vater bekommt, der ihn ab und zu mal in seine Schranken weist.»

Vanessa bot sich am nächsten Morgen an, Brötchen zu besorgen, aber da ich wollte, dass sie sich entspannt, machte ich mich auf den Weg, um ihren Jungs Milchbrötchen zu holen. Zunächst überlegte ich, in den Supermarkt zu fahren, aber da die Brötchen bei Käthe besser schmeckten, hielt ich vor der kleinen Bäckerei, vor der ein Menschentraube stand. Als ich meinen Wagen verließ, raste ein Notarztwagen herbei und stoppte vor dem Laden. Voller Entsetzen sah ich, wie Käthe auf einer Trage lag und leblos aussah. Vor Schreck ließ ich meinen Autoschlüssel fallen, der in einen Gulli fiel.

«Was ist denn passiert?», erkundigte ich mich bei einer Frau, die ich nicht kannte. Sie zuckte mit den Schultern und wartete darauf, dass sie Brötchen kaufen konnte, doch die Bäckerei öffnete nicht. Zum Glück hatte ich mein Handy in der Tasche und rief Pierre an, den ich jedoch nicht erreichte. Vermutlich stand er gerade unter der Dusche. Ich probierte es bei Mutter, aber auch da hatte ich keinen Erfolg. Schließlich nahm ich mir ein Taxi und hatte keine Hoffnung, dass der Tag noch gut werden könnte.

Als ich aus dem Taxi stieg, kam prompt Frau Andresen mit ihrem dämlichen Dreirad daher, sah mich, fuchtelte wild mit ihren Armen und stieg ab. «Moin, Frau Gaston! Ist ihr Auto kaputt?»

«Nein, ich war gerade beim Bäcker und … Wissen Sie schon, dass die Käthe eben von einem Notarztwagen abtransportiert wurde?» Endlich konnte ich mal mit branntheißen Neuigkeiten aufwarten.

«Die Käthe? Aber die hat doch gerade erst einen Herzschrittmacher bekommen», wunderte sie sich und zog eine Schnute.

«Na ja, in dem Alter, da kann es schon mal zu Ende gehen. Entschuldigen Sie, aber wir haben Besuch. Einen schönen Tag für Sie und ihren Mann. Bleiben Sie gesund!»

«Warum nimmst du denn ein Taxi? Sind beide Autos kaputt?» Pierre stand in der offenen Haustür und sah mich verwundert an.

«Nein, die Autos sind heil, aber dein Wagen steht vor der Bäckerei, da Käthe abgeholt wurde, der Autoschlüssel im Gulli liegt und es heute somit keine Brötchen geben wird, aber das ist ja alles auch nicht schlimm, da wir ja selbstgebackenes Brot haben und die Jungs das auch mal essen können»

«Hast du schlechte Laune wegen der Homestory?»

«Nein, überhaupt nicht. Ich bin bestens gelaunt.» Ich verzog meinen Mund zum Lachen und warf meinen Mantel auf die Kommode.

Beim Frühstück, bei dem die Jungs lustlos auf dem Vollkornbrot herumkauten, eröffnete ich Vanessa, dass wir Felix, den sie bisher nur aus Erzählungen kannte, zum Abendessen eingeladen hatten.

Pierre wollte einkaufen und kochen, damit ich Zeit mit Vanessa verbringen konnte. Wir fuhren mit den Jungs nach Westerland und stöberten in Boutiquen, denn ich wollte, dass Vanessa sich für den Abend hübsch machte. So schwatzte ich ihr ein Kleid auf, das auch mir gefiel, in das ich jedoch gerade nicht hineinpasste. Leider wollte meine Schwester das schicke Kleid nicht am Abend anziehen, da sie neue Kleidung grundsätzlich wusch bevor sie sie das erste Mal trug.

Pierre hatte den ganzen Nachmittag in der Küche gestanden und wollte Felix offensichtlich mit seinen Kochkünsten beeindrucken.

Pünktlich auf die Minute betätigte unser Gast um sieben Uhr die Türklingel. Vor seiner breiten Brust trug er einen üppigen Blumenstrauß, den ich freudig entgegennahm. Ich war aufgeregt und gespannt, was Vanessa von Felix hielt und ob sich vor unseren Augen eine Liebe auf den ersten Blick abspielte.

Neugierig kam Javier in den Flur gerannt, um den Gast zu begutachten, und sagte vorlaut: «Hallo, ich bin Javier und das ist mein kleiner Bruder Jamie. Er ist acht Minuten jünger als ich und daher etwas schüchtern. Ich bin somit sein großer Bruder und habe das Sagen.»

Felix musste herzhaft lachen und reichte den Zwillingen seine Hand, in der die kleinen Kinderhände komplett verschwanden.

«Das sind meine lieben Neffen», erklärte ich grinsend und führte Felix ins Wohnzimmer. Vanessa war noch in ihrem Zimmer und telefonierte mit einer Kollegin.

Als sie das Esszimmer betrat, studierte ich gebannt ihre Augen, in denen ich beinahe alles lesen konnte. Doch zu meiner großen Enttäuschung drückten sie nichts aus.

Eigentlich hatte ich geplant, dass Vanessa sich neben Felix setzte, aber Javier nahm den Platz neben unserem Gast ein und erzählte ihm munter von seinem Papa Uno, der eine Frau aus einem fernen Land hat, die Bambang heißt, und er noch einen Papa Zween hat, der aber weg ist, weil der ihn auf die Finger geschlagen hatte. Felix ging geduldig auf die Jungen ein, stellte ihnen Fragen und erzählte, wo er wohnte und was er beruflich machte, was Javier äußerst interessant fand. Nach dem Hauptgang verzog ich mich mit Pierre in die Küche, damit Vanessa und Felix sich beschnuppern konnten.

«Ich glaube, dass deine Schwester nicht auf deinen Alm-Öhi abfährt», flüsterte mein Mann mir ins Ohr und holte das Dessert aus dem Kühlschrank.

«Nun warte doch mal ab. Javier und Jamie mögen ihn auf jeden Fall schon mal. Felix kann doch super mit den Jungs umgehen.»

«Wenn man die Zwillinge nur eine kurze Zeit um sich hat, geht es, aber auf Dauer können die ganz schön anstrengend sein.»

«Wollen wir die beiden noch etwas allein lassen und wir amüsieren uns ein bisschen?»

Mit meinen Armen umschlang ich Pierres Taille und legte meinen Kopf an seine Brust.

«Das Dessert muss jetzt serviert werden, sonst zerläuft die Sahne.»

Als wir ins Esszimmer traten, saß Vanessa nicht auf ihrem Platz. Sie war auf die Toilette gegangen, was mir missfiel, denn die Zeit eilte uns davon. Javier erzählte Felix lang und breit welche Computerspiele er mochte und fragte ihn freimütig, ob er ihm ein Spiel kaufen würde, das ab 16 Jahren ist.

«Ich kann dir gerne ein Spiel kaufen, aber dann muss es deinem Alter entsprechend sein. Wenn du magst, zeige ich dir, wie man aus Holz etwas Nettes schnitzen kann. Das macht viel mehr Spaß, da du am Ende etwas in deinen Händen halten kannst, dass unvergänglich ist.»

«Ja, das kann man auch mal machen, aber dieses Spiel, das ich gerne hätte …», ließ Javier nicht locker und brachte seine Mutter dazu, mit den Augen zu rollen.

«Dein Dessert ist der Hammer. Ich hätte auch gerne einen Mann, der mich bekocht», meinte Vanessa und kratzte lange in dem Schälchen.

«Felix, du kannst doch bestimmt auch gut kochen? Die ganzen österreichischen Spezialitäten, wie Kaiserschmarrn und Marillenknödel», vermutete ich und hoffte, dass er es bestätigte.

«Leider bin ich kein so guter Koch und für mich allein mache ich keine aufwändigen Gerichte.»

Das passte schon mal nicht!

Ich fürchtete, dass Vanessa von unserem Besucher nicht sehr angetan war, denn sie lachte weder über seine Witze, noch stellte sie ihm Fragen, weil er sie offensichtlich schlichtweg nicht interessierte.

Nach dem Essen spielten die Jungs auf dem Boden und wir begaben uns auf die gemütlichen Sofas. Felix setzte sich neben Vanessa. Gefiel sie ihm? Nun baggere dich mal ran, feuerte ich Felix stumm an und füllte den beiden die Weingläser voll, damit sie lockerer wurden und ihre Sinne sich benebelten.

Nach einer Stunde kamen die beiden endlich in ein flüssiges Gespräch und Vanessa lachte über Felix Witze, was vielleicht dem Alkohol geschuldet war.

Pierre und ich zwinkerten uns verschwörerisch zu und kuschelten uns aneinander, was die beiden vielleicht auch bald taten?

Ich hatte das Gefühl, dass mein Wunschpaar dichter zusammengerückt war und ihre Blicke tiefer wurden, aber vielleicht irrte ich mich auch.

«Morgen soll die Sonne scheinen. Wollen wir vielleicht alle zusammen zum Ellenbogen fahren?», fragte ich Felix, bevor er sich nach Hause verabschiedete.

«Ja, gerne!», sagte er erfreut und warf Vanessa einen kurzen Blick zu, was ein gutes Zeichen war.

Vanessa gab mir einen Gute-Nacht-Kuss, als wir vor ihrem Zimmer standen und flüsterte: «Das war ein sehr schöner und lustiger Abend. Felix ist ein netter Kerl. Ich habe lange nicht mehr so viel gelacht.»

Ich grinste und war mir sicher, dass hier langsam eine Liebe wuchs, die Bestand haben könnte.

Als meine Schwester am nächsten Morgen in die Küche trat, nahm ich begeistert wahr, dass sie sich für unseren Ausflug auffällig schick gemacht hatte, was für mich ein untrügliches Zeichen dafür war, dass sie Felix beeindrucken wollte. Als sie mit mir den Frühstückstisch abräumte, fragte sie: «Sag mal, hat Felix eine Freundin?»

Yes! Sie hatte angebissen!

«Nein, er war verheiratet, aber seine Frau hat ihn für einen anderen verlassen. Das ist eine sehr traurige Geschichte. Felix ist so ein toller Mann. Neben ihm kann man den ganzen Tag über lachen, aber er kann auch sehr gut zuhören. Er kann wunderschöne Möbel bauen und richtig anpacken. Zudem kann er hervorragend mit Kindern umgehen, ist kräftig und gesund», zählte ich voller Begeisterung all seine positiven Attribute auf, die sie beeindrucken sollte.

«Das hört sich an, als wenn du ihn an den Mann beziehungsweise an die Frau bringen willst.»

Ich lachte spitz auf und wurde etwas rot.

«Guten Morgen, ihr Hübschen. Kann ich euch helfen?» Pierre gesellte sich zu uns und sah zum Anbeißen aus. Er küsste mich zärtlich und gab auch Vanessa drei Küsschen auf die Wangen.

«Es ist alles fertig. Ihr könnt euch setzen.»

«Pierre, können wir nachher mit deinem Cabrio offen fahren? Dass ist so cool», fragte Javier und rutschte auf dem Stuhl hin und her, sodass ich vermutete, dass er vielleicht ADS hatte.

«Das ist heute wohl etwas zu cool dafür. Das machen wir mal, wenn es wärmer wird.»

Javier zog eine Schnute und bohrte sein spitzes Messer in den Tisch, sodass Vanessa schimpfte und ihm das Messer aus der Hand riss. «Du machst den Tisch doch kaputt!»

Javier schmollte und wollte nichts mehr essen, weil seine Mutter mit ihm geschimpft und er seinen Willen nicht durchbekommen hatte.

Hoffentlich wurde Liam nicht so ein kleiner Dickkopf!

Felix wartete bereits auf der Straße auf uns, sodass wir ihn einsammelten und mit zwei Autos zum Ellenbogen fuhren. Die Sonne schien, aber die Luft war eisig, sodass wir unsere Mützen weit über die Ohren zogen und unsere kalten Hände tief in den Jackentaschen vergruben.

Ich hakte mich bei Pierre ein, sodass Vanessa und Felix nichts anderes übrigblieb, als nebeneinanderzulaufen. Nach wenigen Minuten hörte ich meine Schwester wieder ausgelassen lachen und ich kniff Pierre in den Arm. «Wer sagts denn!»

«Ich muss gestehen, dass es nicht schlecht aussieht und du rechthaben könntest.»

An diesem herrlichen Sonnentag, an dem alles besser zu laufen schien als am Vortag, konnten wir bis auf die dänische Nachbarinsel Rømø schauen. Die Zwillinge zählten die vielen Schäfchen, die in der unberührten Dünenlandschaft herumliefen.

Nachdem wir alle durchgefroren waren, besuchten wir ein friesisch eingerichtetes Café, in dem es reelle Kuchenstücke und anständige Pötte mit frisch gebrühtem Kaffee gab. Meine Schwester setzte sich anscheinend bewusst neben Felix. Ich konnte in ihren Augen lesen, dass sie Zuneigung und Sympathie für den Mann verspürte, den ich mir als Schwager wünschte. Nun war es wichtig, dass die beiden noch mehr Zeit miteinander verbrachten, aber da Vanessa am nächsten Tag abreisen musste, sah es schlecht aus. Ich konnte froh sein, wenn sie ihre Handynummern beim Abschied austauschten.

Am Abend lud ich Felix wieder auf ein Glas Wein zu uns ein,

was er dankend annahm. Kurz bevor er kam, wechselte Vanessa ihr Kleid und legte ihren knallroten Lippenstift auf, was ein deutliches Signal war.

Felix brachte zwei Flaschen Wein mit, die Pierre interessiert inspizierte, denn er war ein Weinkenner. Es musste sich um einen guten Tropfen handeln, denn Pierre hob seinen Daumen.

Ich hatte einen Flammkuchen gebacken, der aber nicht knusprig geworden war und mich nicht überzeugte. Wir vier verstanden uns prächtig und ich wünschte mir, dass wir uns häufiger trafen: zwei glückliche Pärchen, die viel Spaß miteinander hatten.

Felix hatte sich für seine Verhältnisse schick gemacht. Er trug ein kariertes Hemd, das zerknittert war, und eine dunkelblaue Cordhose. Zudem duftete er nach einem herben Rasierwasser, das er großzügig in seinem glattrasierten Gesicht verteilt hatte. Die Jungs bekamen von ihm kleine Autos, die sie voller Begeisterung über den Holzfußboden schoben und dabei Geräusche von lauten Rennwagen imitierten.

«Schade, dass wir morgen schon abreisen müssen. Ich könnte noch ein paar Wochen bleiben. Sylt ist zu dieser Jahreszeit so schön ruhig», sinnierte Vanessa und schaute Felix dabei an, der aussah, als würde ihm meine Schwester gefallen.

«Kannst du nicht noch ein paar Urlaubstage anhängen?», wollte ich wissen und streichelte Jenny, die aufs Sofa hüpfen wollte, was sie aber nicht durfte.

«Nein, das geht leider gar nicht, weil meine Kollegin auch nicht da ist.»

Sah ich Enttäuschung in Felix Gesicht?

Es wurde ein netter Abend, an dem wir am Ende über die Erderwärmung diskutierten, die uns alle große Sorge bereitete. Felix verabschiedete sich nach Mitternacht. Besonders lange dauerte der Abschied von Vanessa.

Am nächsten Morgen saß ich bei der ersten Tasse Tee mit meiner Schwester und Liam in der Küche und fühlte ihr auf den Zahn. «Felix ist ein toller Mann. Die Frau, die ihn mal bekommt, kann sich glücklich schätzen.»

«Ja, er ist total lustig und einfühlsam», sagte Vanessa nachdenklich und rührte versonnen in ihrer Teetasse.

«Er tut mir wirklich leid. Er hat seine große Liebe verloren.»

«Er findet sicherlich schnell eine neue Frau.»

«Magst du ihn?», fragte ich direkt, denn Vanessa musste schnell zuschlagen, bevor Felix sich anderweitig verliebte.

«Ja, er ist sehr nett. Warum fragst du so?», wollte sie verwundert wissen.

«Ich dachte, … dass du und Felix …»

Sie lachte spitz auf und tauchte in die große Tasse ab.

«Er lebt in Österreich und ich glaube nicht, dass er auf mich steht. Eine Mutter mit Kindern, die keine Zeit für die Liebe hat.»

«Vielleicht zieht Felix ja für immer nach Sylt? Außerdem mag er deine Jungs und Zeit für die Liebe wird sich immer finden.»

«Ach, Viola. Für dich ist alles so leicht. Du sitzt hier in deiner Villa in Traumlage, mit einem tollen Mann und musst nicht hart für dein Geld arbeiten.»

Ich verschluckte mich am Tee, da mir ihre Worte nicht gefielen.

«Entschuldige, aber ich habe auch hart an meiner Karriere als Romanautorin gearbeitet. Natürlich gehört auch immer etwas Glück dazu, aber auch Disziplin, Mut und Ausdauer.»

«Wenn ich nicht arbeiten müsste, wäre ich ja auch nicht immer so gestresst und unzufrieden. Es ist so schwer, die Kinder und den Job alleine unter einen Hut zu bekommen. Manchmal sehne ich mich nach der Zeit mit Jan zurück, als ich nur Hausfrau gewesen bin. Im Nachhinein denke ich, dass ich Schuld an unserer Trennung hatte. Ich hätte mich mehr um Jan kümmern müssen.»

«Du wirst sicherlich wieder glücklicher werden, als du es gerade bist. Je älter die Jungs werden, desto einfacher wird es für dich sein», vermutete ich und musste an Javier denken, der vielleicht noch länger ein Problemkind sein würde.

«Ich will dir jetzt nichts vorjammern. Es war wieder so schön bei euch. Ich bin immer schnell erholt, wenn ich hier war.»

Als die kleine Familie fort war, war es angenehm ruhig im Haus, sodass ich konzentriert an meinem Buch arbeiten konnte. Ich wollte mein neues Werk unbedingt vor der Geburt fertigstellen, da mich täglich zahlreiche Leserbriefe erreichten, in denen ich gefragt wurde, wann mein neuer Roman erscheinen würde. Ich fühlte mich ein wenig unter Druck gesetzt und bemerkte, dass dieser Druck mich stresste und beim Schreiben blockierte.

Felix verabschiedete sich vier Tage nachdem Vanessa abgereist war. Ich kochte ihm einen Tee, während Pierre in Westerland unterwegs war. Auch ihn versuchte ich unauffällig auszuhorchen und ließ mich zu einer Lüge hinreißen, da ich dem

Glück auf die Sprünge helfen wollte.

«Ich soll dich nochmal ganz lieb von Vanessa grüßen.»

Das hatte sie zwar nicht gesagt, aber ich musste einen Einstieg finden, damit wir auf Vanessa und Felix Gefühle, die er für sie hegte, zu sprechen kamen.

«Danke. Deine Schwester ist eine tolle Frau. Ich bewundere sie. Einen Job und zwei aufgeweckte Jungs allein aufzuziehen, ist sicherlich ein großer Kraftakt und erfordert ein gewisses Management. Ich bin ja schon mit Kochen und Putzen überfordert.»

«Ja, es ist bewundernswert, aber sie hätte schon gerne wieder einen Mann, der ihr die Kinder abnimmt und an den sie sich anlehnen kann. Könntest du dir vorstellen, auf Dauer auf Sylt zu leben?»

«Daran habe ich tatsächlich schon gedacht. Mir gefällt es hier sehr gut. Es ist zwar ganz anders als in den Bergen, aber auch wunderschön. Vielleicht ist es gut, wenn ich mein altes Leben, in dem mich alles nur an Leonie erinnert, hinter mir lasse. Ich habe überlegt, ob ich hinter dem Haus eine Werkstatt baue. Aufträge würde ich auf der Insel sicherlich auch bekommen.»

«Das ist eine gute Idee. Ich würde mich sehr freuen, wenn du hierherziehen würdest.»

«Dann könnte ich mir ein Boot bauen und auf der Nordsee schippern.» Felix schaute verträumt und sah sich gedanklich vielleicht schon in einem schmucken Holzboot sitzen, das über die aufgewühlte See tuckerte.

Ich musste jetzt handeln, dachte ich nervös, denn manchmal

braucht es einen Anstoß, damit das Leben sich in die richtige Richtung entwickelt.

«Sag mal … wie findest du meine Schwester?» Es fiel mir nicht leicht, die Kupplerin zu spielen, aber ich war davon besessen, dass die beiden ein Paar wurden.

«Sehr nett! Warum fragst du? Willst du uns verkuppeln?»

Ich schwieg und grinste Felix an. «Ich finde, dass ihr super zusammenpassen würdet.»

«Aber ich glaube nicht, dass deine Schwester auf mich steht.»

Sie dachten also gegenseitig dasselbe!

«Doch, das tut sie. Sie findet dich äußerst nett und hat sich in dich verliebt. Aber pst! Das hast du nicht von mir.» Oh Gott! Das war mir so herausgerutscht. Ich konnte es nicht wieder zurücknehmen, aber vielleicht war es gut, dass ich etwas dick aufgetragen hatte.

«Echt? Das hätte ich nicht gedacht. Da fühle ich mich natürlich sehr geschmeichelt. Ich hatte vermutet, dass ich keine Chance bei ihr habe. Hab ja auch nicht studiert und bin nicht so fesch.»

«Aber du hast viel Humor und kannst gut mit Kindern umgehen. Also, du siehst natürlich auch gut aus und bist groß und stark.»

«Oh, danke! Da werde ich jetzt aber ganz rot. Ja, also wenn das so ist, dann werde ich mich mal bei ihr melden.»

«Du könntest doch auf deiner Heimreise einen Stopp in Hamburg einlegen?»

«Ja, das könnte ich machen. Meinst du, dass das deiner

Schwester recht wäre?», fragte er unsicher und warf einen Blick aus dem Fenster, denn Pierre fuhr auf die Auffahrt.

«Auf jeden Fall. Ich kann sie auch anrufen und sie fragen. Warte mal!» Ich sah auf die Uhr. Vanessa müsste schon zuhause sein.

«Hallo, sag mal …!» Ich verschwand aus der Küche und öffnete Pierre die Haustür. «Vanessa? Felix ist gerade bei mir. Er … er hat mir eben gesagt, dass er sich in dich verliebt hat und würde dich gerne nochmal sehen, bevor er nach Österreich fährt.»

«Was? Du, ich habe hier gerade Ärger mit Javier. Kann ich dich gleich zurückrufen?», erklärte sie mir gereizt und legte auf. Mit glühenden Wangen und etwas aufgeregt kehrte ich zu Felix zurück.

«Vanessa würde sich total freuen. Sie hat im Moment keine Zeit und meldet sich nachher.»

«Wow! Das freut mich. Danke, Viola. Ich will euch jetzt nicht länger stören und hab gleich noch einen Termin beim Architekten, wegen des Anbaus.»

Offenbar war es Felix ernst mit seiner Auswanderung.

Euphorisch umarmte ich Pierre, der mir einen großen Blumenstrauß mitgebracht hatte. «Es läuft wie geschmiert», informierte ich ihn und sah meinem Mann an, dass ihm etwas auf der Seele brannte.

«Du willst aus den beiden auf Teufel komm raus ein Paar machen! Na ja, vielleicht funktioniert es.»

«Was ist los? Ich sehe dir doch an, dass du mir etwas sagen willst.» Pierre konnte nichts vor mir verbergen. Ich konnte in seinem Gesicht lesen wie in einem offenen Buch.

«Der Regisseur, der mit mir drehen will, … er hat sich eben gemeldet und die Dreharbeiten sollen noch vor Weihnachten starten.»

Ich warf den Blumenstrauß etwas wütend auf den Esstisch und zog eine Schnute.

«Und wie lange werden sie dauern?», fragte ich gereizt und sah mich in der gemütlichen Adventszeit allein vor Keksen und Kerzen sitzen, die mich nicht erfreuen konnten, weil Pierre mir fehlte.

«Ein paar Wochen wird es dauern. Wir drehen auch in Tschechien und Italien. Ich weiß, dass es dir nicht gefällt, aber es ist immer mein großer Traum gewesen und wenn ich das jetzt nicht mache, dann …»

Pierre hatte Tränen in den Augen und schaute beschämt zur Seite. Mein Herz wurde weich und ich legte meine Arme um seinen gut durchtrainierten Körper. «Du sollst dir deinen Traum erfüllen und ich möchte dir nicht im Weg stehen. Vielleicht ist es auch ganz gut, wenn ich mal alleine bin, dann komme ich zum Schreiben und kann Mutter Liam aufs Auge drücken oder ich besorge mir ein Kindermädchen.»

«Danke! Du bist ein wahrer Engel. Ich liebe dich über alles.» Mein Mann küsste mich auf die Stirn und nahm mir eine Strähne aus dem Gesicht. «Zur Geburt bin ich auf jeden Fall zuhause und danach auch. Du musst auch keine Angst haben, dass ich wieder nach Afrika fliegen werde, denn ich habe jemanden gefunden, der das zukünftig für mich erledigt.»

«Das beruhigt mich sehr. Lass uns die letzten Tage zu dritt noch genießen. Wollen wir an den Ellenbogen fahren und auf unserer Bank picknicken? Es ist heute ungewöhnlich mild und die Sonne soll noch kommen. Vorher muss ich aber noch mit Vanessa sprechen und ihr etwas erklären.»

Ich verzog mich mit dem Handy ins Schlafzimmer und legte mich aufs Bett, da Pierre mit Liam recht laut Feuerwehr spielte.

«Schwesterchen!» So nannte ich sie, wenn ich etwas auf dem Herzen hatte.

«Ja, was ist los?», fragte sie gereizt.

«Ich habe dir doch vorhin erzählt, dass Felix in dich verknallt ist und er sich vor seiner Heimreise noch gerne mit dir treffen würde …» Mir wurde etwas heiß, da ich ihr eine dicke Lüge auftischte.

«Er hat dir gesagt, dass er in mich verliebt ist?», wunderte sie sich und rief Javiers Namen laut und wütend.

«Ja, und ich … ich habe ihm gesagt, dass du ihn auch magst, dass du auch ein wenig in ihn … verliebt bist.» Meine letzten Worte wurden immer leiser, da ich sie ungern aussprach.

«Das ist nicht dein Ernst? Ich habe dir gesagt, dass ich ihn nett finde, aber von Liebe war keine Rede. Zudem habe ich gerade andere Sorgen, denn Javiers Lehrerin meinte, dass ich ihn mal auf ADHS untersuchen lassen soll. Ist das nicht eine Frechheit? Nur weil er etwas temperamentvoll ist, denkt sie gleich, dass er krank ist.»

Ich wollte nicht ehrlich sein, um es mir nicht mit ihr zu verscherzen und sagte daher: «Das ist ja unmöglich! Die spinnt wohl!»

«Ich werde mich beim Schulleiter beschweren.»

«Was ist denn nun mit Felix? Er würde dich morgen gerne in Hamburg treffen.»

«Ach, Viola! Ich weiß nicht. Ehrlich gesagt, habe ich gar keine Lust mehr auf Männer. Am Ende enttäuschen sie mich nur wieder und dann bereu ich es, mich auf etwas Festes eingelassen zu haben.»

«Aber Felix ist anders. Er würde dich auf Händen tragen und den Jungs so guttun. Zudem will er nach Sylt ziehen. Das wäre doch toll für dich, wenn du auch auf der Insel wohnst. Ich könnte dir ab und zu die Jungs abnehmen und Mutter vielleicht auch.»

«Gut, dann treffe ich mich morgen mit deinem Felix, den du anpreist wie Sauerbier. Bekommst du eine Verkupplungsprovision?», scherzte sie und seufzte tief, da sich die Jungs anschrien und böse Wörter an den Kopf warfen.

«Danke! Dann sage ich Felix Bescheid, dass er dich anrufen soll. Er hat ja deine Nummer.»

ALLES WIRD GUT

Wir saßen auf unserer Bank am Ellenbogen, atmeten tief die klare, salzige Meerluft ein und schauten fasziniert auf die Nordsee, die sich immerzu von einer anderen Seite zeigte. Während Pierre Käse und Brot aus dem Korb holte, musste ich daran zurückdenken, wie ich meinen Mann vor drei Jahren meine Lieblingsbank gezeigt hatte. Niemals hätte ich bei unserem ersten Treffen gedacht, dass er mich zu seiner Frau nehmen würde. Nun saß ich neben diesem tollen Mann, mit dem ich überaus glücklich war. Jedoch schwebte über mir immerzu ein Hauch von Besorgnis, dass ich Pierre an eine andere Frau verlieren könnte. Da ich mir nicht sicher war, ob mein Mann ehrlich zu mir war, fragte ich ihn in diesem wunderschönen Moment ganz direkt: «Pierre, hattest du in Afrika etwas mit Ines? Mir geht dieser dämliche Zeitungsartikel und die Gerüchte, die auf der Insel kursieren, nicht aus dem Kopf.»

Pierre fiel vor lauter Verwunderung über diese Frage, die aus heiterem Himmel kam, das Radieschen aus der Hand, in das er gerade beißen wollte.

«Wie bitte?»

«Ines ist ein bezauberndes Mädchen und übt doch einen besonderen Reiz auf Männer aus.»

«Viola! Was denkst du von mir? Ich würde niemals unsere Ehe aufs Spiel setzen! Ich liebe dich, Liam und unser Mädchen über alles und bin so glücklich wie noch nie zuvor in meinem Leben. Zudem habe ich es dir zu verdanken, dass ich die Vergangenheit bewältigt und meinen leiblichen Vater gefunden habe. Ohne dich wäre ich ein Nichts! Zudem ist Ines überhaupt nicht mein Typ. Ich bin erstaunt, was du mir zutraust», erklärte er mir völlig entsetzt, sodass Liam ihn ängstlich anschaute.

Ich wusste, dass er die Wahrheit sagte, und es tat mir leid, dass ich falsch über ihn gedacht hatte.

«Entschuldige! Ich habe es nicht geglaubt, aber ich habe immerzu Angst, dich zu verlieren, weil du so ein wunderbarer Mann bist, in den sich hunderte Frauen verliebt haben.»

«Du brauchst keine Angst zu haben. Treue ist mir das Wichtigste in einer Beziehung. Was meinst du, wie schlimm ich es fand, dass meine Mutter ständig andere Partner mit nach Hause brachte. Zudem habe ich genug Frauen kennenglernt und kann dir sagen, dass keine davon dir annährend das Wasser reichen kann. Das Schicksal hat uns zusammengebracht. Wie blind ich zuerst gewesen bin, dass ich nicht erkannt habe, dass meine große Liebe gleich nebenan wohnt.» Pierre legte seinen Arm um mich und trug Tränen in den Augen, genau wie ich, die sehr gerührt war und endlich Gewissheit hatte, dass zwischen Ines und ihm nie etwas passiert war.

«Wenn ich daran denke, wie ich bei unseren ersten zwei

Begegnungen ausgesehen habe. Erst mein schicker Auftritt in der ausgeleierten Jogginghose und dann am Strand, mit dem alten, viel zu großen Friesennerz meines Großvaters und der ollen Mütze», erinnerte ich mich amüsiert zurück.

«Dich kann nichts entstellen, mein Engel und ich bin mir sicher, dass unser Mädchen genauso hübsch aussehen wird wie du.»

Pierre küsste erst mich und danach unseren Sohn. Ich spürte, wie ein vollkommenes Glücksgefühl durch meinen Körper strömte, das ich noch nie zuvor so intensiv gespürt hatte.

Am nächsten Tag war ich verdammt aufgeregt und sendete Stoßgebete gen Himmel, der an diesem Tag ein sattes Grau trug, an das ich mich nicht gewöhnen konnte. «Lieber Gott, lass Felix und Vanessa ein Paar werden, das bis ans Lebensende glücklich zusammenbleibt», bat ich eine überirdische Macht, die ich irgendwo im Universum vermutete.

Am Abend schickte meine Schwester mir ein Selfie, auf dem Felix und sie fröhlich in die Kamera lachten. Das sah doch schon mal gut aus! Kurz bevor ich ins Bett gehen wollte, erreichte mich eine weitere Nachricht von Vanessa. «Hatten einen sehr netten Abend. Felix hat seine Heimreise um einen Tag verschoben und übernachtet bei mir im Wohnzimmer. Morgen früh reist er ab.»

Dass es so schnell geht, hatte ich nicht erwartet. Ich war mir sicher, dass die beiden harmonierten und bald nach Sylt zogen.

Zwei Wochen später war Felix bereits wieder auf der Insel und war festentschlossen, in den hohen Norden umzusiedeln. Täglich telefonierte er mit Vanessa, die sich in den Naturburschen verliebt hatte und in den höchsten Tönen von ihm schwärmte.

Als ich an einem sonnigen Tag an Felix Haus mit Jenny und Liam vorbeispazierte, stand Felix mit einem Mann im Garten. Die beiden begutachteten das Dach, das dringend erneuert werden musste.

Da ich nicht stören wollte, ging ich weiter, aber Jenny bellte und Felix wurde auf uns aufmerksam und rief mir hinterher.

Ich wendete und ging durch das quietschende Tor, das dringend einen Schluck Öl benötigte.

Der Mann verabschiedete sich und begrüßte mich mit einem «Moin», das ich freundlich erwiderte.

«Muss das Dach neu gemacht werden?», erkundigte ich mich und freute mich, mit Felix zu plaudern.

«Ja, ich hole mir gerade ein paar Angebote ein. Komm doch ins Haus. Ich kann uns einen Tee kochen.»

Ich folgte ihm in das alte Haus, das Kindheitserinnerungen in mir hervorrief. Bilder von fröhlichen Tagen, an denen Ilse mir das Malen beigebracht oder wie sie mir immerzu ihre leckeren Kuchen angeboten hatte, liefen wie ein Film vor meinen Augen ab. Es war schade, dass Felix seine Tante nicht kennengelernt hatte.

«Du hast ja schon viel verändert», stellte ich erstaunt fest und suchte nach all den Dingen, die Ilse im Laufe der vielen Jahre angesammelt hatte.

«Ja, und eine neue Küche habe ich auch schon bestellt.»

Hoffentlich war sie nach Vanessas Geschmack, dachte ich und betrachtete mir ein Bild, das Ilse kurz vor ihrem Tod gemalt hatte.

Wir saßen in der mollig warmen Küche. Liam plapperte auf meinem Schoß und ich beobachtete Felix, wie er den Tee zubereitete.

«Und … wie war es in Hamburg?», begann ich das Thema anzuschneiden, das mich brennend interessierte.

Felix ließ das kochende Wasser in die Teekanne laufen und musste sich wohl konzentrieren, denn er antwortete nicht sofort.

«Da war es … nett wie immer.»

«Ich meine, wie war das Treffen mit Vanessa?»

«Das war auch sehr nett.»

«Also war alles nett. Das ist ja nett. Werdet ihr euch nochmal treffen oder nicht?», bohrte ich weiter, da Felix sich sehr bedeckt hielt.

«Ja, ich denke schon. Vanessa kommt am Freitag ohne die Kinder, die bei ihrem Vater sind, zu Besuch.»

«Ach! Das wusste ich nicht. Das ist ja nett!»

«Ich muss vorher noch Klarschiff machen. Vielleicht kannst du mir ein bisschen helfen? Ich wollte es auch gerne gemütlich machen, also so, wie Frauen sich wohlfühlen, mit Deko, Kerzen und so weiter.»

«Ich helfe dir sehr gerne. Wird Vanessa denn auch bei dir … übernachten?»

«Vielleicht!» Er grinste mich an und mir war klar, dass die beiden sich schneller angenähert hatten, als ich gehofft hatte.

«Prima! Ich komme morgen mal ohne Kind vorbei und werde mein Bestes tun.»

«Viola, ich wollte dir danken. Es war wirklich sehr nett von dir, dass du uns verkuppelt hast. Eigentlich mag ich so etwas ja gar nicht, aber in diesem Fall war es gut, weil ich niemals den Mut gehabt hätte, deine hübsche Schwester anzusprechen.»

«Ich mag so etwas eigentlich auch nicht, aber ich habe mir gedacht, dass ihr so gut zusammenpasst und glücklich werden könntet.» Ich trug Tränen der Freude in meinen Augen und küsste Liams Köpfchen.

«Ja, das denke ich auch. Nachdem Leonie mich verlassen hatte, dachte ich, dass ich mich nie wieder neu verlieben und einer Frau vertrauen könnte, aber nun habe ich doch wieder den Mut und bin total verschossen. Es fühlt sich unglaublich gut an und ich bin äußerst motiviert, mir auf Sylt etwas ganz Neues aufzubauen. Ich möchte, dass Vanessa zu mir zieht und nicht mehr arbeitet. Ich würde es begrüßen, wenn sie sich nur auf die Jungs konzentriert und den Haushalt schmeißt, wenn sie es denn möchte.»

«Das wäre perfekt, zumal Javier sehr viel Aufmerksamkeit braucht. Möchtest du auch noch eigene Kinder haben?», fragte ich ganz direkt.

«Nur wenn Vanessa es möchte. Wenn nicht, bin ich auch mit den Jungs total zufrieden und kann es kaum erwarten, mit ihnen Fußball zu spielen oder auf Bäume zu klettern.»

Es war mir ein Bedürfnis, Felix zu umarmen, denn er war ja schon fast mein Schwager, den ich unheimlich gerne mochte und der für meine Schwester eine gute Partie war.

Ich schwebte fröhlich nach Hause und wollte Pierre von der guten Neuigkeit berichten, aber er saß reglos auf dem Sofa und hatte Tränen auf seinen Wangen, sodass ich erschrak.

Mit aufgewühltem Herzen zog ich Liam die Jacke aus und setzte ihn auf sein Schaukelpferd.

«Was ist passiert?», fragte ich mit bebenden Lippen und setzte mich neben Pierre.

«Pascal … er ist … letzte Nacht … gestorben», kam es leise und zögerlich aus Pierres Mund.

«Nein! Das darf nicht sein! Er machte doch so einen gesunden Eindruck.» Mein Herz krümmte sich und ich wusste, wie sehr Pierre das mitnahm, zumal er seinen Vater gerade erst gefunden hatte.

Jenny sprang auf Pierres Schoß, um ihn zu trösten, und leckte sein Gesicht gründlich ab.

«Das tut mir so unendlich leid.» Ich fand keine Worte, um meinen Mann zu trösten und streichelte stumm seinen Arm. Nach einigen Minuten stand er auf und ging wie ferngesteuert in die Küche.

Warum konnte das Leben nicht mal für eine längere Zeit beständig sein? Das Leben war ein stetes Auf und Ab, das wir so bewältigen müssen, wie es uns vorgegeben wird. Ich musste mich endlich daran gewöhnen und wollte versuchen, unbeschwerter zu werden, da ich das Schicksal nicht beeinflussen konnte.

Pierre flog allein zur Beerdigung seines Vaters. Ich hätte ihn gerne begleitet, aber er hatte es nicht gewollt, damit unserem Mädchen nichts zustieß, wie er begründete. Bedrückt kehrte mein Mann nach zwei Tagen zurück. Er verfiel wieder in seine alte Schwermut und suchte verzweifelt nach Leuten, die Pascals vielen Tiere versorgten. Er fand sie in einem deutschen Paar fand, das sich fürsorglich um all die Hühner, Hunde, Pferde und Katzen kümmerte.

Kurz vor Weihnachten zog Vanessa probeweise zu Felix, der sein Haus in Windeseile modernisiert hatte. Es war dank meiner Dekorationsideen sehr gemütlich geworden.

Ich war froh, dass Pierre etwas um die Ohren hatte und zu den Dreharbeiten reiste, so wurde er von dem überraschenden Tod seines Vaters abgelenkt.

Unser Glück war getrübt, dennoch freute ich mich auf Weihnachten, schrieb an meinem Buch, das im neuen Jahr erscheinen sollte und fieberte der Geburt unseres Kindes entgegen.

Es war schön, Vanessa in meiner Nähe zu haben. Wir verstanden uns so gut wie nie zuvor und unternahmen viel gemeinsam. Meine Schwester war mir sehr dankbar, dass ich sie mit Felix verkuppelt hatte. Sie war glücklich wie nie zuvor. Jamie und Javier waren vernarrt in Felix, der die Kinder unglaublich gut beschäftigen konnte. Ich war mir sicher, dass wir im nächsten Jahr eine Hochzeit feierten.

Da ich mich nicht so lange von Pierre trennen konnte, begleitete ich ihn für ein paar Tage zum Filmset und bewunderte sein schauspielerisches Talent. Ich spürte, dass er voll in diesem Beruf aufging und dass ihn die anspruchsvolle Rolle glücklich machte. Dennoch wollte er nach dem anstrengenden Dreh keine weiteren Filme mehr machen, da er zuhause gebraucht wurde und die Idee hatte, eine weitere Organisation zu gründen.

Heilig Abend feierten wir mit der größer gewordenen Familie bei uns. Pierre kochte, Felix hatte uns einen riesigen Baum besorgt und Rudi kümmerte sich liebevoll um unsere Kinder, während Vanessa, Mutter und ich noch rasch die letzten Geschenke einpackten.

Pierre trauerte noch immer um seinen Vater, den er gerne Weihnachten bei sich gehabt hätte und an den er noch so viele Fragen gehabt hatte.

ACHT MONATE SPÄTER

«Pierre! Kannst du Letizia bitte wickeln?» Ich hatte unser zartes Mädchen, das zwei Wochen früher das Licht der Welt erblickt hatte, gestillt und gab es in die Hände meines Mannes, der sich den ganzen Tag rührend um unsere Kinder kümmerte, während ich an einem neuen Buch arbeitete.

«Welchen Anzug soll ich anziehen?», wollte Pierre von mir wissen und schaukelte Letizia in seinen Armen.

«Ich würde den dunkelblauen nehmen. Der passt gut zu meinem Kleid. Wir sind spät dran, kannst du Liam den Matrosenanzug anziehen? Gleich kommt Maren und macht mir die Haare.»

«Mache ich alles!», sagte er flötend und drückte mir einen Kuss auf den Mund.

«Ist es nicht großartig, dass wir eine Doppelhochzeit feiern?»

«Ja, das ist vor allem praktisch. Hast du den Schnuller gesehen?»

«Nein, vorhin lag er noch in der Küche.»

Maren war zu früh dran und stürmte in unseren Flur. Sie stattete mir zum ersten Mal einen Hausbesuch ab und bekam den Mund vor Staunen nicht zu.

«Mein Gott, habt ihr es schön! Hier könnten locker vier Familien unterkommen. Ich komme gerade von Vanessa und deiner Mutter. Ich habe den beiden Bräuten die schönsten Hochzeitsfrisuren verpasst, die du jemals gesehen hast. Deine Schwester hat aber auch schöne Haare. Der Felix ist ja ein ganz Süßer. Der hätte mir auch gefallen. Ich finde es ja so schön, dass ihr nun beide auf der Insel lebt. Wir müssen unbedingt mal einen Mädelsabend machen. Hab ich dir schon erzählt, dass wir nach der Zucker-Challenge festgestellt haben, dass uns Süßes überhaupt nicht mehr schmeckt? Nie hätte ich als ehemaliger Zucker-Junkie gedacht, dass ich dem Zucker jemals abschwören könnte. Wir haben schon überlegt, ob wir ein Buch über das Thema schreiben. Wir haben so viele tolle Rezepte entwickelt. Vielleicht könntest du uns da ein wenig unterstützen?»

Ich sah auf die Uhr und vermutete, dass ich unfrisiert zur Hochzeit musste, weil Maren nicht in die Pötte kam.

«Wollen wir dann mal?», fragte ich zaghaft an und hörte Letizia weinen. Sicherlich war sie müde und wollte nicht gewickelt werden.

«Oh, ist das die Lütte? Ich würde sie ja zu gern mal sehen.»

«Wollen wir erstmal meine Haare machen? Wir sind schon spät dran und ich muss mich auch noch schminken.»

Nervös wippte ich mit meinem Bein, während Maren meine Haare kräftig bürstete, sodass ich aufschrie.

«Viola, ich hatte doch mal eine blaue Fliege.» Pierre steckte seinen Kopf durch die Tür und sah mich fragend an.

«Guck doch mal in deiner Ankleide in der untersten Schublade nach.»

«Guten Tag, Herr Gaston», begrüßte Maren meinen Mann respektvoll und zeigte ihr breitestes Lächeln, das nicht das Hübscheste war.

«Hallo!», antwortete mein Mann fahrig und war mit dem Anziehen der Kinder und sich selbst ein wenig überfordert.

«Mensch, Viola! Ich beneide dich. Du hast so ein Glück. Ich glaube, dass ich den Richtigen nicht mehr finden werde. Wenn man mit dreißig nicht verheiratet ist, dann wird das auch nichts mehr, weil die besten Männer dann schon weg sind. Ich habe keine Lust auf einen abgelegten Mann, der noch bei anderen Frauen ein paar Kinder hat. Ich bin ja ganz glücklich mit meinem Laden und den Mädels, mit denen ich viel unternehme, aber wenn ich dann abends so alleine auf dem Sofa sitze … Hab ich dir schon erzählt, dass die Hansen wieder klar im Kopf ist? Stell dir vor! Nach drei Jahren ist die plötzlich wieder ganz gesund.»

«Was? Tatsächlich? Ja, und, wer hat sie nun vergiftet?»

«Sie hat sich aus Versehen selbst vergiftet. Sie konnte sich unglaublicher Weise noch gut daran erinnern. Ihr Mann, den sie ja vielleicht auf dem Gewissen hat, was ihr jedoch keiner beweisen kann, der hatte früher immer so viel eingemacht und da war wohl so ein Glas nicht ganz koscher. Vielleicht wollte der Hansen ja auch seine Frau vergiften? Nachdem sie den Kürbis aus dem Glas gegessen hatte, musste sie sich übergeben und spuckte das ganze Schlafzimmer voll. Daran konnte sie sich noch erinnern, bevor sie ins Koma fiel.»

«Das ist ja ein Ding! Dann war es also gar kein Mordversuch?», sagte ich etwas enttäuscht.

«So, fertig ist das Kunstwerk.»

Maren reichte mir einen Handspiegel und trat zwei Schritte zurück, um mich aus der Entfernung zu betrachten.

«Sehr schön, aber diese Strähne, die stört mich. Kannst du die noch irgendwo reinstecken?»

«Aber das sieht doch gerade gut aus! Lass mal so. Ich muss jetzt auch rasch in den Laden. Ich wünsche euch eine schöne Hochzeit.»

Schweißgebadet schloss ich die Tür hinter Maren und rannte ins Badezimmer, um mich zu schminken.

Nun weinte Liam und Pierre kam mit ihm zu mir. «Liam hat sich den Kopf gestoßen und er hat schon eine kleine Beule. Hast du irgendwo Kühlpads?»

«Im Kühlschrank, im oberen Fach», erklärte ich genervt und hätte mich am liebsten aufs Bett geworfen und eine Runde geschlafen, da die Nächte äußerst anstrengend waren, seitdem Letizia auf der Welt war.

«Kannst du kurz Liam nehmen?»

«Ich wollte mich aber gerade schminken …» Schon hatte ich meinen weinenden Sohn auf dem Arm und tröstete ihn.

«Ich finde die nicht!», rief Pierre aus der Küche und ich hörte es scheppern.

«Das war nur das Gurkenglas!», beruhigte er mich und kam ins Badezimmer gehetzt.

«Ich habe sie doch gefunden. Sie lagen ganz versteckt hinter der Butter.»

«Pierre, vielleicht sollten wir uns doch ein Kindermädchen zulegen?», schlug ich ihm zum wiederholten Mal vor und sah ihn eindringlich an.

«Ich kann ja mal darüber nachdenken.»

Kaum hatte Liam sich beruhigt, fing unsere Tochter an zu weinen. Ich ließ es mit der Schminke und kümmerte mich stattdessen um die Kleine.

Mit fliegenden Fahnen und zwei weinenden Kindern auf der Rücksitzbank rasten wir mit überhöhter Geschwindigkeit nach Keitum zur St. Severin Kirche. Wir schlichen uns in die Kirche, in der bereits alle auf ihren Plätzen saßen.

Die Brautpaare standen vor dem Altar und drehten sich zu uns um, als wir Platz nahmen. Als die Ringe ausgetauscht wurden, kullerten Tränen der Freude über meine Wangen und ich drückte ganz fest Pierres Hand. Ich musste an meinen Vater denken, musste an Pascal denken und an Leon, der mich vor einer Woche zu seiner Hochzeit eingeladen hatte. Hätte Leon mich vor drei Jahren nicht verlassen, wäre mein Leben ganz anders verlaufen und ich würde gewiss nicht in dieser schönen Kirche sitzen und die Hand meines wundervollen Mannes halten.

Die große Hochzeitsfeier fand in einem Lokal mit Meerblick

statt. Das Wetter meinte es gut mit uns, denn wir konnten bis zum Ende der Feier im Freien speisen, tanzen und den Wellen lauschen, die leise ans Land plätscherten.

Rudi und meine Mutter passten auf ihre Enkelkinder auf, damit Vanessa und Felix ihre Zweisamkeit in Italien genießen konnten. Vanessa gefiel die Rolle als Hausfrau und Mutter, mit der sie voll ausgelastet war. Sie erledigte nebenbei noch die Büroarbeit, die in Felix gut laufender Schreinerei anfiel.

Rudi wollte seinen Trainerjob noch ein Jahr lang ausüben und sich danach in Pierres Organisation engagieren, aber vor allem wollte er sich um seine Enkelkinder kümmern, denen er nicht nur das Fußballspielen beibringen wollte.

Pierres Film gewann zwei Preise, was ihn überaus stolz machte. Jedoch war er traurig, dass seine Eltern seinen Erfolg und vor allem ihre Enkelkinder nicht erleben durften.

Im Herbst wollten wir nach Nizza fliegen, um dort dem Sturm und der Kälte zu entfliehen. Es gab noch so viele Plätze, die Pierre mir in der Stadt am Mittelmeer zeigen wollte, und noch so viele Geschichten, die er zu erzählen hatte.

Mein letzter Roman war eine Woche vor meiner Niederkunft fertig geworden und wurde ein Bestseller, was mich unendlich beglückte und mich motivierte, weiterhin als Romanautorin tätig zu sein. Pierre war stolz auf mich und war immer noch der Erste, der meine Bücher las.

Frau Petersen war tragischerweise mit ihrem Dreirad direkt vor unserem Haus schwer gestürzt, weil sie vermutlich ihren Kopf zu weit gereckt hatte und von der hohen Bordsteinkante gefallen war. Seitdem war sie ein Pflegfall, sodass ich die Sylter

Neuigkeiten nicht mehr brandheiß von ihr erfuhr.

Die liebe Käthe, die mir noch immer ab und zu einen Hanseaten schenkt, sitzt noch immer in ihrer Bäckerei, aber kann keine Kunden mehr bedienen, sondern hält nur noch Klönschnack mit den Stammkunden.

Ines arbeitete nicht mehr für Pierre. Sie hatte ihr Studium geschmissen und wollte durch Neuseeland reisen. Wir bekamen zwei Postkarten von dem engagierten Mädchen, auf das ich grundlos eifersüchtig gewesen war. Auf den zerknickten Postkarten waren weiße und schwarze Schäfchen abgebildet, die wir auf unserer schönen Insel auch reichlich haben.

Das Glück hatte bei uns Einzug gehalten und ich hielt es mit beiden Händen ganz fest, auch wenn ich wusste, dass das Schicksal nicht schläft und schon am nächsten Tag die Welt ganz anders aussehen kann.

Ach ja, ich lebe noch immer überwiegend zuckerfrei und fühle mich pudelwohl damit. Ab und zu genieße ich ein Stück Torte in meinem Lieblings Café auf Sylt, von dem man einen grandiosen Blick aufs Meer hat. Ich habe für euch noch ein Rezept, das eine gute Alternative zu einem viel zu süßen Hanseaten ist und auch lecker schmeckt.

ENDE

REZEPT FÜR SYLTER RUMKÜGELCHEN

Zutaten:

200 g zarte Haferflocken

1 Banane

6 Datteln

100 g gemahlene Haselnüsse oder Walnüsse oder Cashewkerne

100 g gemahlene Mandeln

2 EL Honig oder Agavendicksaft oder 1 EL Xylit

Ein Schuss Milch oder Rum oder Mandelmus

Vanille, Kokosraspel, Kakaopulver

Die Banane und die Datteln mit einem Teelöffel Milch oder Rum fein pürieren und alle weiteren Zutaten mit der Dattelpaste vermischen. Sollte der Teig zu krümelig sein, könnt ihr ein Schuss Milch, Rum oder Mandelmus zugeben. Ist er zu klebrig, dann gebt gemahlene Nüsse hinzu. Formt kleine Kugeln und wälzt sie in Kakao oder Kokosraspel. Die Sylter Glückskügelchen halten sich ein paar Tage gut verschlossen im Kühlschrank.

Liebe Leserinnen, liebe Leser,

es freut mich sehr, dass Sie mein Buch gekauft haben. Ich hoffe, dass es Ihnen gefallen hat und Sie noch weitere Werke von mir lesen werden. Wenn Sie sich die Mühe machen würden, mir eine Rezension zu schreiben, würde ich mich sehr freuen. Falls Sie Fragen oder Kritik üben möchten, dann scheuen Sie sich nicht, mir eine E-Mail zu schreiben, die ich gerne beantworten werde.

Alles Gute und liebe Grüße

Ihre Andrea Froh

andrea.froh@gmx.de

Falls Sie durch meinen Roman vielleicht den Anstoß dazu bekommen haben, Ihre ungesunde Ernährung umzustellen, was zunächst Disziplin erfordert, nach ein paar Wochen jedoch zur Routine wird, kann ich Ihnen mein Buch «Zucker ade - tut das wirklich weh?» empfehlen.

In meinem Erfahrungsbericht schildere ich meine positiven Erlebnisse, die ich aufgrund des Zuckerverzichts erfahren habe und stelle einfache Rezepte vor, die keinen Zucker und kein Weißmehl enthalten. Manchmal muss man alte, ausgetrampelte Pfade verlassen, um einen neuen, schönen Weg in ein besseres, gesünderes Leben zu finden, das einen glücklicher und zufriedener machen kann.

Bleiben Sie gesund und seien Sie so mutig wie Viola, die ihr vollkommenes Glück gefunden hat.

Leseprobe aus dem Buch

Zeit des Schmerzes
-
Zeit des Glücks

1. Aufbruch

Fest umklammert hielt ich in meinen schwitzenden Händen ein abgegriffenes Stofftier, dem das rechte Auge fehlte. Das voll besetzte Flugzeug setzte zum Start an und rumpelte über den glatten Asphalt. Ich kniff die Augen zusammen und drückte meinen Kopf in die aufblasbare Kopfstütze. Als sich die Maschine nach wenigen Minuten in der Luft befand, öffnete ich meine Augenlider und blickte durch das dicke Fensterglas in ein wunderschönes Blau, das mit ein paar Wölkchen garniert war. Mein Puls normalisierte sich langsam, aber meine Aufregung hielt an, denn ich wagte einen großen Schritt; den Schritt in ein neues Leben und hatte keine Ahnung, wie es werden würde.

Mein korpulenter Sitznachbar, der einen dicken Kugelbauch vor sich herschob und mir unangenehm nah war, beanspruchte die gemeinsame Armlehne für sich alleine. Seine Atmung ging angestrengt, als würde er unter Asthma leiden. Er hatte mich beim Einsteigen nur kurz begrüßt und versteckte sich seitdem hinter einer Computer Zeitschrift, die er dicht vor seine Augen hielt. Es war mir ganz recht, dass ich keinen redseligen Menschen neben mir sitzen hatte und blätterte unmotiviert in einer Frauenzeitschrift, von dessen Cover mir eine braungebrannte Schönheit entgegenlächelte. Ich hatte keine Ruhe, mich auf einen Artikel zu konzentrieren, da meine Gedanken bereits auf der Insel waren. In der ersten Woche hatte ich viel zu erledigen; vor allem Behördengänge zu machen, die in Spanien nervenaufreibend sein konnten. Ohne fließende Spanischkenntnisse wäre ich nicht nach Mallorca ausgewandert und vor allem nicht ohne größere finanzielle Rücklagen, die mir keine schlaflosen Nächte bereiten würden. Jonas und ich hatten uns regelmäßig eine beliebte Auswandersendung angesehen und uns gewundert, wie schlecht vorbereitet einige Deutsche das

Land einfach wechselten, als wenn sie nur eine Straße weiterziehen würden. Ist es mutig oder naiv, wenn Auswanderer mit wenig Kapital und mit geringen Sprachkenntnissen in die Fremde umziehen? Ich war jedenfalls sehr gut vorbereitet und hatte für alle Fälle sogar meine Eigentumswohnung in Hamburg behalten, um jederzeit in die alte Heimat problemlos zurückzukehren.

Es gab belegte Bagels, die gar nicht schlecht schmeckten, doch nach ein paar Bissen konnte ich nicht mehr essen, da mein Magen rebellierte. Innerhalb des letzten Jahres hatte ich über zehn Kilo abgenommen und sah aus wie ein Magermodel. Ich hätte mich durchaus bei Heidi bewerben können. Mein gesamter Körper hatte gegen den psychischen Schmerz rebelliert, den ich mit professioneller Hilfe etwas lindern konnte. Doch nun war ich dabei, mich zu regenerieren; nach vorne zu schauen und die Vergangenheit zu bewältigen. Ich wollte nicht mehr in meiner Trauer verharren, die mich viele Tage und Nächte unermüdlich begleitet hatte.

«Möchten Sie noch ein Kaltgetränk?», riss mich die freundliche Servicekraft aus meinen Gedanken und lächelte mich mit ihrem künstlichen Lächeln an, das sie jedem Gast zeigen musste, egal wie gut sie drauf war.

«Einen Tomatensaft hätte ich gerne», antwortete ich nach einigen Sekunden und zeigte ein freundliches Lächeln, was mir noch immer schwerfiel, da mein Gesichtsausdruck meinen inneren Gemütszustand ausdrückte.

Als ich aus dem gut gekühlten Flughafengebäude ins Freie trat, schlug mir ein warmer Wind entgegen, der ungewohnt war, denn ich kam aus einem kalten Frühling, der sogar noch Schnee gebracht hatte. Die permanent laufenden Motoren der vielen Busse, die die Touristen auf der gesamten Insel verteilten, verpesteten die Luft und dröhnten in meinen Ohren. Ich zog meinen schweren Koffer hinter mir her und ging in eiligen Schritten zielstrebig in das nahe gelegene Parkhaus, in dem ich meinen Mietwagen abholen konnte.

Kopfschmerzen und Nervosität hatten von mir Besitz ergriffen; mir war, wie so oft in den letzten Monaten, zum Heulen zumute. Ich war kraftlos und fühlte mich schrecklich einsam und hatte keine Ahnung, wie ich alles Anstehende alleine bewältigen sollte. Ich setzte mich für eine kurze Weile auf den Koffer und trank eine kleine Flasche Wasser mit einem Zug leer. Am Schalter der Autovermietung befand sich eine längere Schlange, in die ich mich korrekt einreihte und wedelte mir mit einer Broschüre frische Luft ins Gesicht. Genervt beobachtete ich einen Landsmann, der ein buntes Hemd trug, das bereits seit Jahren aus der Mode war und so viele Knöpfe offenstehen hatte, dass ich seine üppige Brustbehaarung sehen konnte. Er telefonierte dermaßen laut, dass ich das gesamte Gespräch mithören konnte. Nach über einer Stunde saß ich schwitzend in dem kleinen Mietauto, in das mein Koffer nur knapp hineinpasste. Die Strecke bis zu meiner neuen Bleibe kannte ich bereits gut, auch wenn die Finca abgelegen war und nicht Ortskundige an dem unscheinbaren Abzweiger, der auf einen holprigen Weg führte, leicht vorbeifahren konnten. Ein spanischer Radiomoderator kündigte für die kommenden Tage große Hitze an und erzählte von einigen Feuern, die erfolgreich gelöscht werden konnten. Als ich vor dem eisernen Tor meiner Finca stand, die mein neues Zuhause werden sollte, durchströmte mich ein Glücksgefühl, aber gleichzeitig auch eine Traurigkeit, da ich zukünftig allein in dem großen Haus leben musste. Mit einer Funkfernbedienung öffnete ich das Tor, das langsam quietschend seine Flügel ausbreitete. Die Reifen des Wagens wirbelten ordentlich Staub auf, da es seit Wochen nicht mehr geregnet hatte. Aber auf dem Stück Land, das nun mir gehörte, grünte und blühte es üppig, da der Gärtner seine Arbeit ordentlich verrichtet hatte. Endlich war ich angekommen! Nach vielen Wochen der gründlichen Vorbereitung stand ich auf meinem kleinen Stück Land. Ich streckte mich und ging einmal ums Haus herum, um zu sehen, ob alles in Ordnung war. Das Poolwasser sah sauber aus, alle Polster auf den Gartenmöbeln waren neu und die Wege waren gefegt. Ich war erfreut, dass sich alles in einem perfekten Zustand befand, was ich Valentina zu verdanken hatte. Sie war meine Nachbarin und eine unglaublich nette Frau, mit einem großen Herzen und viel Humor. Ein Glücksfall für mich, denn sie kümmerte sich um meine Finca und konnte auch noch ausgezeichnet kochen. Valentina war Ende dreißig und hatte ihren Mann durch einen tragischen Unfall verloren. Er war vor einigen Jahren mit seinem klapprigen Fahrrad in der Nacht auf einer kleinen Straße unterwegs gewesen und wollte seine kranke Schwiegermutter besuchen. Offenbar fuhr er unbeleuchtet und wurde von einem PKW angefahren und einfach liegen gelassen. Juan verstarb mit 35 Jahren auf einer staubigen Straße und wurde erst am nächsten Morgen von einem kleinen Jungen entdeckt. Seit dem Tod ihres Mannes bewirtschaftete Valentina ihre alte, urige Finca ganz allein. Sie vermietete sechs Zimmer in ihrem Haus an ausgesuchte Touristen und baute auf ihrem großen Grundstück Gemüse und Obst an, mit dem sie ihre Gäste versorgte. Manchmal ging sie auch auf den Markt, wenn die Ernte besonders gut ausgefallen war. Valentina und mich verband das gleiche Schicksal, das uns auf uns allein gestellt hatte und uns zu starken Frauen werden ließ.

2. Mein neues Zuhause

Der Haustürschlüssel war unter einem Korb versteckt, in dem frische Zitronen lagerten. Mein Herz pochte wild, als ich den Schlüssel im Schloss bewegte, denn ich war über ein Jahr nicht mehr in dem Haus gewesen und wusste nicht genau, was mich im Inneren erwartete. Zuletzt hatte Jonas die Tür verschlossen und sich unbändig auf unseren Einzug gefreut.

Ein angenehmer Duft von Lavendel stieg mir in die Nase als ich den geräumigen Flur betrat, in dem es herrlich kühl war. Da es stockdunkel war, knipste ich das Licht an und stellte meine Handtasche auf eine alte Kommode. Wir hatten das Haus samt Mobiliar erworben, da es genau unseren Geschmack getroffen hatte. Alle Räume waren hell und freundlich eingerichtet. Die Dekoration war liebevoll ausgesucht und selbst das Geschirr hatte mich entzückt. Dass die Vorbesitzerin Innenarchitektin war, konnte man deutlich erkennen. Ich öffnete die schweren Fensterläden und ging aufmerksam durch die Räume, die sauber und einladend aussahen. Meine Umzugskartons, die vor einer Woche angeliefert worden waren, standen im geräumigen Wohnzimmer, von dem aus man einen schönen Blick auf den Pool hatte. Ich fühlte mich zuhause angekommen, auch wenn ich allein war und meine ehemalige Heimat und meine Familie weit weg waren. Erschöpft ließ ich mich auf einen Sessel fallen und schaute mich um, als hätte ich den Raum zum ersten Mal gesehen. Es war so ruhig, dass ich rein gar nichts vernahm; keinen Autolärm, keine Flugzeuge und kein Geschrei von nervigen Nachbarn. Ich erschrak leicht, als sich plötzlich ein kleines Kätzchen an mein Bein drückte und ich das warme, weiche Fell an meiner nackten Haut spürte.

«Wer bist du denn?», fragte ich leise und nahm das schwarz-weiß gemusterte Tier auf meinen Schoß. Es wehrte sich nicht und ließ sich von mir kraulen. Leise mauzte es, aber sprang nach kurzer Zeit auf den Steinfußboden und trottete in die Küche. Vermutlich war das Tier hungrig, denn es war sehr dünn. Ich folgte dem kleinen Wesen und warf einen Blick in den Kühlschrank, der prall gefüllt war. Es war alles in der Kühlung, was man sich als hungriger Mensch wünschte. Mein Erstaunen war groß und meine Zuneigung zu Valentina wuchs. Was war sie doch für ein herzensguter Mensch. Ich füllte Milch in ein hübsches, handgetöpfertes Schälchen und stellte es vorsichtig auf den Boden. Gierig schlabberte das Kätzchen die kalte Milch bis auf den letzten Tropfen. Danach rannte es zufrieden durch die offene Terrassentür ins Freie. Ich holte mir ein großes Glas gekühltes Wasser und schloss die zweiflüglige Tür auf, die von der Küche in den Garten führte, von wo aus man auf eine kleine Plantage gelangte, auf der sich Zitronen- und Orangenbäume befanden, die bereits reife Früchte trugen. Es war das wahre Paradies, das ich von nun an bewohnen würde, dachte ich freudig und holte meinen Koffer aus dem Auto.

Als ich den Kleiderschrank einräumte, hörte ich ein lautes, kurzes Klopfen. Etwas erschrocken rannte ich in die untere Etage, da ich Angst vor Einbrechern hatte, die es auf der Insel leider auch gab. Die Haustür hatte ich nicht verschlossen, da ich frische Luft ins Haus lassen wollte und ich mich, weit ab vom nächsten Ort, sicher fühlte. Wer würde hier schon rauskommen, um etwas zu stehlen?

«Emma?», hörte ich eine weibliche Stimme rufen, die durch den großen Flur hallte.

Valentina stand an der Treppe und breitete die Arme aus, um mich herzlich zu begrüßen. Tränen bildeten sich vor Freude in meinen Augen und ich wischte sie rasch mit dem Handrücken fort.

Wir lagen uns eine Weile in den Armen und schaukelten leicht hin und her.

«Hast du guten Flug gehabt?», erkundigte sie sich in ihrem gebrochenen Deutsch, das ich so liebte.

«Ja, danke. Du hast das Haus so schön hergerichtet und sogar für mein leibliches Wohl ist gesorgt. Du bist ein Engel, Valentina.»

«Oh nein, kein Engel, nur eine Frau!», sagte sie verschmitzt und zog ihren langen Pferdeschwanz strammer. «Du sollst dich doch wohlfühlen hier und mit deiner Nachbarin zufrieden sein.»

«Habe ich ein Glück! Wollen wir zusammen einen Kaffee trinken?»

Da ich mich an das Alleinsein erst gewöhnen musste, versuchte ich, Leute um mich zu haben, die mich von meiner Trauer ablenken sollten und ich mich lebendig fühlte.

«Tut mir leid, Emma, aber ich muss auf Markt. Aber morgen komme ich vorbei. Soll ich dir mitbringen etwas?»

«Nein, danke. Der Kühlschrank ist ja voll und ich werde selbst mal losfahren.»

Ich war etwas enttäuscht, aber hatte wiederum auch viel zu tun und musste mich an mein Singleleben gewöhnen, was nicht einfach war.

Valentina hauchte mir Küsschen auf die Wangen und duftete

nach Lavendel, das sie zwischen ihre Wäsche legte, da sie Sorge hatte, dass ihr die Motten ihre schönen Kleider zerfraßen.

«Adios, Emma!», verabschiedete sie sich fröhlich und winkte mir zu, als sie die lange Auffahrt in ihren ausgetretenen Flip Flops entlangschlurfte.

Ich ließ mich etwas erschöpft auf einen Schaukelstuhl fallen und betrachtete zufrieden einen alten Olivenbaum, meinen schön bepflanzten Garten und den blauen Himmel, den ich nicht gewöhnt war. Trotz meines schweren Verlustes durchflutete mich ein gutes Gefühl und ich freute mich auf mein neues Leben auf der Insel, das ich mir langsam aufbauen musste.

Nachdem ich mich im kreisrunden Pool erfrischt hatte, kochte ich mir Spagetti mit einer einfachen Sauce, die ich im Freien aß. Danach lag ich müde im Schatten einer alten, knorrigen Olive und fiel in einen tiefen Schlaf, der mir einen Traum bescherte: Jonas stand mit einem kleinen Lederkoffer auf der Terrasse und bewegte sich nicht, als wenn ihn etwas daran hindern würde. «Jonas!», rief ich freudig und rannte auf ihn zu, aber kurz bevor ich ihn erreicht hatte, war er verschwunden.

Leise hörte ich eine Klingel läuten, deren Ton mir noch fremd war. Es war meine Haustürglocke, an die ich mich gewöhnen musste. Benommen setzte ich mich aufrecht hin und schaute mich um; ging ein paar Schritte, sodass ich die Toreinfahrt sehen konnte. Dort stand ein Auto; mein neues Cabrio, das Jonas und ich uns vor einem Jahr ausgesucht hatten. Ich winkte dem Fahrer zu, der in der sengenden Hitze stand und sich mit dem Handrücken den Schweiß von der Stirn wischte. Ich öffnete das Tor mit der Fernbedienung und stellte mich unter den Carport.

«Buen día!», begrüßte ich den Mann, der ein mürrisches Gesicht zog.

«Hola!», begrüßte er mich mit einem abschätzigen Blick. Mochte er keine Deutschen? Er knallte die Wagentür des nagelneuen Cabrios ziemlich kräftig zu, sodass ich zuckte.

Kommentarlos legte er ein paar Papiere auf die Motorhaube und zeigte mir, mit seinem schmutzigen Zeigefinger, wo ich unterschreiben sollte. Ich drückte ihm zehn Euro in die Hand und gab mich ebenso wortkarg wie mein Gegenüber. Vor dem Tor wartete offenbar sein Chef in einem klapprigen Pick-up, der ihn wieder mit nach Palma nahm. Ich setzte mich in das perlweiße Cabrio und nahm bei ausgeschaltetem Motor das Lenkrad in beide Hände. Jonas hatte sich den Wagen ausgesucht und sich so sehr auf die Touren mit dem kleinen Flitzer gefreut. Damit ich nicht wieder Tränen vergoss, stieg ich aus dem Wagen und gab den vielen Kübeln, in die Valentina wunderschöne Blumen gepflanzt hatte, deren Namen ich nicht kannte, reichlich Wasser.

Leseprobe aus dem Buch

Zwei Sommer mit dir

November 2018

«Lass uns gehen, Emilia!», flüsterte meine Mutter mit heiserer Stimme und griff nach meiner Hand, die eiskalt war und zitterte. Doch ich wollte nicht gehen, ich wollte bei ihm bleiben; ich konnte ihn doch nicht alleine lassen! Aus meinen geröteten Augen flossen Tränen, die ich mir nicht aus dem blassen Gesicht wischen konnte, da ich erstarrt war. Ich spürte mein schmerzendes Herz, das für immer zerbrochen schien; spürte meinen Kopf, der schmerzte, da er seit Wochen die stete Angst und Trauer verarbeiten musste und spürte meine wackeligen Beine, die mich mit allerletzter Kraft trugen.

Ich starrte auf den weißen Sarg, auf dem über fünfzig rote Rosen lagen und sackte schluchzend auf die Knie, auf den feuchten, sandigen Boden.

Juni 2017

«Emilia! Lass uns ins Wasser gehen!», rief meine Freundin Paula, die von ihrem kurzen Strandspaziergang zurückkehrte und ein knallrotes Gesicht zeigte. Sie warf ihre gesammelten Muscheln in den heißen Sand und zog sich ein buntes Strandkleid über den Kopf. Ihr schlanker, junger Körper, der in einem knappen Bikini steckte, kam zum Vorschein.

«Ich bin so schlapp. Geh alleine schwimmen.» Ich blinzelte in die Sonne und sah in Paulas enttäuschtes Gesicht.

«Raff dich auf! Das Bad wird dich munter machen. Nun komm schon! Warum sind wir denn ans Meer gefahren, wenn du nicht baden gehst?», versuchte sie mich zu überreden und knotete ihr dichtes Haar auf dem Kopf zusammen.

«Gut, ich komme gleich. Du kannst ja schon mal vorgehen.» Ich streckte meine Arme nach oben und musste gähnen; kramte meinen Badeanzug aus der vollgestopften Strandtasche und zog mich unter meinem kurzen Kleid umständlich um.

Paula stand bereits bis zur Hüfte in der Ostsee und winkte mir fröhlich zu. Das Wasser war kalt und voller Algen. Lieber wäre ich auf die Malediven geflogen und hätte im badewannenwarmen Indischen Ozean entspannt, aber dafür hatte mein Urlaubsgeld nicht ausgereicht; zudem achtete ich streng auf meinen ökologischen Fußabdruck, der nicht zu groß werden sollte.

Als meine Füße mit dem salzigen Wasser bedeckt waren, bekam ich Gänsehaut und verspürte kein großes Verlangen, meinen frierenden Körper ins Meer zu legen. Ich verschränkte meine Arme vorm Körper und ignorierte meine Freundin, die mich mehrmals laut rief. «Emilia, nun komm schon! Du musst schnell rein und schwimmen.»

Ich tat so, als würde ich sie weder hören noch sehen und spritzte das Wasser mit einem Fuß in die Höhe. Während Paula weit hinausschwamm, spazierte ich am Ufer entlang und hielt nach Bernstein Ausschau. Ich hob ein paar Steine auf, die die goldbraune Farbe des begehrten Steins besaßen, aber warf sie enttäuscht ins Meer zurück, da sie zu schwer waren.

Es war der erste Tag unseres einwöchigen Urlaubs, den wir in einem kleinen Appartement an der Ostsee verbrachten. Lieber wäre ich nach Italien oder Spanien gereist, aber da ich es nicht geschafft hatte, neben dem Studium zu jobben, blieb uns nur ein kurzer Trip in das fünfzig Kilometer entfernte Niendorf an der

Ostsee. Paula hatte die schlicht eingerichtete Unterkunft, die nach Mottenpulver roch, in einem Käseblatt gefunden. Immerhin konnten wir vom kleinen Balkon aus, der so groß war wie zwei Badehandtücher, wenn wir um die Ecke guckten, das Meer erspähen. Das Wetter war wie auf Mallorca, denn über dem Norden Deutschlands hatte sich ein riesiges Hoch eingenistet, das uns ungewöhnliche Hitze brachte, die ich gut vertrug.

Entspannt lächelnd verließ meine Freundin die ruhige Ostsee und strich ihr nasses Haar aus dem Gesicht. Sie zog ein paar Blicke auf sich, da sie ein bisschen aussah wie eine Baywatch Schönheit.

«Du bist wirklich ein Weichei! Das Wasser ist herrlich», blaffte sie mich an und warf sich auf das bunte Handtuch, auf dem ein Pferd auf einer Wiese graste.

«Ich gehe später rein. Guck mal! Ist das vielleicht ein Bernstein?», lenkte ich von mir ab und warf ihr einen Stein zu.

«Ja, das könnte sein. Der ist leicht und hat auch die Farbe …»

Ich steckte den Edelstein in meine Strandtasche und beobachtete die vielen Menschen, die dicht an dicht lagen, sodass Spätankömmlinge es schwer hatten, noch einen Platz zu finden. Richtige Urlaubsstimmung kam bei mir nicht auf, denn eine Reise an einen Ort, an den ich jedes Wochenende fahren kann, fand ich nicht so spannend. Urlaub bedeutete für mich eine andere Sprache, anderes Essen und eine andere Umgebung. Jedoch wollte ich versuchen, mich zu entspannen und mit meiner Freundin Spaß zu haben. Da ich durch eine wichtige Klausur gerasselt war, stand mein Laune Barometer auf schlecht. Doch Paula versuchte mich mit allen Mitteln aufzumuntern und erzählte lustige Geschichten oder zeigte mir witzige Filme auf ihrem Handy. Zudem machte sie mich ständig auf Männer aufmerksam, die ihrem, aber nicht meinem Geschmack entsprachen. «Schau mal! Der sieht doch gut aus. Zwar stehen die Ohren ab, aber der Body …»

Paula war seit zwei Jahren glücklich mit Johannes liiert. Sie hatten sich gleich im ersten Semester in einem Seminar kennengelernt. Ich mochte Johannes, denn er war ruhig, bescheiden und besaß einen netten Humor.

Ich hingegen hatte noch nie einen Freund gehabt, da ich meine Familie hatte, in der ich mich geborgen und rundum glücklich fühlte. Dennoch war ich für eine Liebe, die sich zufällig ergeben sollte, offen. Zudem war ich neugierig darauf, wie es ist, einen Mann zu küssen, mich von ihm streicheln zu lassen …

«Mir wird es jetzt echt zu heiß. Wollen wir ein Eis essen?», fragte ich Paula, die sich in die pralle Sonne gelegt hatte und mich an ein Hähnchen auf dem Grill erinnerte.

«Aber wir sind doch gerade erst gekommen!», wendete sie ein und hielt sich die Hand als Sonnenschutz an die Stirn und sah mich mit schiefer Kopfhaltung verblüfft an.

«Wir könnten am Nachmittag nochmal an den Strand gehen.» Ich packte bereits meine Tasche und spürte eine innere Unruhe in mir, von der ich nicht wusste, woher sie rührte. Spielten meine Hormone verrückt, da ich seit ein paar Monaten die Pille nahm, obwohl Mutter mir davon abgeraten hatte?

Paula zog ein mucksches Gesicht, öffnete ihr Bikinioberteil, sodass alle ihre kleinen, runden Brüste sehen konnten und seufzte. Vielleicht dachte sie in diesem Moment, dass sie lieber mit ihrem Freund verreist wäre, der keine Spaßbremse war und mit ihr ausgelassen in die Ostsee gesprungen wäre?

Die Cafés in Strandnähe waren allesamt überfüllt und wir reihten uns geduldig in eine Schlange ein, um nach einer halbstündigen Wartezeit einen freien Platz zu bekommen. Während wir uns die Beine in der Gluthitze in den Bauch standen und ich ziemlich genervt war, telefonierte Paula mit ihrem Liebsten, der sie sehr vermisste.

Schweiß bildete sich in meinem Nacken und lief mir den Rücken hinunter; mein Kopf glühte wie ein überhitztes Leuchtmittel. Dicht hinter uns standen zwei junge Männer, die in unserem Alter waren und sich leise unterhielten. Die Augen der hochgewachsenen, schlanken Männer waren hinter coolen Sonnenbrillen versteckt. Die gutaussehenden Herren gewannen sofort meine Aufmerksamkeit, da sie eine besondere Ausstrahlung besaßen. Ab und zu wehte eine Duftwolke eines herben Rasierwassers in mein rotes Gesicht, das ich gerne in der Ostsee erfrischt hätte. Ich wollte meiner Freundin nicht offenbaren, dass ich auf einmal große Lust verspürte, im Meer zu baden.

Paula konnte sich nicht von ihrem Liebsten trennen, sodass ich etwas genervt neben ihr stand und schließlich ebenfalls mein Handy zur Hand nahm, um beschäftigt zu wirken.

Als wir endlich an einen Tisch geführt wurden, erkundigte sich die Kellnerin freundlich, ob wir etwas dagegen hätten, wenn wir uns den Tisch mit weiteren Gästen teilen würden. Mir war es zunächst nicht so recht, aber als die junge Bedienung die beiden Herren, die hinter uns gestanden hatten, zu uns führte, war ich erfreut.

Da sich unsere Plätze unter einem großen Sonnenschirm befanden, nahmen die Männer ihre Sonnenbrillen ab und grüßten uns freundlich. Die besondere Augenfarbe der beiden erinnerte mich an meine hübschen Murmeln, mit denen ich als Kind so gerne gespielt hatte.

Paula warf mir sogleich einen vieldeutigen Blick zu, der sagen sollte: «Wow! Die wären doch etwas für dich.» Ich beantwortete ihre stummen Worte mit einem bösen Gesichtsausdruck und starrte in die abgegriffene Karte, die klebrig war, sodass ich mir meine Hände mit einem Reinigungstuch säuberte.

Die Herren ignorierten uns als wären wir Luft und unterhielten sich angeregt über geschäftliche Dinge, soweit ich es verstehen konnte.

Meine Aufmerksamkeit richtete sich auf unsere Tischgäste, die mich vollkommen in ihren Bann zogen. Ich spürte, dass die beiden in meiner Zukunft eine große Rolle spielen würden. Unauffällig studierte ich ihre Gesichter, ihre Körper, ihre Art, wie sie gestikulierten, wie sie redeten und wie sie lachten. Paula bemerkte mein Interesse und stieß mit ihrem Fuß kräftig gegen meine Wade. Sie war schon seit längerer Zeit auf der Suche nach einem adäquaten Partner für mich und ließ keine Gelegenheit aus, mich mit den komischsten Typen zu verkuppeln.

Die Männer bestellten sich zwei Erdbeerbecher mit extra viel Sahne. Sie waren so vertieft in ihr Gespräch, dass sie uns einfach nicht wahrnahmen, daher versuchte Paula, mit aller Macht, auf uns aufmerksam zu machen. Sie ließ ihre Serviette fallen, aber das blieb unbemerkt; sie stieß absichtlich gegen den Zuckerstreuer, aus dem die weißen Kristalle auf die Tischplatte rieselten, aber auch das wurde nicht registriert. Schließlich erkundigte sie sich bei dem Grünäugigen nach der Uhrzeit, was total peinlich war, da ihr Handy direkt vor ihr lag. Ich lief rot an und versteckte mich hinter meiner Jumbotasse. Freundlich lächelnd holte der junge Mann sein Handy aus der Hosentasche und gab Paula die exakte Uhrzeit. Danach wendete er sich wieder seinem Freund zu und ließ uns links liegen. Sicherlich waren sie keine Singles; ihre Freundinnen machten vielleicht Urlaub auf Ibiza, wo ich auch gerne hingeflogen wäre, dachte ich resigniert und musste wieder an meine nichtbestandene Klausur denken, was sehr an meinem Ego nagte, denn bisher war ich noch nie durch eine Prüfung gefallen. Schuld daran hatten meine Eltern, die mich zur Ernte rekrutiert hatten. Tagelang hatte ich bei Regen und Hitze Beeren geerntet und stundenlang in der Küche gestanden, um die Früchte zu verarbeiten, sodass mir nicht viel Zeit zum Lernen geblieben war.

Da Paula offenbar bemerkte, dass die Männer mir sehr gut gefielen, ließ sie nicht locker, um auf uns aufmerksam zu machen. Ihr war nichts peinlich und sie war auch nicht so schüchtern wie ich, deshalb hatte sie auch ihren lieben Johannes.

«Sorry, dass ich euch störe. Könnte einer von euch ein Foto von uns machen?», fragte sie doch ernsthaft, ohne es vorher mit mir abzusprechen. Meine Wangen glühten und mir war das so peinlich, dass ich mich am liebsten unter dem Tisch versteckt hätte. Dieses Mal reagierte der Blauäugige, der niedlich grinste. Er sprang auf, nahm Paulas Handy entgegen und stellte sich zwischen die vollen Tische, die dicht nebeneinanderstanden. Paula setzte sich auf meinen Schoß und lachte in die Kamera, während ich ein gequältes Gesicht zog und überlegte, wie ich meine Freundin für diese Aktion bestrafen könnte.

Auch diese plumpe Kontaktaufnahme zeigte keine Wirkung.

Offenbar hatten die Männer kein Interesse an einer Frauenbekanntschaft. Die ehrgeizige Paula gab schließlich auf, zumal die Jungs rasch wieder aufbrachen und sich nicht mal bei uns verabschiedeten.

«Was war denn mit den los?», wunderte sich meine Freundin über das Desinteresse und schüttelte ungläubig ihren hübschen Kopf.

«Vermutlich führen die beiden eine glückliche Beziehung und sind treue Seelen», vermutete ich und kratzte mit dem Löffel den zusammengefallenen Milchschaum aus der Tasse.

«Das wird es sein. Schade! Der Blauäugige hätte perfekt zu dir gepasst. Eigentlich macht es sie ganz sympathisch, dass sie uns nicht gleich mit dummen Sprüchen angemacht haben …», meinte Paula und guckte den Jungen wehmütig hinterher.

Am Abend besuchten wir ein kleines Fischlokal, in einer ruhigen Seitenstraße, das einen hübschen Garten besaß, in dem große Kübel mit mediterranen Pflanzen standen und dem Ganzen ein südländisches Flair verliehen. Die Luft war ungewöhnlich mild, sodass wir leichte Sommerkleider trugen und uns mit einem fruchtigen Cocktail erfrischten, bevor wir das Essen bestellten. Während ich mich zwischen Matjes oder Scholle nicht entscheiden konnte, nahm ich wahr, dass sich an unseren Nebentisch zwei Männer setzten, die mein Herz beglückten. Dieses Mal trugen sie keine Kappen, sodass man ihre volle Haarpracht sehen konnte. Und siehe da, die beiden hatten sich unsere Gesichter gemerkt; warfen uns freundliche Blicke zu und hoben sogar ihre Hände zur Begrüßung. Paula trat mich mit der Hacke ihrer Sandalette gegen die Wade und grinste breit.

«Was für ein Zufall!», flüsterte sie mir ins Ohr und schaute auffällig zu dem ansehnlichen Zweiergespann.

«Guck da nicht so hin!», ermahnte ich meine Freundin und überlegte, wen von beiden ich netter fand. Mir gefielen beide!

«Tu ich doch gar nicht! Nimmst du den Matjes und ich die Scholle und wir teilen?»

«Ja, können wir machen. Hat Johannes sich noch gar nicht gemeldet?»

«Doch. Vor zwei Stunden. Er geht heute mit Felix ins Kino.»

Nachdem wir uns nach einer Vor- und Hauptspeise noch eine Schokoladenmousse gegönnt hatten, fühlten wir unsere vollen Bäuche, die eine leichte Rundung angenommen hatten.

Die Männer am Nachbartisch hatten die ganze Zeit über ununterbrochen geredet und uns keine Blicke mehr zugeworfen, obwohl wir oft in ihre Richtung geschaut hatten.

Als wir die Rechnung kommen ließen, geschah das Unvorhergesehene: Der Mann mit den grünen Augen kam an unseren Tisch und sagte: «Dürfen wir euch auf einen Cocktail einladen?»

Paula und ich schauten uns an als hätte uns ein Außerirdischer in sein Raumschiff eingeladen und es dauerte eine Weile bis wir reagierten, da wir überhaupt nicht damit gerechnet hatten.

«Ich weiß nicht …», begann Paula zögerlich, da es ihre Taktik war, Zurückhaltung zu zeigen, um das Jagdverhalten der Männer zu aktivieren.

Ich schwieg und überließ meiner Freundin das Feld, da sie

diplomatischer war und sich mit Männern besser auskannte.

«Ja, gut! Setzt euch doch zu uns», lud Paula die beiden ein und trat mir wieder gegen meine Wade, was mich nervte.

Der Blauäugige nahm sein Glas mit, stellte sich an unseren Tisch und sagte: «Hallo, ich bin Julian.»

Der Name passte sehr gut zu ihm und ich war hin und weg und hoffte so sehr, dass er Single war und wir …

«Ich bin Paula und das ist meine Freundin Emilia», plapperte sie los und tat so, als wäre ich nicht in der Lage, mich selbst vorzustellen.

«Und ich bin Paul. Ist ja lustig mit unseren Namen.»

«Ja, wirklich. Wäre noch witziger, wenn meine Freundin Julia heißen würde», erwiderte Paula grinsend und rückte ihren Stuhl zur Seite, um den Männern Platz zu machen.

Paul setzte sich neben Paula und Julian, der einen zurückhaltenden Eindruck machte, nahm neben mir Platz.

Es wurde ein sehr netter, heiterer Abend, an dem wir erfuhren, dass Paul eine Freundin hatte, dass die beiden Informatik studierten und dass Julian Single war, was mich besonders erfreute.

Es war bereits nach zwei Uhr als wir von einem langen Promenadenspaziergang nach Hause kamen. Ich war verliebt und hatte so viele Schmetterlinge im Bauch, dass ich nicht einschlafen konnte. Julian wirkte geheimnisvoll, war höflich und redegewandt. Wir konnten uns wunderbar unterhalten und besaßen den gleichen Humor. Alles schien perfekt zu passen.

Am nächsten Morgen fand ich eine Nachricht von Julian auf meinem Handy. Er wollte mich sehen und ich wollte ihn sehen. Ich war froh, dass ich an die Ostsee und nicht nach Italien gereist war, denn sonst hätte ich Julian nicht kennengelernt.

Nach dem kurzen Trip an die Ostsee, der mir einen Freund beschert hatte, fühlte ich mich wie ein schwebendes Wesen, das durch eine wundervolle Welt fliegt. Da Julian in Kiel und ich in Hamburg studierten, trafen wir uns in den ersten Wochen immer nur in Julians Wohnung, die er sich mit Paul teilte. Ich wohnte noch bei meinen Eltern, die nördlich von Hamburg lebten.

Kurz nachdem ich geboren worden war, hatten meine Eltern ihre Berufe aufgegeben und sich ein großes, verfallenes Bauernhaus am Stadtrand mit einigen Hektar Land angeschafft, das eine idyllische Lage besaß und von Wäldern und wilden Wiesen umgeben war. Ihr Wunsch war es gewesen, möglichst unabhängig zu sein und sich den Systemzwängen zu entziehen. Wichtig war meinen Eltern die Freiheit, die Rückbesinnung und Verbundenheit mit der Natur, die innere Balance, in dem Überflüssiges keinen Platz mehr hat, eine gesunde Ernährung durch selbstangebaute Lebensmittel, der Wegfall des Konsum- und Leistungsdrucks und eine Rückkehr zu altem Wissen, wie zum Beispiel zu Wachstumsvorgängen in der Natur. Sie suchten nach einem Leben, das sich mehr auf das Wesentliche konzentriert.

Die Bewohner des nahegelegenen Ortes, in dem ich die Grundschule besucht hatte, hatten uns in den ersten Jahren belächelt und uns «Wald Aussteiger» genannt, was die Aussteiger ihnen nicht übelnahmen. Meine Eltern bauten mehr Obst und Gemüse an als sie verbrauchen konnten und verschenkten den Überschuss an Bedürftige. In wenigen Jahren hatten sie ihr Stück Land in ein Paradies verwandelt, auf dem viele Tiere herumliefen und alte Getreide- und Obstsorten angebaut wurden, die aus der Mode gekommen waren. Die Kinder aus dem Ort kamen gerne in unseren Zoo, um die Tiere zu streicheln oder sich einen süßen Apfel abzuholen.

Unbeschwert und zufrieden wuchs ich in dieser kleinen, heilen Welt auf und war ein glückliches Kind gewesen, das Pflanzen und Tiere liebte, das Rohmilch trank, selbstgestrickte Kleidung aus Alpakawolle trug, auf einer Komposttoilette ihr Geschäft verrichtete, nicht wusste, was KiKA ist und im Sommer ausschließlich barfuß über die Wiesen lief.

Als ich in die Pubertät kam, stellte ich unser alternatives Leben, das so ganz anders war als das meiner Freundinnen, in Frage und wünschte mir so zu leben wie Johanna, Milena oder Hanna, die in modernen Häusern mit einer richtigen Toilette, einem Fernseher, einem Tiefkühler voller Pizzen und einem weißen Ikea Schrank, der mit bunten Marken Kleidern vollgestopft war, wohnten. Ich wollte schicke Kleidung tragen, die nicht aus Bio-Baumwolle bestand, wollte Süßigkeiten in mich hineinstopfen und ein Handy haben, deren Strahlung mich vielleicht krank aber dafür glücklicher machte.

Ja älter ich wurde, desto mehr nahm ich wahr, dass die Nachbarn uns belächelten, über uns lästerten und dass meine Freundinnen sich hinter meinem Rücken lustig über unser Aussteigerleben machten, was mich zu einem unglücklichen Mädchen machte, das sich als Außenseiterin fühlte. Ich wollte zu den anderen gehören und normal sein. Es war die intolerante, neidische Gesellschaft, die mein schönes Leben vergiftete, was ich jedoch als Kind nicht verstand.

Ich konnte kein isoliertes Leben führen wie meine Eltern, sondern musste in die Schule, kam in die Mühle der Zwänge und Verpflichtungen. Meine Eltern durften mich nicht Zuhause unterrichten, obwohl sie sogar einen Anwalt engagiert hatten, um mir die Schule, das kranke System, wie sie es nannten, zu ersparen.

Meine Eltern, Maria und Malte, waren Götter für mich, die ich liebte und verehrte. Ich kann mich nicht daran erinnern, dass sie sich jemals gestritten hatten, dass sie mit mir geschimpft oder mir etwas verboten hatten. Grenzen hatte es in meinem Kinderleben keine gegeben. Ich durfte alles und erfuhr so viel Liebe, Geborgenheit und Lob, das aus mir ein selbstbewusstes Wesen wurde, das im Einklang mit der Natur lebte und die ersten Jahre nichts vermisste.

Als ich aufs Gymnasium kam, nahm ich jedoch mehr und mehr das Getuschel meiner Mitschüler über die Hippies, die in selbstgenähten Klamotten durch ihren Zoo liefen, wahr und begann, an unserem alternativen Leben zu zweifeln.

Da Maria und Malte meine Traurigkeit sofort registrierten und offenbar darauf vorbereitet waren, dass ich unser autarkes Leben irgendwann einmal in Frage stellte, ging meine Mutter mit mir das erste Mal in die Stadt zum Shoppen. Ich durfte mir alles kaufen, was mein Herz begehrte; durfte mir Süßigkeiten aussuchen, die mir jedoch gar nicht schmeckten, Kleider kaufen, in denen ich schwitzte, da sie aus Kunstfasern waren; durfte ein blaues Eis schlecken, in dem Farbstoffe steckten und ein Handy aussuchen, das mich verstrahlen konnte. Nach kurzer Zeit wurde mir bewusst, dass ich durch den Konsum kein Stück glücklicher geworden war. Von den Süßigkeiten bekam ich Pickel, das Handy wurde schnell langweilig und die Kleider aus Polyester erzeugten einen Juckreiz auf meiner Haut. Durch den Besitz von Dingen, die anderen wichtig erschienen, wurde ich nicht einen Tick zufriedener, sodass ich lieber wieder Obst aß, anstatt bunter Gummibärchen, lieber mit den Tieren spielte, anstatt mit dem Handy und lieber meine weichen Bio-Baumwollklamotten trug, anstatt die Synthetik Fasern aus China.

Meine Eltern waren erstklassige Pädagogen, Psychologen, Soziologen und vieles mehr. Sie wussten, dass sie durch Verbote nichts erreichten. Mit ihrer Taktik, mir alles zu kaufen, wonach ich mich sehnte, erreichten sie genau das, was sie wollten, nämlich dass mir bewusstwurde, dass ich ihr alternatives, naturverbundenes, gesundes Leben liebte und es niemals aufgeben wollte.

Nach dem Abitur schickten meine Eltern mich zu meiner Tante, Marias Schwester, nach Amerika, damit ich einen Einblick in ein dekadentes, oberflächliches Leben bekam und um mir deutlich zu machen, wie sich das Leben in Luxus, Reichtum und Streben nach dem großen Geld oder Glück anfühlte. Zudem war es Maria und Malte wichtig, dass ich einen Blick über den Tellerrand warf, um festzustellen, dass es Zuhause am schönsten war.

Meine Tante Babette war geschieden, kinderlos und führte das beispielhafte Leben einer mittellosen Auswanderin, die es zu Reichtum und Ansehen gebracht hatte. Ihr riesiges Haus mit zehn Zimmern, von denen die meisten an einigen Tagen überhaupt nicht betreten wurden, ihr parkähnliches Grundstück mit einem Gästehaus, einem Tennisplatz und einer Garage für sechs Luxuskarossen, musste von zwei Gärtnern, die täglich dort arbeiteten, gepflegt werden.

Für mich war dieser pompöse Luxus, der ausufernde Überfluss, dieses verrückte Leben in Bel-Air, einem der nobelsten Viertel in Los Angeles, ein wahrer Schock. Ich fühlte mich in der blankgeputzten Villa, mit den sterilen Marmorböden, den vergoldeten Wasserhähnen und der vielen Technik, unwohl und war überfordert von der Flut an Möglichkeiten, die sich mir boten. Es gab einen Kinosaal, einen Fitnessraum, einen Tennisplatz, einen Pool und vieles mehr. Wozu brauchte meine Tante so viel Raum? Warum quartierte sie nicht Obdachlose in den Zimmern, die die meiste Zeit leer standen, ein? Warum baute sie in ihrem großen Garten nicht Südfrüchte an, die dort gut gedeihen würden, anstatt der Palmen, die keine Früchte trugen?

Nach wenigen Tagen wurde mir bewusst, warum meine Eltern sich für ihr nachhaltiges, alternatives Leben entschieden hatten und ich war froh, nicht Babettes Tochter zu sein, die sicherlich harten Drogen zum Opfer gefallen wäre, um das kranke Leben zu ertragen.

Ich versuchte, meine Tante zu bekehren, sie dazu zu bewegen, sich von dem überflüssigen Luxus zu trennen, um glücklich und zufrieden zu werden, aber sie lachte mich aus und meinte, dass sie mit ihrem Leben sehr glücklich wäre. Aber warum schluckte sie dann Antidepressivum, weinte in der Nacht und trank zu jeder Mahlzeit Alkohol?

Sechs Wochen hielt ich es in der ganz anderen Welt aus, in der mir nur wenig gefiel. Ich sehnte mich nach meinem Paradies, nach meiner Familie, die mir alles bedeutete.

Mit der Amerika Reise hatten Maria und Malte mal wieder genau das erreicht, was sie bezweckt hatten. Ich hatte unter schrecklichem Heimweh und einer brennenden Sehnsucht nach unserem natürlichen Leben gelitten und war so froh, als ich nach Hause flog.

Nach dem Ausflug in die Welt des Reichtums und überflüssigen Konsums war ich mir sicher, dass meine Eltern im richtigen Strom schwammen. Ich war stolz darauf, dass wir die Erde nicht belasteten, dass wir vom Gesellschaftssystem weitestgehend unabhängig waren und im Einklang mit der Natur lebten, die uns fast alles schenkte, was wir zum Überleben brauchten.

Als mein Vater mich nach dem USA Trip vom Flughafen abholte, grinste er so verdächtig und ich wusste sofort, dass es eine große Überraschung gab, die mich umhaute. Meine Mutter erwartete ihr drittes Kind! Ich bekam noch eine weitere Schwester und freute mich riesig.

Direkt nach meiner Rückkehr aus dem Land, das mir nicht gefallen hatte, schrieb ich mich an der Hamburger Universität für das Studium der Biologie ein.

Mein Vater, der handwerklich ein Multigenie war, baute mir den geräumigen Dachboden unseres Hauses zu einer gemütlichen Wohnung um, denn ich wollte auf keinen Fall in die Stadt ziehen, zumal ich mich auf mein Geschwisterchen freute und Emma, meine geliebte Schwester, die ein lustiges Wesen war, das immerzu lachte, und meine coolen Eltern um mich haben wollte.

Während des Studiums lernte ich Paula kennen. Sie war ein lebensfrohes, aufgeschlossenes Mädchen, das ich sofort mochte. Ihre Eltern besaßen einen Bio-Bauernhof in Schleswig-Holstein.

Wir hatten viele Parallelen, sodass wir uns von der ersten Minute an ausgezeichnet verstanden und schnell zu besten Freundinnen wurden. Paula war meine erste Bekanntschaft, die mich, beziehungsweise unser alternatives Leben, nicht befremdlich fand und mit der ich mich auch über intimere Dinge unterhalten konnte.

Als Paula mich das erste Mal Zuhause besuchte, geriet sie ins Schwärmen und beneidete mich um mein bilderbuchartiges Leben und meine liebe Familie, die herzlich und offen zu allen Menschen war.

Printed in Poland
by Amazon Fulfillment
Poland Sp. z o.o., Wrocław

81431080R00190